アヴァンギャルド・ヘミングウェイ

関西学院大学研究叢書 第232編

パリ前衛の刻印

Avant-Garde Hemingway
Paris, Modernism, and How One American Writer Made Them His Own

小笠原亜衣
Ai Ogasawara

小鳥遊書房

アヴァンギャルド・ヘミングウェイ——パリ前衛の刻印／目次

序章　アヴァンギャルド・ヘミングウェイ

第三章　ヘミングウェイ・メカニック——ニューヨーク・ダダと機械の眼

第六章　眠れない近代――ホッパー『ナイトホークス』と「殺し屋」「清潔で明るい場所」

第三部　視覚性の衝撃――まなざしの欲望

第七章　『エデンの園』の視覚性――『考える人』には見えないもの

第八章　幻視する原初のアメリカ――「まずアメリカを見よう」キャンペーンとヘミングウェイの風景

終章　辺境《ウィルダネス》の声を聴け――芸術家ヘミングウェイのアメリカ性

【凡例】

一、註と引用文献は、それぞれの章末に付した。
一、註、図版は、各章ごとに通し番号で付した。
一、本文中で（　）でアラビア数字のあるものは引用文献のページ数を示す。
一、人名・作品名等の原語表記は、とくに重要なもの以外は巻末の索引に記す。

【略称】

本文中でたびたび言及されるヘミングウェイ作品名の略称は以下の通り。

CSS=*The Complete Short Stories of Ernest Hemingway: The Finca Vigia Edition*『フィンカ・ビヒア版ヘミングウェイ全短編集』（一九八七年）
DIA=*Death in the Afternoon*『午後の死』（一九三二年）
FTA=*A Farewell to Arms*『武器よさらば』（一九二九年）
IOT=*In Our Time*『われらの時代に』（一九二五年）
MF=*A Moveable Feast*『移動祝祭日』（一九六四年）
NAS=*The Nick Adams Stories*『ニック・アダムズ物語』（一九七二年）
SAR-HLE=*The Sun Also Rises: The Hemingway Library Edition*『日はまた昇る』（一九二六年）（ヘミングウェイ・ライブラリー版）
SL=*Ernest Hemingway: Selected Letters, 1917-1961*『ヘミングウェイ書簡選集　一九一七〜一九六一年』（一九八一年）

序章　アヴァンギャルド・ヘミングウェイ

もし若いときにパリに住む幸運に巡り会えば、のちの人生をどこで過ごそうとも、パリは君とともにある。なぜならパリは移動する祝祭だから。

——アーネスト・ヘミングウェイ

0. パリ前衛の刻印

米作家アーネスト・ヘミングウェイと前衛。あるいはヘミングウェイと視覚芸術。意外な取り合わせと思われるだろうか。

キューバ沖の海ではなく、アフリカの平原でもなく、パリのヘミングウェイを思い浮かべてほしい。一九二〇年代パリ。世界の首都。芸術のメッカ。そこで若きヘミングウェイは作家修業をおこない、作家デビューを果たした。まわりにいたのは二〇世紀西欧芸術界に燦然と光る巨匠たち——巨人ピカソ、マティス、ミロ、グリス、マッソン、マン・レイほか多くの視覚芸術家。足繁く通った美術館で空腹を抱えながら観たのはセザンヌの絵画。そしてヘミングウェイが師と仰いだのは、これら近代芸術の価値をいちはやく見抜いた米近代作家ガートルード・スタインだった。

パリで受けた前衛の洗礼はこの時期のヘミングウェイ作品に豊潤な痕跡を残している。ヘミングウェイは

【図1】（右）ヘミングウェイ（マン・レイ撮影、1922年）（『マン・レイ展』74）
【図2】（左）スタイン、ピカソによる自身の肖像画の前で（マン・レイ撮影、1922年）（Giroud 41）

セザンヌ絵画のように風景を書き、ピカソのキュビズム絵画のように短編集を構築し、工業製品がしゃべるニューヨーク・ダダ風の小品を書いた。あるいは映画カメラがズーム・イン／アウトするかのような語りの実験をおこない、映像が連なり流れるような映画的文体で短編作品を書いた。本書はこうしたヘミングウェイの散文実験、すなわちヘミングウェイが前衛芸術に影響を受け、あるいは視覚芸術に着想を得て書き上げた散文の実践を確認することをひとつの目的としている。ヘミングウェイ作品における散文と視覚芸術の交感はこれまで考えられてきたよりも多くの作品で見いだせる。しかしより重要なのは、パリ時代の前衛の洗礼を経てもつに至ったヘミングウェイ散文の特徴――身体的散文、断片化、瞬間の詩学、脱中心の感覚、無窮の現在性、空間を志向する散文建築――が一過性のものでなく、生涯にわたってヘミングウェイ散文を支えたこと、それらの特徴ゆえにヘミングウェイが近代作家になり得たことを確認することだ。

パリ時代がなければおそらくヘミングウェイはもっと凡庸な米作家だったはずだ。ヘミングウェイ散文がもつ「いま・

ここ」の臨場感、「世界の手ざわり」を経験させる身体性、空白を残すことで生み出す物語の奥行き――これらはパリ前衛の洗礼によって得られ、ヘミングウェイ散文に生涯その刻印を残したのだ。

1. 祝祭のパリ

ヘミングウェイはアメリカ中西部、シカゴ郊外の閑静な白人中産階級の街オークパークで一八九九年に生まれた。フロンティア・ラインの消滅（一八九〇年）から約一〇年、一九世紀がまさに幕を下ろさんとし、アメリカと世界は本格的に近代へ突入していた。一方、ヘミングウェイが生まれたオークパークの白人共同体は依然伝統的価値観に貫かれ、キリスト教信仰に篤く、道徳と節制を重んじるアメリカン・ヴィクトリアニズムのいわゆる〝お上品な文化〟を体現していた。ここでヘミングウェイはヨーロッパ志向の教育を受け、同時に別荘のある北ミシガンの森と湖で豊かなアメリカの自然を享受して育った。高校卒業後、第一次世界大戦で物資補給員としてイタリアに渡り、軍隊生活で性的・道徳的「逸脱」を見聞するも、基本的にはお坊ちゃん然とした保守性を持ち合わせたままその後年上の女性とのきちんとした交際を経て結婚、新妻を伴ってパリ前衛の衝撃のなかに飛び込んだのは一九二一年、若干二二歳のときだった。

パリは新しさと変革の現場であり、つまり近代そのもの、あるいはスタインが言ったように二〇世紀そのものだった。工学と科学が後押しした社会の激変が目に見える形で芸術と文化を変えていった二〇世紀初頭。パリでは一九世紀末からガス灯が電灯に変わりはじめ、電気の配給が一般家庭におよび、ヘミングウェイが生まれた一八九九年には電動大観覧車が登場。一九〇〇年には電気機関車が登場し、地下鉄が開

【図3】ヘミングウェイと最初の妻ハドリー（1922年）（Leland 88）

通。車が都市生活のテンポを加速させ、アインシュタインの相対性理論とフロイトの無意識が現実の輪郭を変え、飛行機からの眺めが世界の見方を変え、写真・映画（パリでの映画初公開は一八九五年）・蓄音機が大衆文化を変えていった。伝統や旧来の価値が通用しない変貌著しい現実。呼応する表現を求め、リアリズムから脱した前衛芸術運動も次々に起こった。強烈な色使いで伝統的サロンを驚愕させたマティスらのフォーヴィズム（野獣派）（一九〇三～一九〇八）、ピカソの『アヴィニョンの娘たち』（一九〇七）で実質上はじまったキュビズム（立体派）、伊詩人マリネッティの「未来派宣言」（一九〇九）で始動し機械のダイナミズムを芸術に昇華した未来派。あるいはルーマニアの詩人トリスタン・ツァラが創始した、芸術の価値そのものを問う反美学的芸術運動ダダ（スイス・チューリッヒで一九一六年にはじまり、人の移動や雑誌等を通じてパリ、ベルリン、ハノーヴァー、ニューヨークへ伝播）。ヘミングウェイが到着した一九二〇年代パリではダダを引き継ぐシュールレアリスム運動が興り、舞台では前衛劇が催され、（アメリカが娯楽映画で世界制覇に乗り出したのとは対照に）芸術的・実験的アヴァンギャルド映画が盛んに上映された。絵画においてはエコール・ド・パリ《パリ派》と呼ばれた画家たち――統一的な美学理論をもたず、特定の流派というより前衛・外国人芸術家の集まり――が互いに交流し、芸術的試行錯誤を重ね、コスモポリタン・パリを体現していた。

ヘミングウェイは最晩年、郷愁のなかで往時のパリを「移動祝祭日」と呼んだ。この魅惑的な呼び名は

【図4】パスキン『カフェ・ドームのヘミングウェイ』1922年／ナショナル・ポートレート・ギャラリー（ワシントン）蔵
向かって左側、くつろぐヘミングウェイが見える

若さと自由に満ちたヘミングウェイのパリ時代を正しく要約すると同時に、世界中の芸術家が集い交歓した華やかなパリの祝祭的雰囲気を喚起させる。パリ回想録『移動祝祭日』（一九六四、『修復版』二〇〇九）でも再現されるヘミングウェイのパリの日々はまさに祝祭的だ。お気に入りの「ホーム・カフェ」クロズリー・デ・リラで詩人のブレーズ・サンドラールと酒を飲み、詩人エヴァン・シップマンとドストエフスキーについて語り、またある日は英国人作家・批評家・編集者のフォード・マドックス・フォードに相席を求められる。カフェ・ドームで画家のパスキンと過ごし、カフェ・ドゥ・マゴで作家ジェイムズ・ジョイスと語り、ディンゴ・バーでは先輩米作家フィッツジェラルドと酒を酌み交わした。

いまひとりの師匠的存在であった米詩人エズラ・パウンドに英作家・画家ウィンダム・ルイスの面前でボクシングを教える羽目になり、あるいはパウンドが詩人T・S・エリオットを銀行勤めから解放しようと募っていた基金の宣伝を手伝ったこともあった。最初の著作集『三つの短編と十の詩』（一九二三）のための肖像写真を撮ってもらおうと訪ねた米芸術家マン・レイとはたちまち意気投合し、その夜連れだってボクシングの試合を見に行った。マン・レイをはじめとする「パリのアメリカ人」たちとの親交も厚かった——米作曲家ジョージ・アンタイル、米画家ジェラルド／サラ・マーフィー夫妻、米作家ドス・パソス夫妻。

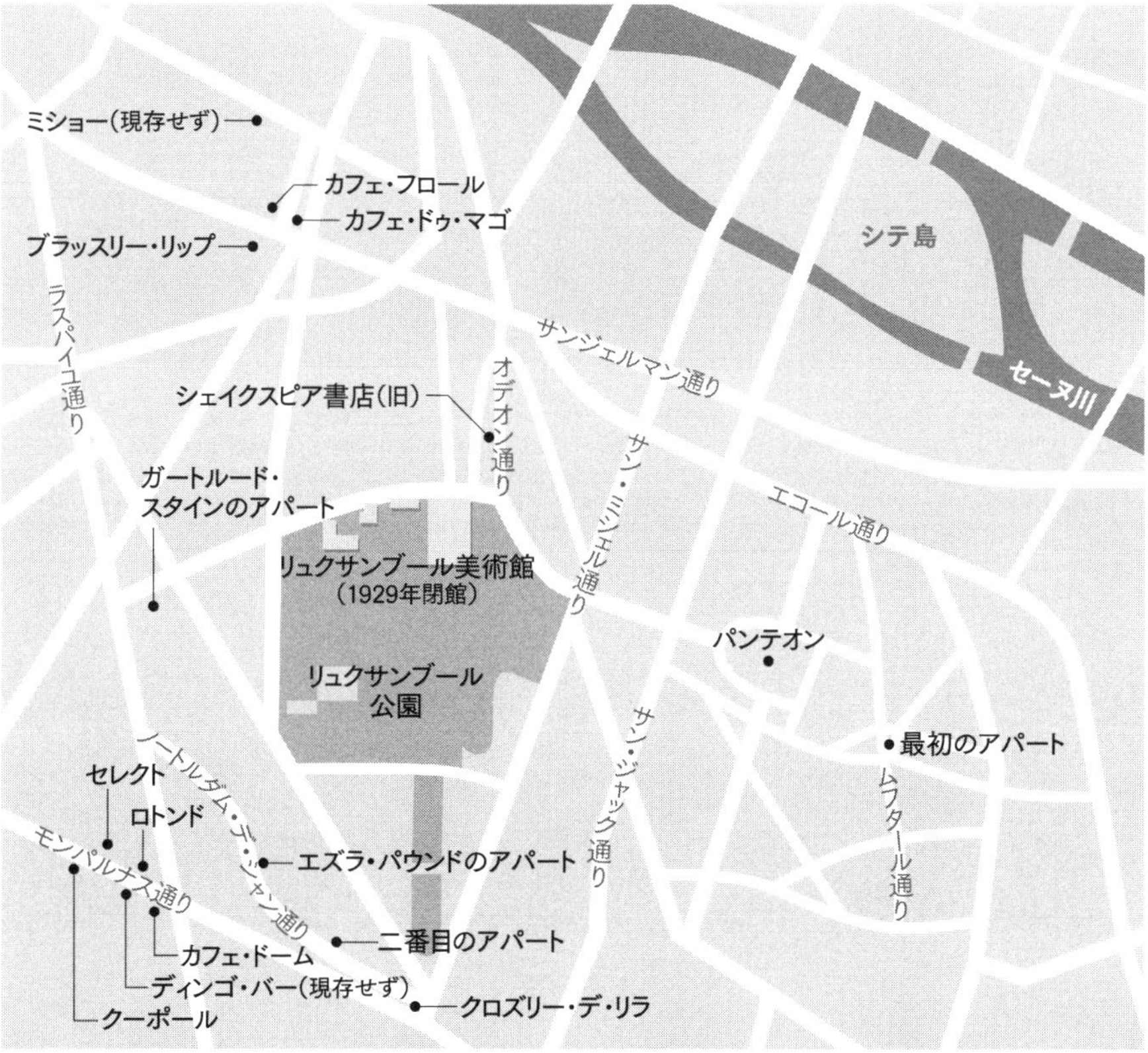

ミショー（現存せず）
カフェ・フロール
カフェ・ドゥ・マゴ
ブラッスリー・リップ
シテ島
セーヌ川
ラスパイユ通り
サンジェルマン通り
オデオン通り
シェイクスピア書店（旧）
サン・ミシェル通り
ガートルード・スタインのアパート
エコール通り
リュクサンブール美術館（1929年閉館）
パンテオン
リュクサンブール公園
サン・ジャック通り
最初のアパート
ムフタール通り
ノートルダム・デ・シャン通り
セレクト
ロトンド
モンパルナス通り
エズラ・パウンドのアパート
二番目のアパート
カフェ・ドーム
ディンゴ・バー（現存せず）
クロズリー・デ・リラ
クーポール

【図5】地図　ヘミングウェイのパリ

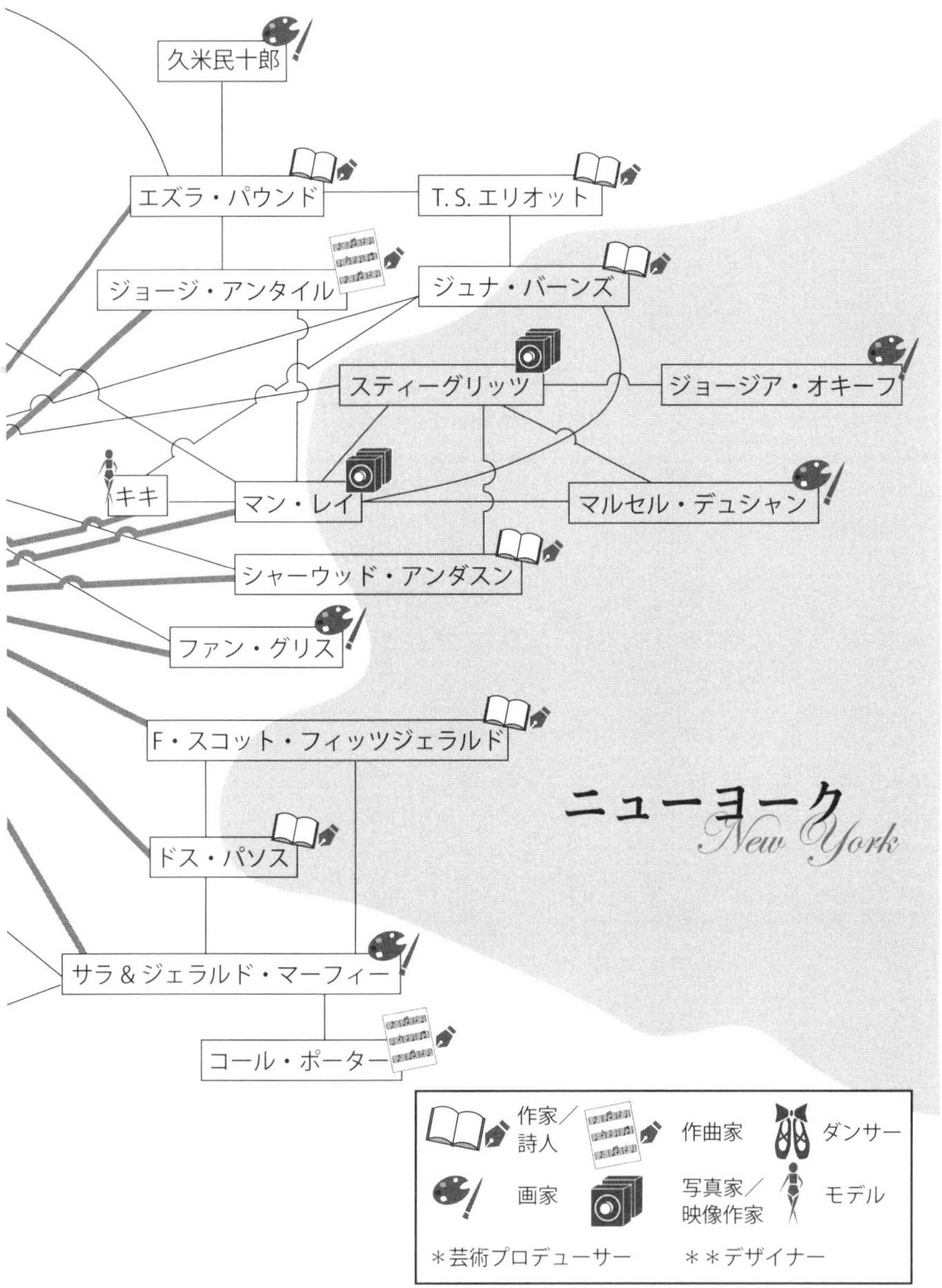
久米民十郎
エズラ・パウンド
T.S. エリオット
ジョージ・アンタイル
ジュナ・バーンズ
スティーグリッツ
ジョージア・オキーフ
キキ
マン・レイ
マルセル・デュシャン
シャーウッド・アンダスン
ファン・グリス
F・スコット・フィッツジェラルド
ニューヨーク
New York
ドス・パソス
サラ＆ジェラルド・マーフィー
コール・ポーター
作家／詩人
作曲家
ダンサー
画家
写真家／映像作家
モデル
＊芸術プロデューサー
＊＊デザイナー

ヘミングウェイ・コネクション

1920年代芸術家ネットワーク

ヘミングウェイを中心に

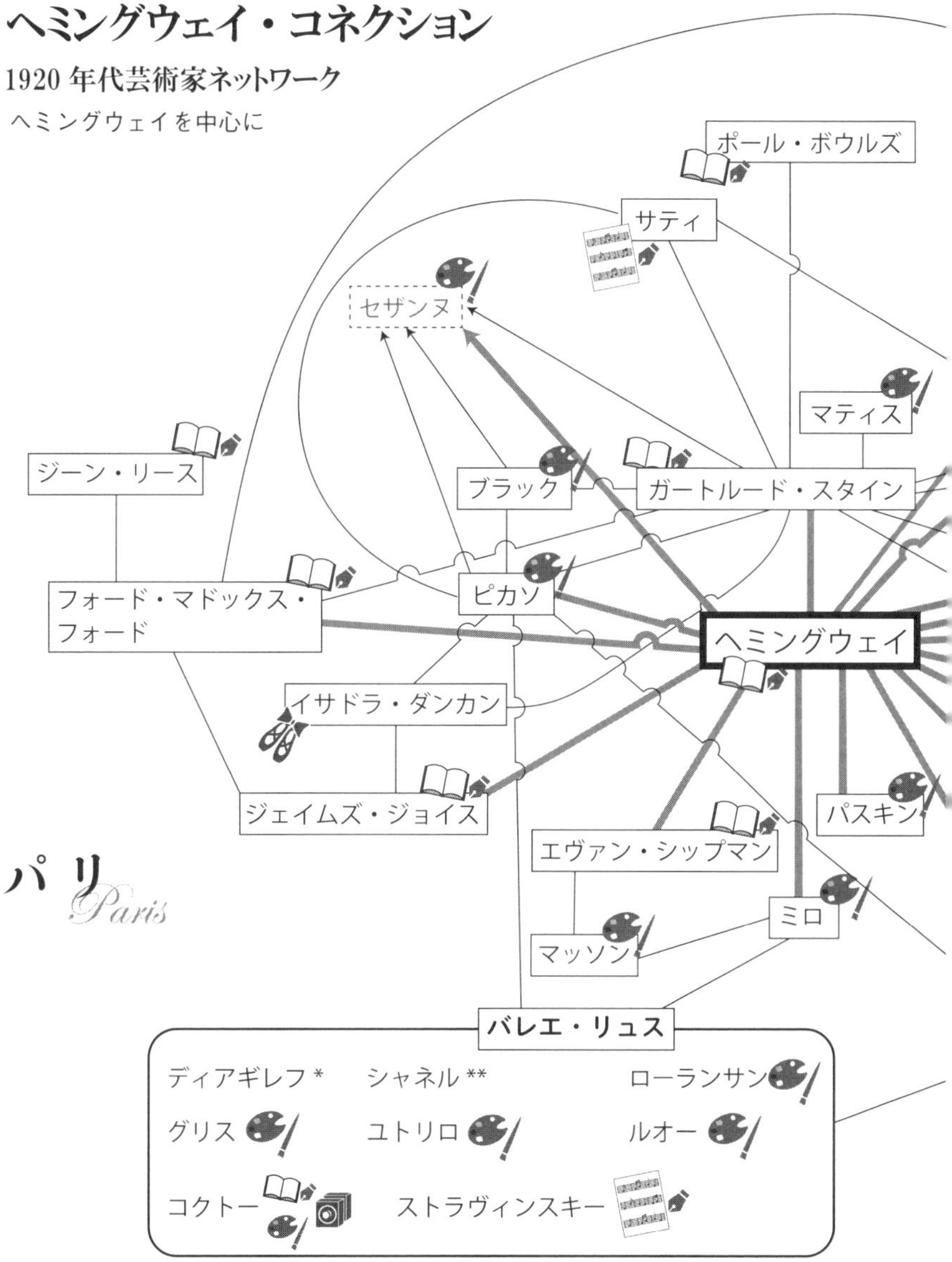

そして忘れてならない師スタイン宅での「レッスン」。のちに離反するスタインとの思い出に関して『移動祝祭日』でのヘミングウェイの筆は重い。しかしヘミングウェイにとってスタインとの出会いはおそらく本人が自覚する、あるいは認める以上に、まさに僥倖だったと言える。スタインと出会わずともヘミングウェイはいずれこの時期のトランスアトランティック（環大西洋）芸術家ネットワークに組み込まれるべき作家になっていたであろうが、その出会いと影響によってヘミングウェイ散文は近代芸術と呼ぶべき次元に早々に到達したからだ。

2. スタインの薫陶

パリ・モダニズムのイコンたるスタイン家の応接室。そこはヘミングウェイのレッスン室でもあった。パリ到着の三ヵ月後に紹介状をもってスタインを訪ねたヘミングウェイは、その後頻繁にこの名高いモダニズムの聖地・フルーリュス街二七番地を訪問した。スタイン（と兄レオ）がいち早く見いだしパトロンとなったピカソとマティスをはじめ、セザンヌ、ブラック、グリス、ゴーギャンなど現代絵画が壁いっぱいに並ぶ瀟洒なその部屋で、禁酒法時代のアメリカからやってきたヘミングウェイはスタインのパートナー、アリスが漬けた果実酒を供されながら、スタインから現代絵画の二〇年にわたる大変革について教えを受けた。プライベートでもスタインとアリスはヘミングウェイ夫妻の最初の子の代母《ゴッドマザー》になったほどである。しかしその後ヘミングウェイとスタインの関係は徐々に悪化し、ヘミングウェイの長編『春の奔流』（一九二六）の出版をもってその師弟関係は決定的に終わってしまった。『春の奔流』はスタイン、そしてパリ直前のシ

【図6】（右）モダニズムの聖地、フルーリュス街27番地スタイン宅でのアリスとスタイン（1922年頃）（Lottman 69）
【図7】（左）スタインとヘミングウェイの長男ジョン、カフェ・クロズリー・デ・リラにて（1924年）（*Paris Annees Folles* 121）

カゴ時代の恩人米作家シャーウッド・アンダソンという恩人二人の作品を揶揄するパロディ小説だったのだ。

　しかしこの破局以前のスタインの影響は絶大で、またヘミングウェイも素直にさまざまな助言に従ったようだ。ヘミングウェイは生涯にわたって闘牛好きで知られたが、そのきっかけもスタインだった。闘牛を愛好していたスタインはヘミングウェイにスペイン・パンプローナ行きを勧め、ヘミングウェイは一九二四年にパンプローナで闘牛を観戦、この経験から出世作の長編『日はまた昇る』（一九二六）が書かれた。同じく一九二四年春、ヘミングウェイは南仏プロヴァンスへ画家たちの聖地巡礼とでも言うべき一人旅をしている。スタインがセザンヌやゴッホなど近代画家が「戸外制作」をおこなった場所を実際に見に行くよう強く勧めたからだ（C. Hemingway 9）。

　視覚芸術家との出会いもスタインに負うところが大きかった。スタイン宅で知り合ったであろうピカソとはその後長く親交が続き、第二次世界大戦中ナチス占領からのパリ解放時にも再会を喜んだ（第二章参照）。スペイン画家ミロともスタインを通して知り合った。当時まだ無名だったミロはシュールレアリスム絵画の傑作『農園』をこつこつと描いており、制作時（一九二一〜一九二二年）から『農園』が気に入ったヘミングウェイは苦労して購入、生涯手元に置いた（コラム③参照）。同時代現代絵画とはいえ、ヘミングウェイがパリに来た頃にはすでにセザンヌはもちろんのこと、ピカソやマティスの作品も修行時代のヘミングウェイが購入できる額ではなかった。それでもヘミングウェイはパリ時代に多くの絵画を購入している。スタインが洋服より絵画を買うように、そして直接話をして一緒に食事をするような関係の画家から購入するよう勧めたことも大きいだろう。ヘミングウェイはミロの『農園』の後、スタインに随行して訪れたアトリエで知り合った仏画家マッソンから一九二三年に『賽は投げられた』【図8】と三枚の森の絵【図9】を購入。他にもエズラ・パウンドを介して知った日本人の前衛画家、久米民十郎の絵画を購入したことが分かっている（今村 20-23）。ミロを通して知ったらしいスイス出身の画家クレーの作品は一九二九年に購入（コラム②参照）。一九二四年のスタイン宛ての手紙で名前を挙げ興味を示しているスペイン出身のキュビスト、グリスの絵画は一九三一年に二枚購入、そのうちの一枚『闘牛士』は自身の闘牛解説書『午後の死』（一九三二）の口絵として使用した【図10】。

3. ジャンル越境の芸術実験

スタインとの出会いがさらに決定的だったのは、ジャンル越境の芸術実験に直に触れたことだ。スタインとの出会いによりヘミングウェイは散文をストーリーテリングとは違う観点で捉えるようになった。そ

【図 9】マッソン『森』1922-23 年／ジョン・F・ケネディー・ライブラリー蔵

【図 8】マッソン『賽は投げられた』1922 年／ジョン・F・ケネディー・ライブラリー蔵

【図版 10】グリス『闘牛士』(1913) を闘牛解説書『午後の死』の口絵に使用 (C. Hemingway 50)

の大きな推進力となったのが、スタインが取り憑かれていたと言って差し支えない芸術実験——ジャンル越境の芸術実験だった。バッハのフーガのように小説を書き、言葉で肖像画を描き、映画のような散文を試みたスタイン。こうした芸術実験はスタインだけでなく当時のパリで多く見られたが、スタインこそがその実践の代表者とみなされている。

「モダニズム（近代主義）」と名づけられた一九世紀後半から第二次世界大戦後までをカバーする一大文化現象を定義するひとつの方法は、それを芸術革命とみなすことだ。西欧絵画は具象から抽象へ軸足を移し、文学は一九世紀的な安定した時空間を物語ることを目指さず、映画や写真が空間と時間の概念を変えた。特徴的だったのはさまざまな芸術的変化が「一緒に」起こったこと——つまり芸術家が集まったことだ。

芸術家たちは集まり、ともに働いた。交通インフラの整備や戦争の影響で移動そのものが文化となった近代。芸術家は国境を越えて集い、その結果多くの芸術運動が興ったのもとくにモダニズム前期の特徴だ。印象派、イマジズム、未来派、フォーヴィズム、ダダ、シュールレアリスム、ロシア構成主義、等々。パリのヘミングウェイのまわりでもバレエ・リュス（コラム①参照）やスタインのサロン、あるいは文筆家の交流のハブ的役割を担ったシェイクスピア書店に端的に見られるように、芸術家たちはひとところに集まり、互いに影響を与えあった。こうしたなかでモダニズムのもうひとつの特徴、ジャンル越境の動きが現れたのは当然のことだったろう。国家領域を横断するのみならず、芸術家たちは芸術領域《ジャンル》そのものを横断、あるいは越境しようと試みた。個々の芸術形態に固有の限界から逃れ、小説家、画家、作曲家たちはテクニックを互いに借用しあい、他の芸術分野における効果を得ようとしたのだ（Beebe 1072）。

スタインのサロンはまさにこれを具現化したような場所だった。一九〇五年から一九二〇年代にかけて

【図11】エズラ・パウンドのアパートで。右からパウンド、ジョン・クィン、フォード・マドックス・フォード、ジェイムズ・ジョイス（*MF* 99）

【図12】ツァラ、ピカビア、パリの詩人たち（1919年）（『現代思想』105）

【図13】マックス・エルンストの個展にて、パリのダダイストたち（1920年代）（『現代思想』104）

【図14】1924年のシュールレアリストたち（『現代思想』107）

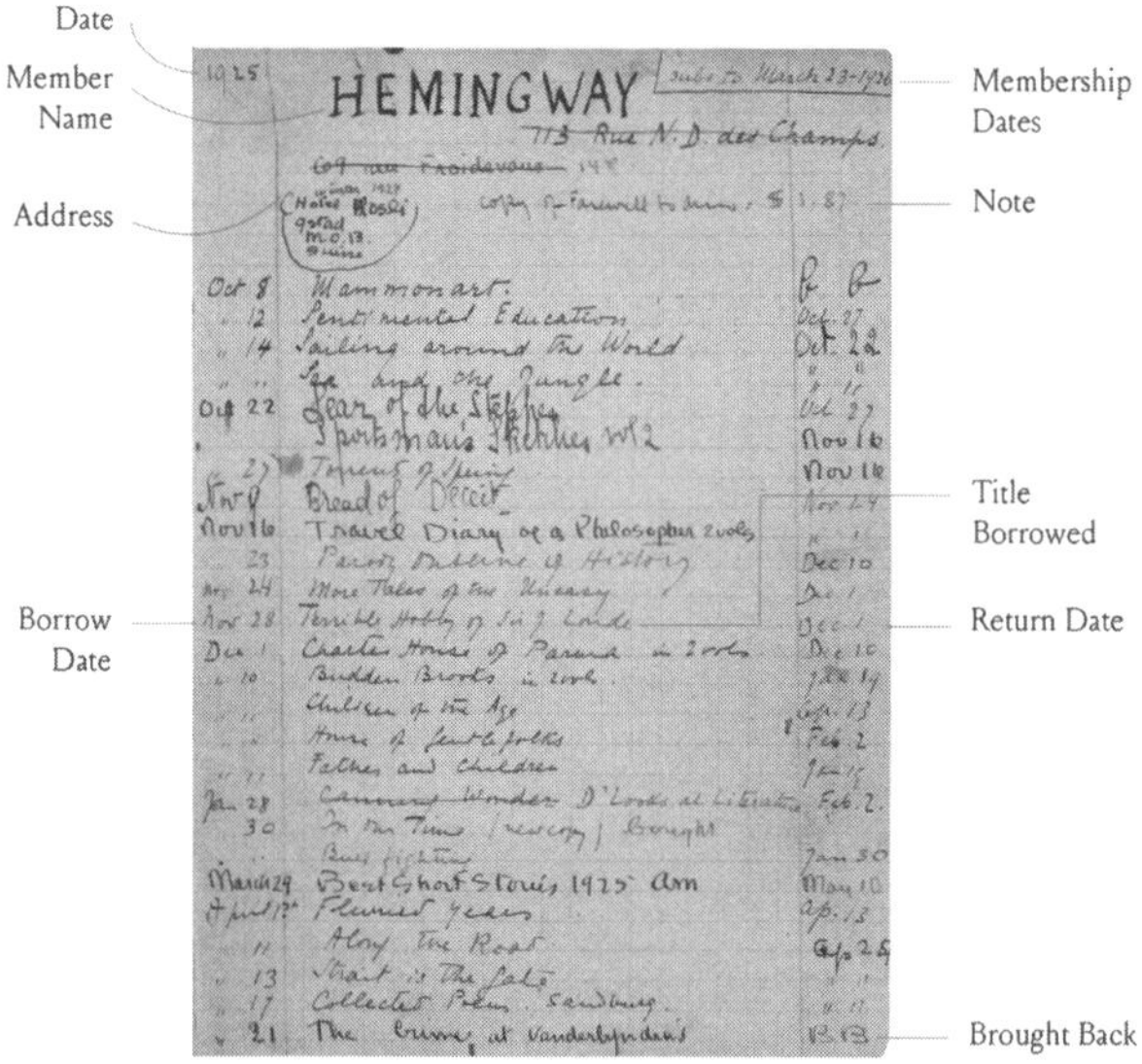

【図 15】（上）パリ・シェイクスピア書店内。（右から）ジェイムズ・ジョイス、店主シルヴィア・ビーチ、通りの向かいの書店主でビーチを助けたアドリエンヌ・モニエ（*MF* 99）
【図 16】（下）貸出文庫もあったシェイクスピア書店のヘミングウェイの図書貸出カード

の毎土曜日、フルーリュス街二七番地のスタイン家はさまざまなジャンルの芸術家たちが交流するサロンとしてその名を轟かせた。ユダヤの安息日の前衛版たる毎土曜のこの集まりにおいて、常連はピカソ、マティス夫妻、画家ブラック、詩人アポリネール、画家ローランサン、ダンサーのイサドラ・ダンカンなどがおり、初期の頃はピカソが連れてくるモンマルトルの「ボヘミアン」たちが活気に満ちた前衛の空気をサロンに持ち込んだ。漢字の視覚的要素を取り入れ絵画詩を実験したパウンド、音符による絵を試みた作曲家サティ、

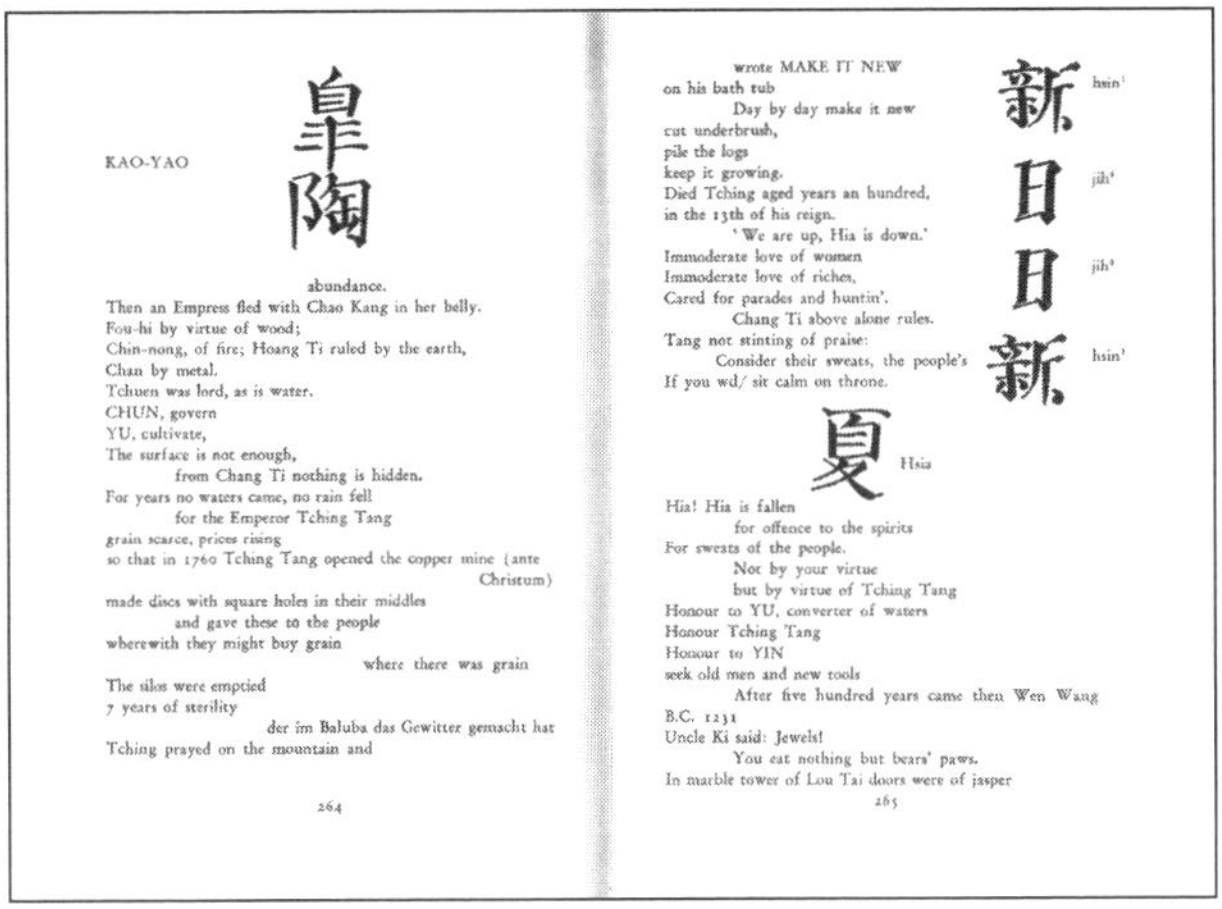
KAO-YAO 皐陶

abundance.
Then an Empress fled with Chao Kang in her belly.
Fou-hi by virtue of wood;
Chin-nong, of fire; Hoang Ti ruled by the earth,
Chan by metal.
Tchuen was lord, as is water.
CHUN, govern
YU, cultivate,
The surface is not enough,
from Chang Ti nothing is hidden.
For years no waters came, no rain fell
for the Emperor Tching Tang
grain scarce, prices rising
so that in 1760 Tching Tang opened the copper mine (ante Christum)
made discs with square holes in their middles
and gave these to the people
wherewith they might buy grain
where there was grain
The silos were emptied
7 years of sterility
der im Baluba das Gewitter gemacht hat
Tching prayed on the mountain and

264

wrote MAKE IT NEW
on his bath tub
Day by day make it new
cut underbrush,
pile the logs
keep it growing.
Died Tching aged years an hundred,
in the 13th of his reign.
'We are up, Hia is down.'
Immoderate love of women
Immoderate love of riches,
Cared for parades and huntin'.
Chang Ti above alone rules.
Tang not stinting of praise:
Consider their sweats, the people's
If you wd/ sit calm on throne.

新 hsin 日 jih 日 jih 新 hsin

夏 Hsia

Hia! Hia is fallen
for offence to the spirits
For sweats of the people.
Not by your virtue
but by virtue of Tching Tang
Honour to YU, converter of waters
Honour Tching Tang
Honour to YIN
seek old men and new tools
After five hundred years came then Wen Wang
B.C. 1231
Uncle Ki said: Jewels!
You eat nothing but bears' paws.
In marble tower of Lou Tai doors were of jasper

265

【図 17】パウンドによる英詩への漢字の視覚効果の利用（Pound 274-275）

絵画・彫刻・舞台・音楽・映画と多才ぶりを発揮したコクトーもサロンを訪れ、そこはまさにジャンル越境芸術の実験場であった。

スタイン自身も積極的にジャンル越境の実験を試みた。散文がもつ制約、時間的継起に従って物語を語るという制約から逃れ、絵画や音楽の視覚効果や同時性の効果を取り込もうとしたのだ。パリ時代、ヘミングウェイはセザンヌ絵画のように風景をつくり（本書第一章）、キュビズム絵画のように短編集を構成し（第二章）、映画（カメラ）のような散文を書いた（第三章および第四章）。あるいはパリ時代最後に執筆した『武器よさらば』の冒頭を、バッハのフーガのように書いた。これらはスタインの影響であり、また同時に一九二〇年代パリという時空間の産物

【図 18】「ブランコ」エリック・サティ作曲、シャルル・マルタン挿絵『スポーツと気晴らし』（1914-1923）より（Satie 8-9）
サティは音符で視覚的に動きを表現した。本楽曲では左手でブランコの揺れる様子を表現。五線譜の間にト書きのように物語もつけている。

であった。
　結果的にパリ時代はヘミングウェイの作家人生においてもっとも多産な時期だった。一九二一年暮れに最初の妻ハドリーとパリに到着、一九二八年に二番目の妻ポーリーンとアメリカ・キーウエストへ移るまでの約七年間。その後はキーウエストに一〇年ほど、キューバに一八年暮らし、亡くなる三年前にアメリカ（アイダホ州ケチャム）に戻った。このようにまとめると決して長くはないパリ時代、最初の著作集『三つの短編と十の詩』（一九二三）、短編集パリ版『ワレラノ時代ニ』（一九二四）およびアメリカ版『われらの時代に』（一九二五）、長編『春の奔流』（一九二六）、出世作となる長編『日はまた昇る』（一九二六）を次々と出版、作家としての地位を確たるものとした長編『武器よさらば』の執筆もおこなった。（初稿完成後キーウエストへ転居。出版はキーウエスト転居後の一九二九年）

そして芸術的な大衆作家、という在り方もパリ時代にそのルーツを見いだすことができる。のちに映画化されラブロマンスとして広く知られることになる『武器よさらば』や『誰がために鐘は鳴る』（一九四〇）によって、ヘミングウェイは一般に大衆作家とみなされているだろう。それはある意味正しい。作家初期に散文に空間的ひろがりをもたせようと試み、散文の四次元・五次元を目指して芸術実験を繰り返したのは、読者に物語を身体的に経験させるためであり、目の前で見ているかのように感じさせるためであり、あるいは世界の真実を掴んでもらうためだった。芸術的であることと広く大衆に読まれる作品を書くことはヘミングウェイのなかでは矛盾なく結びついていた。そして読者に読まれることにすべてが集約する以上、本書で扱うヘミングウェイの芸術実験が果たして成功しているか、と問いを立てるのは転倒である。問いを立てるならばこうなるべきだ。なぜこのような、ときに奇妙な言える散文実験をおこなったのか。「世界の手ざわり」を読者に掴んでもらうため、「いま・ここ」の情景を掴んでもらうため、だ。

最後に本章に入る前に用語について簡単に整理したい。モダニズムとは「近代主義」を意味するが、近代主義が主流となったモダニズム期については論者によってばらつきがある。ある者はその始まりを第一回印象派展（一八七四年）からとし、ある者はボードレールの『現代生活の画家』（一八六三）から、あるいはエジソンが白熱電球を発明したことを近代の幕開けとみなす者や、特定の文脈から一八八〇年代とする者もいる。本書ではアメリカ文学・文化において「モダニズム」（Modernism）が主流となったとみなされる一九世紀末から第二次世界大戦後まで（一八九〇〜一九四五、一九六〇年代以降のポストモダニズム期以前）を基本に据えながら、同時にデカルト的遠近法主義への反乱こそ瞬間のなかの現在という近代性を出現させた契機として重視することから、第一回印象派展をモダニズムの起源と捉える。「近代」もモダニズム期と同様とするが、近代と言った場合、モダニズムとポストモダニズムをひとつづきに捉えて相当する時期、つまり二〇世紀（インターネット登場以前）と言い換えても適当な文脈もある。スタインが自身の作品「メランクサ」をもって一九世紀から二〇世紀へ足を踏み入れたと言ったとき、二〇世紀とはすなわち近代（松浦 3）だった。また「前衛（アヴァンギャルド）」は既存の価値を覆すような先鋭的・実験的な表現をもつ芸術作品を指すが、狭義にはモダニズムの前半、とくにそのピークである盛期モダニズム前後の時期に起こった動きと捉えられている。そして盛期モダニズムとは通常一九二〇年代〜一九三〇年代前後とされるが、一方でアングロ・アメリカのコンテクストで考えればモダニズムのピークはおおよそ一九一〇年から一九二五年の間と言える。スタインがパリに移り住んだのが一九〇三年、ヘミングウェイが影響を受けたキュビズムをピカソが『アヴィニョンの娘たち』をもって始めたのが一九〇七年、反芸術の流れを顕在化させたデュシャンの『泉』が一九一七年、そしてヘミングウェイの前衛的精華『われらの時代に』（アメリカ版）出版が一九二五年であることから、本書では前衛をこれらピークと重なる時期として長めに捉えることになる。

研究書では各章の梗概を序章の最後に示すのが通例だが、ときにネタバレとなるその方法を本書はとらない。研究書に類する本書だが、楽しんで読む希有な読者の方がいるかもしれない。希望的観測だが、いずれにせよ、誰にとっても読書の楽しみは守られるべきだと思うからだ。

◉引用文献

Beebe, Maurice. "What Modernism Was." *Journal of Modern Literature*, no. 3, 1974, pp.1065-84.

Giroud, Vincent. *Picasso and Gertrude Stein*. Yale UP, 2006.

Hemingway, Colette C. *In His Time: Ernest Hemingway's Collection of Paintings and the Artists He Knew*. Kilimanjaro Books, 2009.

Hemingway, Ernest. *A Moveable Feast*. Scribner's, 1964.

Leland, John. *A Guide to Hemingway's Paris*. Algonquin Books of Chapel Hill, 1989.

Lottman, Herbert R. *Man Ray's Montparnasse*. Harry N. Abrams, 2001.

Paris Années Folles: 100 Photos de Legende. Parigramme, 2018.

Pound, Ezra. *The Cantos of Ezra Pound*. A New Direction Book, 1993.

Satie, Erik. *Twenty Short Pieces for Piano: Sports et Divertissements*. Dover, 1982.

今村楯夫「ヘミングウェイと日本を結ぶ絵画——久米民十郎を中心に」『アーネスト・ヘミングウェイ——21世紀から読む作家の地平』（日本ヘミングウェイ協会編）臨川書店、二〇一一年、二〇―三七頁

『現代思想　総特集＝一九二〇年代の光と影』青土社、一九七九年

松浦寿輝『平面論　一八八〇年代西欧』岩波書店、二〇一八年

『マン・レイ展』（展覧会図録）国立新美術館、国立国際美術館、二〇一〇年

第一部

前衛の衝撃——祝祭都市パリへ

第一章　セザンヌが連れてきた近代

――絵画の知覚、散文の身体

私にはポール・セザンヌ氏のように風景がつくれるんだよ。どうやって風景をつくるのか、ポール・セザンヌ氏から教わったよ。空っぽの胃袋を抱えてリュクサンブール美術館を何千回と歩きまわってね。

——ヘミングウェイ

1. 身体的散文を求めて

ヘミングウェイは一九二一年暮れに最初の妻ハドリーとパリに到着、一九二八年に二番目の妻ポーリーンとアメリカ・キーウエストへ移るまでの約七年間、パリ市内に暮らした。パリ時代を結婚生活に合わせて前期・後期に分けるならば、ハドリーと過ごしたパリ前期はヘミングウェイにとって文学修行と作家デビューの時期にあたる。作家人生の最初期、ヘミングウェイは自身の散文を模索していた。この修練の日々はヘミングウェイが一九五〇年代に書き初稿まで完成させ、死後（一九六四年）に遺稿として出版された『移動祝祭日』に詳しい(1)。本書は二〇一五年一一月のパリ同時多発テロ後、突如フランスでベストセラーに躍り出た一九二〇年代パリの回想録だ。テロ後の不寛容と疑心暗鬼の風潮のなか、かつて多くの外国人を受け入れ芳醇な文化を醸成したパリを思い出すためのよすがとみなされたのだ。

【図 1】ヘミングウェイ（22 歳）渡仏時のパスポート写真（Mariel Hemingway 39）

『移動祝祭日』でも再現されるように、当時のパリには歴史上類を見ないほど世界中から芸術家が集い華やかな活気に満ちていた。ときに破天荒な芸術的化学反応を起こしたこの祝祭的パリで、ヘミングウェイも師と仰いだパリ在住の米作家スタインのもと、視覚芸術を志向する前衛的散文実験をさかんにおこなった。しかしその一方で、愚直とも言える散文哲学にもこだわっていた。真実の一文を書く、というものだ。

パリで執筆がうまく進まないとき、ヘミングウェイは暖炉にオレンジの皮を絞って炎がパチパチと音を立てる様子を眺め、それから立ち上がりパリの街並みを眺め、自分にこう言い聞かせた。「心配するな。今までだって書いてきたし、これからもそうだ。やるべきは真実の一文を書くことだ。自分が知っている、もっとも真実の一文を書くんだ。」

そうしてついに私は真実の一文を書き、そこからまた続けるのだった。当時それは簡単なことだった。自分が知っていたり、この目で見たり、誰かが言うのを聞いたりした真実の一文がつねにあったからだ。もし妙に凝って書き出したり、誰かが何かを紹介あるいは説明するように書き出したら、そういう渦巻き模様や装飾は切り取って捨て、最初に書いていた簡潔な真実の平叙文からもう一度始めるのだと学んでいた。あの上階の部屋で、自分がよく知っているひとつの物事につき一つの物語を書いていこうと決めた。書いているときはいつもそうしようと心がけたが、それはためになる、厳しい鍛錬だった。（*MF*

20）

ヘミングウェイの文体の特徴とされるいわゆる〝ハードボイルド〟の文体――修飾詞と感情表現を削ぎ落とした簡潔な文体――は、この引用にあるように、自分がよく知っている物事をありのままに書くために、この世の真実を掴むために、生まれた文体だった。

この文体の成立には当時の二人の師匠的存在が透けて見える。スタイン、そして米詩人エズラ・パウンドだ。ヘミングウェイが『移動祝祭日』で「形容詞を信頼しないことを私に教えてくれた人」（*MF* 136）とパウンドを書いたように、装飾を廃した簡潔な文体の形成にはパウンドの教えが大きく関わっている。パウンドは一九一〇年代の自由詩運動であったイマジズム運動を主唱したことで知られ、詩作において形容詞や抽象表現を廃し、モノを直接描写することで明確なイメージの提示をめざした。また、自分が実際に見たあるいは知っていることを書くという現実直視の姿勢はスタインの教えと共鳴する。ヘミングウェイが当時まだ生活のために続けていた新聞社の海外特派員としての仕事を辞めるよう勧めたスタインは、その理由をこう説明した――新聞の仕事を続けていたらあなたは物事を見なくなってしまうでしょう。言葉だけを見ることになって、うまくいかない。これはもちろんあなたが作家になりたいならの話だけど（*Autobiography* 201）。

しかしたとえ二人の師に従っても、つまり直視した事象・モノの客観描写を簡潔な文体でいくら積み重ねても、世界を写真のように写すだけで読者に没入感は与えられない。いかに読者に「書かれた経験（物語）」を三次元的に「いま・ここの経験」として〝身体的に〟感じてもらえるか。本章の結論を先取りするならば、それを教えたのがセザンヌ絵画だった。

私はセザンヌを見るために、そして〔パリ以前に〕シカゴ美術館で初めて知ったマネやモネやその他の印象派たちを見るために、ほとんど毎日のようにそこ〔リュクサンブール美術館〕へ通った。当時、自分の物語に空間的ひろがり（dimensions）を持たせようと試みていたが、そのためには簡潔で真実の文章を書くだけでは全く足りないのだとセザンヌ絵画から学んでいた。セザンヌから多くを学んでいたが、誰かに十分に説明できるほどには自分のなかで明確ではなかった。それに、それは秘密でもあった。（*MF* 21; 強調筆者）。

以降の章で確認する散文実験のなかで、たとえばキュビズム絵画のように短編集を構成する（第二章）・流れるような映画的散文を実験する（第四章）といった前衛的試みはパリ前期特有だ。しかし前衛の洗礼を受け、パリ時代に得た多くのもの――断片的ナラティブ、現在に傾倒する瞬間の詩学、視覚の重視、機械の眼の語り、空間的散文――こうしたものの中でも、ヘミングウェイ散文の特徴としてとくに顕著でのちのちまで知られることになる二点がある。ひとつは簡潔な真実の《ハードボイルド》文体。もうひとつはセザンヌから学んだ、体ごと散文世界を〝経験〟させる散文。仮に「身体的散文」と呼ぼう。いま・ここの経験を文字におしとどめ、それを読者に体感を伴って経験してもらう――ヘミングウェイ作品の大きな特徴と言えるこの身体的散文を、ヘミングウェイはセザンヌ絵画から学んだ。ヘミングウェイはスタインの薫陶を受け、ジャンル越境の芸術実験として絵画や映画を志向する散文を書いた。しかし「セザンヌのように」書いたことは一時期

ヘミングウェイがパリのリュクサンブール美術館で観たと考えられるセザンヌ絵画

【図 2】（上）『エスタックより望むマルセイユ湾』1878/79 年（1897 ～ 1929 年リュクサンブール美術館常設）
【図 3】（中央）『ポプラ並木』1878/79 年（1923 ～ 1929 年リュクサンブール美術館常設）
【図 4】（下）『農家の中庭』1879 年（1896 ～ 1929 年リュクサンブール美術館常設）

現在は、三点ともオルセー美術館蔵

の前衛的試みにとどまらず、ヘミングウェイ散文の根幹を形成することになったのだ。

2. セザンヌ絵画の「風景のつくり方」

ヘミングウェイは人生で多くの絵画を購入・所有しただけでなく、作品内でもさまざまな絵画に言及している。たとえば短編集『われらの時代に』所収の短編「革命家」に登場するアンドレア・マンテーニャの『死せるキリスト』、闘牛解説書『午後の死』で登場するゴヤの『戦争の惨禍』、死後出版作品『海流の中の島々』（一九七〇）のヒエロニムス・ボスやピーテル・ブリューゲル。ときにこれらの絵画は主にその主題によって、作品解釈の鍵となる重要な役割を果たす。しかし、ヘミングウェイが自身の散文創作そのものへの影響を明言したのは、パリ時代にみたセザンヌ絵画だけだった。

『移動祝祭日』でもその後も明言は避けたが、セザンヌ絵画のように散文を書くというジャンル越境の芸術実験の源泉は間違いなくスタインだろう。実際、スタインもセザンヌ絵画『扇子を持つセザンヌ夫人』【図5】に衝撃を受け、その影響によって小説『三人の女』（一九〇九年）を書いたのだ（第二章参照）。その師スタインに宛てた一九二四年八月一五日付けの手紙で、ヘミングウェイはこう書いている。

ヘミングウェイがスタイン宅で観た肖像画

【図5】『扇子を持つセザンヌ夫人』1879/88年／ビュールレ・コレクション蔵

二編の長めの短編を書き終えましたよ。ひとつはそれほど良くありませんが、長い方、スペインに行く前に書き始めた方（短編集『われらの時代に』所収の中編「大きな二つの心臓のある川」"Big Two-Hearted River"）では田園（country）をセザンヌのようにしようとしていて、ひどく苦しんでいますが、時々ほんの少しだけ出来ています。一〇〇ページほどの長さで、何も起こらず、田園は素晴らしい。全部私がつくりあげたものなので全部見えていて、それぞれの部分はそうであるべき風になっていて、釣りに関してもすばらしく、それにしても書くというのは大変な仕事ですね。あなたに出会う前は簡単なことでした。（*SL* 122）[2]

パリでヘミングウェイがセザンヌ絵画を目にしたのはスタイン家の応接室のほか、当時リュクサンブール公園内にあったリュクサンブール美術館だった（一九二九年に閉館）。[3] とくに美術館へは毎日のように通ったという。貧しさゆえ昼食を抜き、大抵は空腹だった。しかし空腹の状態で見ると絵はかえってはっきりと美しく見え、セザンヌがどのように風景（landscapes）をつくり上げたかも正しく理解できたという（*MF* 69）。一九四九年に雑誌『ニューヨーカー』のライター、リリアン・ロスの同行取材でニューヨークのメトロポリタン美術館へ出かけた際も、パリ時代をこう振り返っている。

「私にはポール・セザンヌ氏のように風景がつくれるんだよ（I can make a landscape like Mr. Paul Cézanne.）。どうやって風景をつくるのか、ポール・セザンヌ氏から教わったよ。空っぽの胃袋を抱えてリュクサンブール美術館を何千回と歩きまわってね。もしポール氏が近くにいたら私の風景のつくり

方が気に入ったはずだし、私がそれを彼から教わったことを喜ばしく思っているはずさ。」（Ross 51）

ヘミングウェイにはセザンヌ絵画から学んだことを散文で正しく実践している自負があったのだ。

3.「大きな二つの心臓のある川」

風景のつくり方、空間的ひろがり。これらが意味するところを具体的に知るために、ヘミングウェイがセザンヌ絵画から学んだことを実践したという中編作品「大きな二つの心臓のある川」を読んでみると、確かに風景はえんえんと描写されている。というのも、この作品はただひとりの登場人物である青年ニックがアメリカ・北ミシガンの森に入り、釣りをし、キャンプをはる。それだけの物語だからだ。ただの釣り紀行にも見える「大きな二つの心臓のある川」は『ディス・クォーター』の記念すべき第一号（一九二五年五月発行）に掲載され、のちに短編集『われらの時代に』に収められた。『ディス・クォーター』はパリで発行されたリトル・マガジンで（一九二五年～一九三二年刊行）、同時期パリでのこちらは短命だった『トランスアトランティック・レビュー』（一九二四年のみ）とともに、ジャンル越境の芸術的交感を紙上で実現したモダニズムの貴重な遺産である。マン・レイによるポートレート写真、コンスタンティン・ブランクーシの彫刻やエセル・ムアヘッドの絵画（の写真）、スタイン、パウンド、カール・サンドバーグ、H・D・の詩、ヘミングウェイ、ジェイムズ・ジョイス、ジュナ・バーンズ、トリスタン・ツァラによる散文、あるいは米作曲家ジョージ・アンタイルの楽譜等を掲載した贅沢極まりない前衛的ジャンル越境文芸誌。そこにヘミングウェイの「大きな二つの心臓のある川」が掲載されたとき、先輩米作家F・スコット・フィッツジェラルドはヘミングウェイが「何も起こらない物語を書いた」と批判したという（Baker, *Writer as Artist* 125）。

物語のモデルとなったのはパリ以前に友人二人と出かけたミシガン州シーニーのフォックス川での釣り旅行（一九一九年）で、初期の原稿では登場したこれら友人をヘミングウェイはのちに削除、ニックの一人

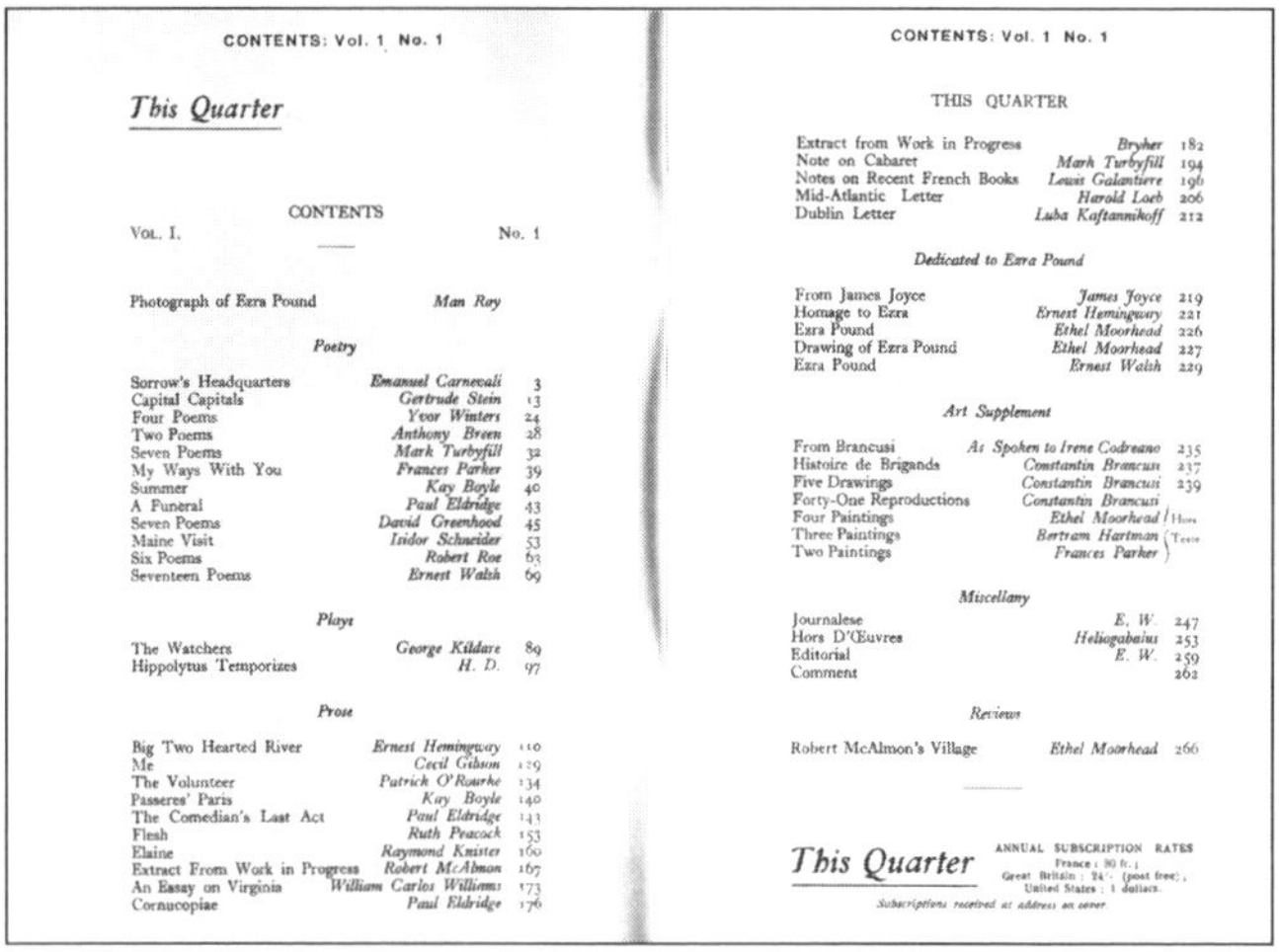

CONTENTS: Vol. 1 No. 1

This Quarter

CONTENTS

VOL. I. No. 1

Photograph of Ezra Pound	*Man Ray*	
Poetry		
Sorrow's Headquarters	*Emanuel Carnevali*	3
Capital Capitals	*Gertrude Stein*	13
Four Poems	*Yvor Winters*	24
Two Poems	*Anthony Breen*	28
Seven Poems	*Mark Turbyfill*	32
My Ways With You	*Frances Parker*	39
Summer	*Kay Boyle*	40
A Funeral	*Paul Eldridge*	43
Seven Poems	*David Greenhood*	45
Maine Visit	*Isidor Schneider*	53
Six Poems	*Robert Roe*	63
Seventeen Poems	*Ernest Walsh*	69
Plays		
The Watchers	*George Kildare*	89
Hippolytus Temporizes	*H. D.*	97
Prose		
Big Two Hearted River	*Ernest Hemingway*	110
Me	*Cecil Gibson*	129
The Volunteer	*Patrick O'Rourke*	134
Passeres' Paris	*Kay Boyle*	140
The Comedian's Last Act	*Paul Eldridge*	143
Flesh	*Ruth Peacock*	153
Elaine	*Raymond Knister*	160
Extract From Work in Progress	*Robert McAlmon*	167
An Essay on Virginia	*William Carlos Williams*	173
Cornucopiae	*Paul Eldridge*	176

CONTENTS: Vol. 1 No. 1

THIS QUARTER

Extract from Work in Progress	*Bryher*	182
Note on Cabaret	*Mark Turbyfill*	194
Notes on Recent French Books	*Louis Galantiere*	196
Mid-Atlantic Letter	*Harold Loeb*	206
Dublin Letter	*Luba Kaftannikoff*	212
Dedicated to Ezra Pound		
From James Joyce	*James Joyce*	219
Homage to Ezra	*Ernest Hemingway*	221
Ezra Pound	*Ethel Moorhead*	226
Drawing of Ezra Pound	*Ethel Moorhead*	227
Ezra Pound	*Ernest Walsh*	229
Art Supplement		
From Brancusi	*As Spoken to Irene Codreano*	235
Histoire de Brigands	*Constantin Brancusi*	237
Five Drawings	*Constantin Brancusi*	239
Forty-One Reproductions	*Constantin Brancusi*	
Four Paintings	*Ethel Moorhead*	Hors
Three Paintings	*Bertram Hartman*	Texte
Two Paintings	*Frances Parker*	
Miscellany		
Journalese	*E. W.*	247
Hors D'Œuvres	*Heliogabalus*	253
Editorial	*E. W.*	259
Comment		262
Reviews		
Robert McAlmon's Village	*Ethel Moorhead*	266

This Quarter

ANNUAL SUBSCRIPTION RATES
France : 80 fr. ;
Great Britain : 24/- (post free) ;
United States : 1 dollars.

Subscriptions received at address on cover.

【図６】（上）『ディス・クォーター』第１巻第１号の目次
【図７】（中央）アンタイルの楽譜（『ディス・クォーター』第１巻第２号付録）
【図８】（下）ブランクーシの彫刻（『ディス・クォーター』第１巻第１号図録）

旅へと変容させ、実在の別の川の名を冠した。物語はニックの行動記録と森の風景描写の組み合わせというべきもので、フィッツジェラルドが言うように劇的な出来事は何も起こらない。三人称語りでニックの見るもの感じるものが事細かに記録される一方、視点的人物であるニックの内面描写は最低限である――ほんのひとこと「ニックはうれしかった」など。一人旅なのでもちろん会話もない。ときおりニックが声に出すひとり言が書かれるのみだ。捕まえたバッタを空に放しながら「飛んでいけ」、あるいは自分で用意した夕食をひとくち食べた瞬間に「うまい」と思わず声を漏らすニック。

何も起こらない、そしてセザンヌ絵画との関連も一読したところ判然としないこの作品で、むしろ何より見逃し難い特異な点は、視点的人物であるニックの舐めるような視線だ。たとえば以下の物語ほぼ冒頭で、まず目につくのは視覚に関する単語が頻出することだ。

ニックは一面に広がる焼け果てた丘陵を眺めた（looked at）。そこには町の住民たちの家が点々とみえると思っていたのに。線路に沿って歩いて降り、川にかかる橋に着いた。川は確かにそこにあった。流れが橋の木杭にぶつかり渦巻いていた。川底の石の色を映して茶色に見える澄んだ水をニックは見下ろし（looked down）、鱒が尾ひれを揺らしながら流れのなかで静止しようとしているのを見た（watched）。見るにつれ（watched）、鱒たちはすばやく向きを変えながら速い流れのなかで静止した。ニックは長い間鱒を見ていた（watched）。

ニックは鱒たちが流れに向かって鼻先を向けて静止するのを見ていた（watched）、凸面鏡のような水の表面を通して遠くから見下ろしていたので（watched）、たくさんの鱒が深く速い流れの中で少し歪んで見えた。水面は橋の木杭にあたって押したりなめらかに膨れあがったりしていた。水底には大きな鱒がいた。ニックははじめ鱒たちが見えなかった（did not see）が、やがて底の方に見えた（saw）……

ニックは橋から流れを見下ろした（looked down into）。暑い日だった。カワセミが上流に向かって飛び去った。（*IOT* 133-134）

ニックの視線によって風景が子細に描き出されていることが分かる。大森が指摘するように、二部構成の「大きな二つの心臓のある川」で、視覚に関する単語は第一部のみで“see”が一四回、“look”が二五回、“watch”が一三回も使われている（77-87）。このしつこいほどの視覚描写に、物語が進むにつれさらに嗅覚や触覚、味覚なども加わり、ニックの丁寧な五感の描写によって風景が、まわりの自然が、三次元の厚みをもって描写されていく。ニオイシダの香りやザックの重み、歩くにつれ景観を変える起伏のある地形、寝転んだ大地の感触、木の高い所を吹き抜ける風、首筋に照りつける太陽、川の中で両足に感じる水の冷たさと重み。

こうした知覚の前景化は、ひとつにはニックが戦争帰還兵であることで説明できる。(4)『われらの時代に』所収の複数の作品に登場するニックは作者へミングウェイの伝記的背景を色濃く投影する分身的存在（alter ego）だ。それゆえこの時期の戦争とは第一次世界大戦を指す。(5)人類史上初めて大量殺戮兵器が使用されたこの近代戦で、多くの兵士は塹壕の底で泥まみれで怯え、その後ＰＴＳＤに苦しんだ。「大きな二つの心臓のある川」では物語冒頭から戦争を暗示する「火」への言及が続く——大火事、焼失したシーニーの町、焼け野原、黒いバッタ。塹壕の泥を思わせる沼地も一七回も登場し、ニックはそこでの釣りをためらう。一方で「川は確かにそこにあった」とニックが心ふるわすように、悠久の自然も示されている。ニックは豊かな自然に身を浸し、心身の傷を癒やそうとしているのだ。五感を研ぎ澄まし、身体が感じるすべてを子細に確認するのは、治癒のプロセスと言える。

知覚の前景化は戦争との関連で説明できる一方、それはセザンヌ絵画からジャンル越境的に学んだこととも強く関係している。セザンヌ絵画を観ることで身体や知覚に思考が及んだ同時代人がいたことが、まずなによりの証左だろう。ヘミングウェイと同年に没するフランスの哲学者（現象学者）モーリス・メルロ＝ポンティが有名だが、ヘミングウェイにもっと近い同時代モダニズム作家がいる。英作家Ｄ・Ｈ・ロレンス（一八八五―一九三〇）だ。

4．ロレンスの卓見、芸術の身体

ロレンスとヘミングウェイは直接面識はないものの、パリ時代にヘミングウェイはロレンス作品を愛読し、またロレンスもヘミングウェイの『われらの時代に』のもっとも初期の書評を書いた一人である（一九二七年）。ロレンスは自身も四〇歳から「何かにとり憑かれたかのように」（杉山 5）絵を描き始め、『われらの時代に』の書評を書いた二年後（一九二九年）に絵画展を開催。絵画展の三日前には絵画集を出版している。絵画論と言えるエッセイもいくつも残しており、[6] なかでもとくにセザンヌに関して集中的に語られるのが「芸術と道徳」（一九二五年）、そして絵画集の序文（一九二九年）である。

【図 9】D. H. ロレンス 1929 年（“Introduction to These Paintings” 96）

【図 10】ディルク・バウツの「最後の晩餐図」の遠近法的略図（ルーヴァン、聖ペトルス聖堂、1464-67 年）（パノフスキー 60）遠近法の理論を支えていた「視覚のピラミッド」。ピラミッドが二つ合わさり、一方の頂点は画家の目、もう一方の頂点は画家の目と同じ高さで絵画の中の「消失点」（vanishing point）となる。消失点に向かって空間が等方的・直線的・均質的に収れんするこの人工的な光景は、「はるかかなたの（片眼の）神の目から見た均質的な三次元空間の幻覚」（Jay 16-17）だ。不動の単眼に収れんするその眺めは静的で、時間を超越し、脱身体化されている。

「絵画集序文」は絵画論としては異色の内容だ。ロレンスはイギリスでは一六世紀末のエリザベス時代に梅毒への恐怖から身体に対する恐れが始まったとし、歴代の王／王妃の病、とくに性病の履歴を語り、交易や植民地主義によって国外から多くの病を受け入れてきた歴史に触れ、そうした病がアングロサクソンの血の中に入り、やがて意識に入り込み、ついにはイマジネーションに打撃を与えた経緯をかなりの頁を割いて語る。そしてこの恐怖が身体的なコミュニケーションの気持ちをほとんど死滅させ、人は自身の身体、本能、直観を恐れるようになった。しかし、真に生身の人間や生きた世界を理解し、また芸術においてイメージを生み出しうるのは身体的なものによってのみである——こうしたロレンスの考えを体現しているのがセザンヌ絵画というわけだ。

ロレンスが「絵画集序文」で開陳する英国の歴史観・文化観が正しいかどうかはひとまずは問題ではない。問題は、ロレンスがヘミングウェイと同じく一九二〇年代にセザンヌ絵画の身体を問題にしたことだ。ロレンスはこうセザンヌの苦悩を語る。「唐突に彼［セザンヌ］は精神の支配を感じたのだ……。彼は身体の真なる実在を描き、それに芸術的に触れさせたかった。……彼は生きたかったのだ、身体において真に生きたかったのだ。本能と直感を通して世界を知るために……。」（112-113）

さらにセザンヌの芸術を身体、とくに視覚の秘密として説明するのがロレンスの別の絵画エッセイ「芸術と道徳」だ。タイトルから明らかなようにこの小文は絵画とモラルの問題を扱っており、ロレンスは冒頭、

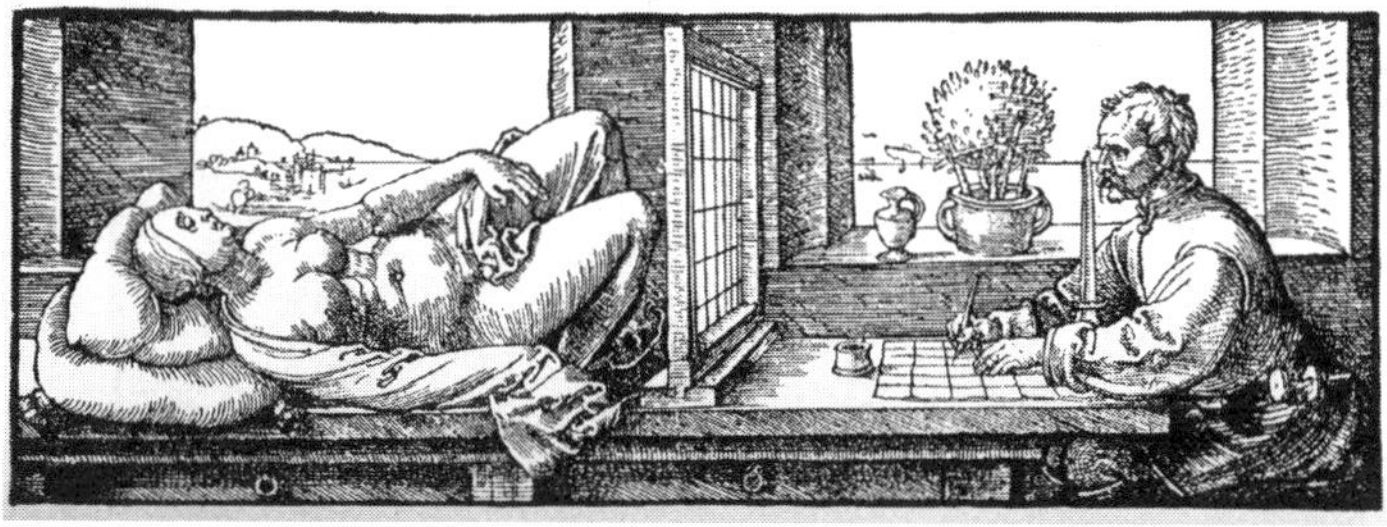

【図 11】　アルブレヒト・デューラーの版画『横たわる裸婦を描く製図工』『測定法教本』第 2 版の挿絵（1538 年）
精巧な遠近法で描くための仕組みが描かれている。固定された位置から片目で格子越しに見た対象を、同じく格子状の手元の紙上に写し取る。「主体である画家が、世界を覗き見、幾何学という思考に裏打ちされた客観的世界として対象を描いている」（横山 202）。

ブルジョワにとってセザンヌの静物画は不道徳と断ずる。セザンヌが遠近法から逸脱した絵画を描いたからだ[7]。セザンヌは「近代絵画の父」「二〇世紀絵画の先駆者」と称されてきたが、それは西洋絵画の大文法であったルネサンスの遠近法技法から逸脱した絵画を描き、二〇世紀前衛を用意したからだ。ロレンスは本エッセイで、「すべてを見渡す単眼」（The All-Seeing Eye）、つまり遠近法（の一点透視図法）にのっとって描かれた絵画に存在する「消失点」に否定的に言及している（523）（【図10】参照）[8]。この硬直した単眼から逃れたセザンヌ絵画を称賛し、称賛しながら「不道徳」だという。セザンヌ絵画がそれまで「正しい」とされてきたのとは異なる世界の見え方を提示しているからだ。

ここまでならばおなじみのセザンヌ絵画＝脱遠近法の話だ。しかし、ロレンスはどうやらそれ以上の話をしている。絵画を通して西欧社会に浸透した〝正しい〟（とされてきた）世界の見え方を、

【図12】(右) 画材を背負い、毎日のように戸外制作へ出かけたセザンヌ
【図13】(左) ローヴで制作中のセザンヌ (1906年頃)
(『「セザンヌ」展』64)

「長い時間をかけて形成された、カメラが見るような視の習慣」(The slowly formed habit of seeing just as the photographic camera sees)(521)と説明し、さらにその写真的視覚に対してこう異議を唱えるのだ。「網膜に映る物体はつねに写真的だとあなた方は言うのだろう。そうかもしれないが、おそらく違うと思う。網膜上の像がどうであれ、見ている人間によって実際に取り入れられるのは、めったにその対象物の写真的イメージではない。(強調原文)」(522)。[9]

ロレンスのようにカメラに懐疑的な芸術家は一九世紀から存在した。その筆頭は象徴派詩人のシャルル・ボードレールで、その文章に影響された若い仏画家の一派がカメラに反旗をひるがえした。この一派は「印象派」と名乗り、フォトグラフ《光で書く》と同じく光を捉え、しかしカメラのように焦点を当てるのではなく、空気遠近法等を用いて視界をぼかす光を描き、カメラがとめてしまう時間の流れを絵画で表現しようとした。「芸術と道徳」で「人はコダック機ではない」と断じたロレンスは、しかし、ふたたび、どうやら印象派以上の話をしている。問題は光や時間だけではない。

先のロレンスの言葉——確かに網膜に映る像はつねに写真的かもしれないが、見ている人間によって実際に「取り入れられる」のは、めったに対象の写真的イメージではない——は、二一世紀現在、人間の空

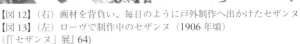

間知覚について知る者には驚きである。それはまさに網膜像と知覚像のメカニズムに言及したフレーズのように読めるからだ。「網膜像」とは網膜に映る外界の画像で、これはカメラのレンズに映るのと同様の二次元の映像である。知覚心理学者リチャード・グレゴリーが言うように、「芸術家が幾何学的遠近法を厳密に使って描く場合、彼は自分が見ているものを描いているわけではなく、網膜像を再現している」（238）のだ。一方、「知覚像」は網膜像に人間の知覚作用が加わり脳内で三次元の空間として認知される像のことである。たとえば雄大な山の姿に感動しカメラに収めて家に帰って見たところ、自身が見たはずの雄大な山と違って遠く小さく見える、という経験を誰しもしたことがあるだろう。この場合、自分が見たはずと思っている雄大な山の像が知覚像、写真の画像が網膜像と同じである。

端的に言えば、セザンヌは網膜像ではなく知覚像を描いた画家だった。網膜に映る像ではなく、人間が脳の処理を通して「取り入れ」経験する世界を描いた画家だった。セザンヌの絵は私たち自身にも見えないもの、つまり自分たちがどのように世界を身体的に受容しているかを見せているのだ。

二〇世紀半ばから研究が加速する空間知覚のメカニズムを、セザンヌはたゆまぬ観察と直観により理解したのだろう。ルネサンスの遠近法以降、一つの視点に還元され、脱身体化された絵画空間。セザンヌはそこから脱却しようとした。「視の制度（scopic regime）」ルネサンスの遠近法を否定することは、西欧における人間存在のモデルたるデカルト的遠近法主義（Cartesian perspectivalism）をも揺るがすことになる。「セザンヌの偉大さは彼の苦悩のうちにある」とピカソが言ったように、正しいと教えられた遠近法絵画の眺めのようにはどうしても世界が見えない自らの視覚に苦しみながら、セザンヌは描いた。その苦悩の絵画は、結果的に西洋絵画の空間に――そして世界に――身体を取り戻すことになる。そしてセザンヌの絵画をみ

【図14】ピエロ・デッラ・フランチェスカ派の『理想都市の眺め』1470年頃？／国立マルケ美術館蔵

ることで、ロレンスとヘミングウェイもまた、芸術行為における身体の奪還を正しく理解したのだ(10)。

5．セザンヌの空間——遠くにあってなお大きな山

ルネサンス期の一五世紀イタリアで確立された遠近法は、立体のこの世界の眺めを平面のキャンバス上に再現するために編み出された技法であった。しかし、その均質的な幾何学的空間は、人間が実際に知覚する世界の眺めとは異なる。たとえばピエロ・デッラ・フランチェスカ派の『理想都市の眺め』は精巧な遠近法で描かれているが、その均質的な空間はあたかもコンピュータ・グラフィックスで再現された虚構の未来都市のように現実味がない【図14】。あるいは空気遠近法を使用したことで有名なレオナルド・ダ・ヴィンチの『モナ・リザ』では背景の風景が異様に小さく遠く、大変不自然である【図15】。この不自然さは線遠近法の科学的達成である写真でも同様である。「科学的遠近法で描けば写真と同じプロポーションになり、それが眼の網膜に映った外界の像ともピッタリ一致しているはずである。ところが正確なはずの遠近法で描いた絵では遠くのものが異様に小さく見える」（酒田「Cezanne」2）。

【図15】『モナ・リザ』1503〜06年頃？／ルーヴル美術館蔵

セザンヌが生涯のモチーフとして描いた南仏エクス＝アン＝プロヴァンスのサント＝ヴィクトワール山はしばしば大きすぎると批判され、セザンヌは眼病説につきまとわれさえした。しかし「大きすぎる山」は空間知覚のメカニズムのひとつである「大きさの恒常性」にかなっている。「形」「色」「運動」「奥行き」の四要素から成り立つ視覚と、これらの要素を反映した空間知覚（空間視）のメカニズムを、セザンヌは空間知覚を最初に考えたゲシュタルト心理学よりもずっと以前に直観的に理解していたと考えられる。[11] 神経生理学者の酒田英夫はこのことを四つの側面、すなわち①大きさの恒常性②面の重なり③色の恒常性④三次元的基本形の組み合わせによる自然把握から説明するが、ここではとくにヘミングウェイ散文に関係する最初の二点を確認したい。[12]

①「大きさの恒常性」（size constancy）（あるいは「大きさ恒常性」（グレゴリー 238））は知覚の心理学の用語で、眼で見る物の大きさを、距離の変化にあまり関係なく一定に保とうとする知覚系の働きである。カメラの場合、写真に写る対象の大きさは距離に反比例し、距離が二倍になれば½、三倍なら⅓と小さく写る。網膜像も距離が二倍になれば大きさは½になるが、普通われわれは目の前にある10㎝のコーヒーカップを5m離れても10㎝ほどと知覚する。遠くの山はカメラ画像では小さく写るが肉眼で見るとそれほど小さく見えない、という現象はこの大きさの恒常性の作用による。大きすぎると批判されたセザンヌのサント＝ヴィクトワール山は、人間が「見たまま・感じたまま」の大きさとひろがりをキャンバス上に再現しようとセ

【図 16-a】（右）セザンヌ『トロネ街道の上に見るサント＝ヴィクトワール山』1896-98 年／エルミタージュ美術館所蔵
【図 16-b】（左）ローラン撮影 (Loran 98)

ザンヌが試みた結果だ。当然ながら、遠近法からは逸脱した空間構成になった。

このことはアール・ローランが二〇世紀半ばに、パヴェル・マホトカが今世紀初頭に出版した比較研究書から明らかである。二人の研究は数あるセザンヌ研究の方法論のなかでも「場所」に関わるもので、セザンヌ研究者の第一人者であったジョン・リウォルドが始めたものだ。セザンヌがキャンバスを立てて描いた場所を特定して写真を撮り、作品と写真の比較によってセザンヌの技法を研究するのだ。つまりローランもマホトカもセザンヌの技法の解明のために作品と写真の比較をおこなっているが、それらは同時に知覚の作用を説明する比較にもなり得ている。【図16―a】と【図16―b】はセザンヌが描いたサント＝ヴィクトワール山と、セザンヌが写生をおこなった地点からサント＝ヴィクトワール山を写真撮影したものである。写真に比べセザンヌが描いたサント＝ヴィクトワール山は大きく前面にせり出すように描かれ、また輪郭もはっきり描かれている。【図17】でもこれは明らかで、写真【図17―b,c】では道の先、木々の向こうにサント＝ヴィクトワール山が顔を出すように見えるが、セザンヌ絵画【図17―a】では雄大な山が神々しくそそり立ち、圧

【図 17-a】（上）セザンヌ『トロネ街道の上に見るサント＝ヴィクトワール山（カラカサマツとともに）』1904 年／クリーヴランド美術館蔵
【図 17-b】（中央）リウォルド 1935 年撮影（Machotka 122）
【図 17-c】（下）マホトカ 1976 年撮影（Machotka 122）

【図 18-a】（上）セザンヌ『ガルダンヌ近郊、サント＝ヴィクトワール山の前方の家』1886-90 年／インディアナポリス美術館蔵
【図 18-b】（中央）リウォルド 1935 年撮影 (Machotka 62)
【図 18-c】（下）マホトカとドニ・クターニュ 1998 年撮影 (Machotka 62)

【図 19-a】（上）セザンヌ『サント＝ヴィクトワール山』1888-89 年／個人蔵
【図 19-b】（下）ルノワール『サント＝ヴィクトワール山』1889 年／イェール大学美術館蔵

【図 20-a】（上）セザンヌ『エスタックより望むマルセイユ湾』1978-79 年／オルセー美術館蔵
【図 20-b】（下）マホトカ撮影（Machotka 18）

倒的な存在感を放っている。【図18】でも同様で、写真では背景に遠く平板に写るサント＝ヴィクトワール山は、セザンヌ絵画ではもっと手前に大きく、山肌もシャープに切り立って美しく描かれている。写真では中景に位置する家も、もっと手前に大きく描かれている。

セザンヌの描くサント＝ヴィクトワールの大きさや存在感は、印象派の画家ルノワールが描いたサント＝ヴィクトワール山と比べると一目瞭然である。【図19―a】と【図19―b】は同じ地点から描かれた両者の作品だ。ルノワールのサント＝ヴィクトワール山【図19―b】は遠近法に従って遠く小さく描かれ、また印象派特有の空気遠近法により、ぼんやりと霞がかって見える。セザンヌのサント＝ヴィクトワール山【図19―a】は遠くにあってなお大きく、輪郭もはっきり描かれている。

【図20―a】『エスタックより望むマルセイユ湾』はヘミングウェイがリュクサンブール美術館で観たであろう風景画だが、写真【図20―b】に比べて対岸の山の連なりはやはり大きく堅牢な質感をもって描かれている。対岸そのものがこちら側へ、鑑賞者の方向にせり出して迫ってくるようにも見える。

②「面の重なり」(surface-based representation)[13]は眼球運動による空間認識の方法で、これをセザンヌがおこなったように絵画で実現すると、二次元のキャンバスに三次元空間を作り出す技法となる。面を重ねることで奥行きのある画面構成が出来るのだ【図21】。セザンヌ絵画はこの面の重なりを利用して絵画空間に拡がりと奥行きを作り出し、また鑑賞者の視線が自然にある方向に導かれて動くように空間が構成されている。【図22―a】と写真【図22―b】との比較で、絵画では視線が道の奥へと自然に導かれることが分かる。【図23―b】は【図23―a】『サント＝ヴィクトワール山』の面の重なりの図解である。奥行きを作りなが

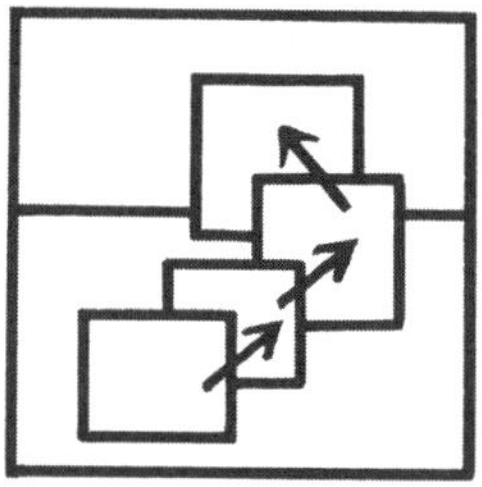

【図 21】（右）面の重なり（Loran 19）
【図 22-a】（右上）セザンヌ『赤い岩壁』1895 年頃
／オルセー美術館蔵
（Machotka 85）
【図 22-b】（左上）マホトカ 2005 年撮影（Machotka 84）

らも、遠近法技法のように「消失点」に収れんする空間とは異なる空間構成であることが分かる。先にも確認したように、ローランによる図解はセザンヌ絵画の技法を説明するもので、知覚とは全く別の文脈で説明されている。しかし、酒田も確認するように、これは眼球運動による面の重なりを示す図として捉えることも可能である。

われわれがある光景を見る時に視線をたえず動かして各部分の特徴を順番にとらえ全体としてのパターンを認識していることは、アイカメラなどを使った心理学的な実験でたしかめられている。とくに、空間内の位置や動きの識別には網膜からの視覚情報だけでなく眼球運動の情報が

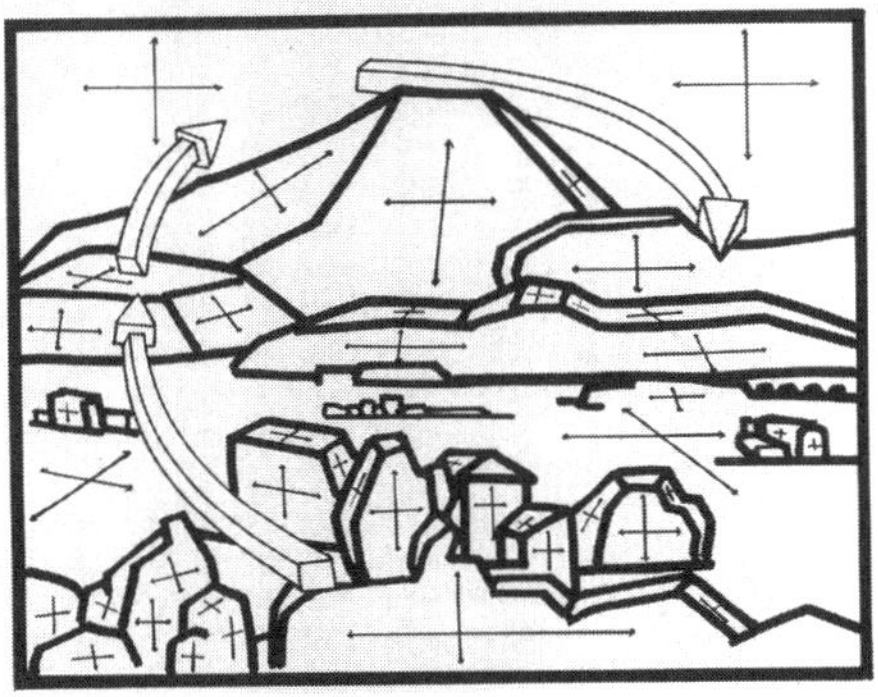

【図 23-a】（右）セザンヌ『サント＝ヴィクトワール山』1895 年頃／バーンズ・コレクション蔵
【図 23-b】（左）「面の重なり」の図解（ともに Loran 124）

不可欠の要素であることはよく知られている。Cézanne が印象派の画家のようにただ感覚器に加わる光刺激だけを問題にするのでなく、普通ほとんど意識にのぼらない眼球運動の効果を充分考慮に入れていたというのは驚くべき事である。いうなれば Cézanne の方が当時の心理学者よりずっと知覚の法則を知っていたのである。（酒田「Cézanne と空間知覚」3）

面で捉えた空間と視線の移動。これに対して印象派は点の集積によってシルエットで形を捉えた。ルネサンス由来の遠近法から脱したという点で共通点のあるセザンヌと印象派だが、印象主義は網膜への光刺激をキャンバス上で再現するために絵具をパレット上で混ぜ合わせず、個々の明るい色のまま点描によって対象を描いた。光り輝く画面を実現した印象主義とセザンヌは初期には行動をともにし、セザンヌも一八七四年の第一回印象派展に作品を出品した。しかし印象派の平面的な画面構成や、目という感覚器官のみに特化した光の表現に満足できなかった。「モネは目に過ぎない。しかし、なんという目だろう。」こう言ったセザンヌは、生涯光を追い続けた印象派の巨匠モネの道を称えながらも、自身はうつろいゆく光よりも堅固な量感を、平面ではなく奥行きを、目だけでなく脳から全身へ行き渡る、身体で感受する世界を求めたのだ。

6．ヘミングウェイと「世界の手ざわり」

セザンヌは自分が感じるままの世界をキャンバスに再現しようと腐心した。その結果、不動の単眼に収れんする人工的・静的な遠近法空間ではなく、知覚作用に忠実な動的な絵画空間を生み出した。一つの「視点」に還元され脱身体化されてきた絵画空間は、身体を取り戻したのだ。セザンヌが没年に「感覚を実現すること」(the realization of sensations) と息子宛ての手紙で書いたこと[14]、あるいは同郷の詩人・美術批評家ジョワシャン・ガスケに語った謎めいた言葉の数々——たとえば「ふたつの並行するテクスト、すなわち見られる自然と感じられる自然」(the two parallel texts, nature as it is seen and nature as it is felt) (150)[15]——も、驚くほどに意味を成す。あるいはメルロ＝ポンティがセザンヌ絵画を念頭に置いて「画家はその身体を世界に貸すことによって、世界を絵に変える」(257) と言った意味も。

セザンヌの試みが単なる芸術的・美学的試み以上であることは明らかだろう。一点から世界を客体化する遠近法絵画の世界観は、主体と客体を対立的に位置づけるデカルト主義および続く西洋哲学と結びつき、世界認識のモデルとして機能してきた。このデカルト的遠近法主義に抗することとなったセザンヌ絵画、そのセザンヌ絵画に真理を見いだし西洋哲学に身体を取り戻したメルロ＝ポンティ、そしてともに身体・知覚という文脈にたどりついたロレンスとヘミングウェイはみな、硬直した世界認識よりも自身の身体感

【図24】セザンヌ『フォンテーヌブローの森の岩々』1890年代／メトロポリタン美術館蔵

覚を重視する動的で相対的な世界観を真なるものと捉えたのだ。

「風景をセザンヌのようにしようとしています」と二五歳のヘミングウェイがスタインに書いた「大きな二つの心臓のある川」。この作品における知覚の前景化、そしてヘミングウェイが散文に「空間的ひろがり」(dimensions)を持たせる方法についてセザンヌ絵画から示唆を受けたという意味も理解できるだろう。ただ、目の前に対象のある絵画と異なり、散文創作は目の前の風景を直接そのまま写生するわけではない。作者が作品を生み出す過程ではなく、読者が作品を読むときに風景が身体感覚をもって立ち上がるような創作、それがヘミングウェイが言った「風景をセザンヌのように」の意味だろう。セザンヌ絵画を観たときに鑑賞者が身体感覚を喚起されるように、鑑賞者自身がサント＝ヴィクトワール山を「経験」するように。紙面にインクで印刷された黒い文字列である二次元の散文作品から、ニックの視覚によって風景が立ち上がる。その風景の中をニックが動き・感じることで世界が生まれる。読者はニックの視覚と身体感覚を共有しながら、その風景を「経験」する。大地の感触、木々の高いところを吹き抜ける風、照りつける太陽、ニオイシダの香り、冷たい川の水の重さ。現在ならばヴァーチャル・リアリティのような、と言えるかもしれない。

さらに興味深いのは、出版前に削除された作品最終部だ。

遺稿として残され、批評家フィリップ・ヤングが「書くことについて」と仮題を付して一九七二年に出版した。本原稿部には出版された「大きな二つの心臓のある川」にはない情報が多く詰まっている。ただひとりの登場人物であるニックはどうやら作家らしいこと。結婚していること。あろうことか、ニックの意識の流れのなかにセザンヌの名も何度も出てくる。

セザンヌはごまかしから始めた。そしてすべてをこなごなに壊して本物を打ち立てた。すごいことだ。セザンヌがもっとも偉大だった。つねにもっとも偉大だった。一時の流行なんかじゃなかった。彼は、ニックは、セザンヌが絵画でやったように風景を書きたかった。そうするには自分自身の内側からやらなくちゃいけなかった（You had to do it from inside yourself.）。なんのごまかしもなかった。誰もそんな風に風景を書いたことはなかった。ニックはほとんどそのことを神々しく感じた。ものすごく真剣なことだった。徹底的に戦い抜けばできるはずだった。自分の目と正しく生きていたならば。……ニックはセザンヌだったらこの川の水面の広がりや沼地をどんな風にしたか（do）を理解し、立ち上がって流れに足を踏み入れた。水は冷たく、確かにそこに存在した（actual）。彼は流れを横切ってザブザブとわたり、その光景（picture）の中に入っていった。（*NAS* 239-240; 強調筆者）

教えられた正しさである遠近法を捨て、「自分自身の内側から」風景を書いたセザンヌ。そうすることで、自らの身体が触れている世界を実体をもってキャンバス上に再現した。そのとてつもない偉大さを正しく認識しているニックは、セザンヌへの賞賛と敬意を口にした後、物語冒頭からここまで自らの身体で創り上げてきた風景の中に入っていく。ヘミングウェイはここで「美しい眺め」を意味する英単語“picture”を使っているが、これは文字通り絵画空間とも読める。

この最終部があったなら、「大きな二つの心臓のある川」は帰還兵の物語というよりメタフィクション（小説を書くことについての小説）であり、われわれの文脈で言うならば散文創作（writing）に絵画空間（picture）を創る物語である。そしてその絵画空間は、神の目に収れんする不動の空間ではない。ニックが水の冷たさと重みを確かに感じながら川に入っていったように、そこは動的な、「確かに存在する」、実体をもった空間だ。ヘミングウェイが一九四九年にニューヨークのメトロポリタン美術館でセザンヌ絵画『フォンテーヌブローの森の岩々』【図24】の前で「セザンヌのように風景がつくれる」と言ったときも、ヘミングウェイはまるでその絵の中の岩をつかんで今にも登ろうとするかのような言葉でその絵画を描写している。「これが私たちが散文でやらなくちゃいけないことだ。これとこれ、そしてこの木々、そしてよじ登らなくてはならないこれらの岩々」(Ross 50)。パリ時代のヘミングウェイが、そして晩年のヘミングウェイも変わらず目指したのはこれだ。読者に身体的に経験させる世界を生み出すこと。「世界の手ざわり」を散文で実現すること。

セザンヌと同様に、教えられた正しさに抵抗し身体に還る背景と文脈がパリ時代のヘミングウェイにはあった。よく知られるようにヘミングウェイは「神の死」を経験した戦後世代「失われた世代《ロストジェネレーション》」の筆頭である。マルカム・カウリーが『ロスト・ジェネレーション』で言うように、この世代が「喪失《ロスト》の世代であったのは、異郷の地で生きようとしたから」であり、過去から断絶した新たな価値をつくらなければならなかったからだ（11）。このことはヘミングウェイの伝記的背景とそのまま重なる。『われらの時代に』の「第七章」

で若い兵士が戦場で神を失うさまを書いたヘミングウェイは、抑制的文化（とくに飲酒や性に関して）をもつ共同体で、キリスト教信仰の篤い家庭で育った。とくに母グレースは旧来の神を中心とする世界観、この世を神の庭と捉える美しい世界観を信じて疑わず、ヘミングウェイが生まれた日の日記に「コマドリたちは小さな来訪者をこの美しい世界に迎え入れるために甘美な歌を歌った」（Baker *Life Story* 3）と書くような人物だった。一方、ヘミングウェイは第一次世界大戦の戦場で、残酷で汚い世界を目の当たりにした。また帰還後の新聞記者としての経験から、事象や事実をありのままに書くことと向き合う。その後、パリで性を含めた（ヘミングウェイにとっての）人間の真実を出世作『日はまた昇る』（一九二六）で書いたとき、グレースは「嫌悪感で気分が悪くなる」（Reynolds 53）と言った。[16]それ以前もその後もグレースと衝突を繰り返したヘミングウェイは、母との精神的確執を後年も消化できず、結局グレースの葬儀にも出席しなかった。グレースが代表する世界観・価値観はヘミングウェイにとって古いというよりも、もはや虚飾・偽りであった。文体から修飾詞や過剰な感情を削ぎ落とし、「渦巻き模様や装飾」を切り取って「真実の一文」を書こうとしたヘミングウェイは、価値においても虚飾を剝ぎ取った後に残るはずの真実を掴もうとした。[17]

その「真実」が身体的なものであったことは、第一次世界大戦の戦場経験者に適っているとも言える。岡崎が言うように、第一次世界大戦が引き起こした知覚の変化は、敵が見えないその戦闘スタイルに由来する（40）。毒ガス、塹壕戦、潜水艦、航空機、戦車で構成されるこの近代戦争の新たな戦場で、もはや敵の姿は見えず、突然の爆音や閃光の中、兵士は自身の身体感覚を通して現実を把握・経験するしかなかった。事物の具体性と、それを知覚する感覚の輪郭を主観的に叙述することこそが、戦場経験者に適う表現方法だったと言える。

世界の真実をありのままに表現する「真実の一文」を求め、その実在性を身体的に求めたパリのヘミングウェイが到達した身体的散文。それは一九世紀的に室内装飾を詳細に描写するリアリズムではなく、また目の経験のみの写真的リアリズムでもない。世界の事物の感触を伝えるリアリズムであり、身体で経験する動的なリアリズムだ。「大きな二つの心臓のある川」だけでなく、『われらの時代に』のたとえば他のニック物語でも、一人称語りの作品は一作もないにもかかわらず、読者はニックの身体感覚を経由して物語世界を実体をもって経験する。たとえばこの短編集でもっとも知られる作品であろう「インディアン・キャンプ」("Indian Camp")のさらにもっとも印象的な最後のシーン――幼いニックが進みゆくボートから伸ばした手を朝まだき湖にひたす場面、肌を刺す早朝の冷気のなか、水はあたたかく感じたという最後の場面。どのような解釈であれこの場面をなぜ批評家がそんなにも語りたがってきたのか、それはこのシーンの圧倒的なリアリティゆえだろう。分類するならば三人称と言えるこの物語で、途中父親の高揚した気分を一部報告する語りは、しかしつねにニックと知覚を共有している。ニックが手術の様子を見る、あるいは見ないことを逐一描くナラティブによって、物語最後に到達する頃、読者はニックとほとんど身体的に同化している。「山々の向こうから太陽が昇ってきた。一匹のバスが跳ね上がり、湖面に円を描いた」(*IOT* 19)と短文で即物的に描写される穏やかな朝を、ニックの視覚を通して読者は見る。終始夜の闇に支配され、生と死が相次ぎ、背後には白人とネイティブ・アメリカンの支配・被支配の凄惨な歴史がみえる――朝が来てこうしたすべてから解放され、緊張がほどけたのはニックだけでなく読者も同じだ。その安堵があたたかな水の感触としてニック＝読者の身体に具現化するとき、それまでの闇の物語の重さも改めて実体化する。物語最後の知覚の前景化から逆照射する形で、物語世界が知覚できる現実として重みをもつ(embodied)のだ。

同じく三人称語りのニック物語「三日吹く風」（"The Three-Day Blow"）でも語りの視点はほとんどつねにニックに同化しており、「ニックが見るように読者は見る」（Ficken 101）。さらにニックの身体感覚の直接的で丁寧な描写により、読者は視覚に加え聴覚、触覚、味覚等ニックの知覚を共有していく――（アイリッシュ・ウイスキーの水割りを飲んで）「「すごい、燻したような味だね」とニックは言い、グラスを透かして暖炉の炎を見つめた」（*IOT* 40）。「彼［ビル］はロフトに上がっていき、ニックはビルが頭上を歩き回る音を聞いた」（*IOT* 40）。「ビルはウイスキーのボトルに手をのばした。彼の大きな手がボトルをすっぽりと覆った。彼はニックが差し出したグラスにウイスキーをそそいだ」（*IOT* 41）。読者はウイスキーを味わい、ビルが歩き回る音を聞き、ガラス越しの炎のゆらめきを見つめ、手にしたグラスに注がれるウイスキーの重みを感じる。物語最後にニックがビルとともに外に出るとき、もはやニックの知覚は描かれないが、「かなりの強風が吹いていた」（*IOT* 49）というシンプルな客観描写のみで読者はその強風に吹かれるニックを思い描き、同時にその風を自身にも感じる。あるいは「格闘家」（"The Battler"）では無賃乗車がばれて走る汽車から突き落とされた青年ニックが地面から起き上がるところから物語が始まる。「ニックは立ち上がった」（*IOT* 53）と唐突に始まる本作冒頭が秀逸なのは、まるで映画のオープニングのように動きのある場面が説明なしに始まり、暗闇のなか怪我をしていないかニックが自分の身体のあちこちをまさぐり確認する過程で読者もその知覚を共有し、さらに三人称の地の文で唐突にニックの内面にナラティブが入り込みニックの声を真横で聞いているような一体感を得ることだ（第三章で確認する「内面にフォーカスする映画カメラ的技法」が効果的に使われている場面でもある）。「ニックは目をこすった。大きなこぶができつつあった。目の周りが黒ずむかもしれないな。すでに痛かった。あのろくでなしの制動手め。」（Nick rubbed his eye. There was a big bump coming up.

He would have a black eye, all right. It ached already. That son of a crutting brakeman.）（*IOT* 53）

ヘミングウェイ散文がもつこうした臨場感やスピード感は、これまで「現場主義」「からだで書く作家」などと表現されてきた。そのナラティブの力——いま・ここを経験させる力は、じつに作家初期に求められ、その実現にはパリ前衛の洗礼があった。そしてこの身体的散文は、後年も晩年もヘミングウェイの作品を支え続けた。たとえば『誰がために鐘は鳴る』（一九四〇）の最後のシーン、主人公ジョーダンのおそらく死の直前、ジョーダンは空を見上げ、松の幹に触れ、森の地面に伏せて押しつけられた自身の心臓の鼓動を激しく感じる。感情はもちろん書かれないが、世界と人生への愛惜がジョーダンの身体を通して描かれている。あるいは『老人と海』（一九五二）で何度も描かれる老人の手の痛み、硬直した筋肉、手で感じる水や肌で感じる冷気——そうしたすべての知覚が彼の闘いを身体化／具現化（embodied）する。

【図25】セザンヌ『モンブリオンより望むサント＝ヴィクトワール山』
1985-87年／メトロポリタン美術館蔵
風が吹いているのが感じられるだろう。

若きヘミングウェイはパリ時代、スタインのもとで視覚芸術に着想を得て、まずその視覚性に着目した。しかし、核心は視覚以上の部分に存在した。このことを教えたのはセザンヌ絵画の身体性であり、セザンヌ絵画が捕らえようとしていた「世界の手ざわり」だった。神の目でこの世を眺めるのではなく、人間の身体で世界に触れること――これこそがヘミングウェイにとってのセザンヌであり、ヘミングウェイにとってのパリ前衛であり、つまりヘミングウェイの近代だった。

◉註

（1）本書の出版の経緯や各章の執筆日等についてはフェアバンクス『ヘミングウェイの遺作』第六章を参照。

（2）手紙の原文は以下の通り。"I have finished two long short stories, one of them not much good and finished the long one I worked on before I went to Spain ["Big Two-Hearted River"] where I'm trying to do the country like Cezanne and having a hell of a time and sometimes getting it a little bit. It is about 100 pages long and nothing happens and the country is swell, I made it all up, so I see it all and part of it comes out the way it ought to, it is swell about the fish, but isn't writing a hard job though? It used to be easy before I met you."（*SL* 122）（註釈は編者）

（3）二人の批評家が当時リュクサンブール美術館に常設展示されていたセザンヌ絵画三点【図2～4】を特定している（Hagemann 88-89）（Johnston 28）。そのうちのひとりハーゲマンは、ルーヴル美術館のセザンヌ絵画九点やパリ市内でおこなわれた美術展などの展示をあわせ、一九二二年から二四年にかけてヘミングウェイの徒歩圏内で四三点のセザンヌ絵画が存在したと論じているが、すべてをヘミングウェイが観た確証はない。

ヘミングウェイの死後に「大きな二つの心臓のある川」から削除された原稿が発見され、登場人物ニックの口を通して、おそらくヘミングウェイが観たであろうセザンヌ絵画が言及されている。「彼［ニック］はセザンヌ絵画を思い浮かべた。ガートルード・スタインの家の肖像画。ニックが正しく理解したとスタインは分かってくれるだろう。リュクサンブール美術館のすばらしい二点、ベルネーム画廊での借用展示で毎日観た（複数の）セザンヌ絵画。兵士たちが水着を脱いでいるもの、木立を通り抜けた向こう側の家、そうした木立のなかの一本とその向こうの家、あの湖の絵じゃなくて、別の湖の絵。少年の肖像画。」（*NAS* 239-240）この引用ではリュクサンブール美術館で観たセザンヌ絵画を二点と言っており、ハーゲマンもその二点を『農家の中庭』と『エスタックより望むマルセイユ港』としている。一方、もう一人の批評家ジョンストンはこれら二点に『ポプラ並木』も加えている。オルセー美術館が公開している所蔵情報をみると、確かに一九二三年〜一九二九年の間、リュクサンブール美術館が所蔵していたことが分かる。これら三点【図２〜４】がヘミングウェイのパリ在住時にリュクサンブール美術館にあったとの所蔵情報は、オルセー美術館の以下のウェブサイトで確認できる（二〇二〇年一二月一二日現在）。

Musée d'Orsay: Notice d'Oeuvre (musee-orsay.fr)

Musée d'Orsay: Paul Cézanne Le golfe de Marseille vu de L'Estaque (musee-orsay.fr)

Musée d'Orsay: non_traduit (musee-orsay.fr)

「大きな二つの心臓のある川」の削除された原稿で言及されるベルネーム＝ジューヌ画廊は二〇二〇年一二月現在、パリで現存する最古のアート・ギャラリーのひとつ。一八七四年に初めて印象派の作品を展示し、一九〇一年にはゴッホの回顧展をおこなった歴史的な場所である。ヘミングウェイの登場人物が言う「ベルネーム画廊の借用展示」は一九二四年三月三日から二二日にかけておこなわれた『セザンヌ展』（*Exposition Cézanne*）で、一三点がかかったことが分かっている。『移動祝祭日』では毎日のようにリュクサンブール美術館に通ったと回想しているが、削除された原稿でニックが言ったように、ヘミングウェイ本人もベルネーム＝ジューヌ画廊での絵画展にも毎日のように通っていた可能性も否定できない。その絵画展の五ヵ月後のスタイン宛ての手紙で、「風景をセザンヌのようにしている」と書いたことになる。

（4）ヘミングウェイはこの作品が戦争帰還兵の物語であると『移動祝祭日』で述べている。「それは戦争からの帰還についての物語だった。だが戦争にはひと言も触れていなかった。」（The story was about coming back from the war but there was no mention of the war in it.）（*MF* 75）

（5）ヘミングウェイ自身は兵士に志願するが目の検査で不合格となり、物資の補給員として第一次世界大戦に赴くこととなった。一九一八年六月より最前線の部隊へコーヒーやタバコなどを配達する任務に就き、七月八日深夜にオーストリア軍の迫撃砲弾を受け重傷を負い、また機関銃の弾が右足の膝に命中。その後ミラノの病院に長期入院した。二〇〇個以上の破片や弾の摘出手術を一〇数回受けたとされる（島村 34-35）。

（6）“Art and Morality” (1925), “Making Pictures” (1929), “Introduction to These Paintings” (1929), “Pictures on the Walls” (1929) 等。

（7）セザンヌは遠近法から逸脱した絵画を描いたものの、そのことを言語化できず、逆に遠近法を重んじるような有名な言葉を晩年に残している。「自然を円筒形と球形と円錐形によって扱い、物体や平面のそれぞれの面が中心点に向かうように、すべてを遠近法の中に配置するのです。」（一九〇四年四月一五日の画家・批評家エミール・ベルナールへの手紙）（Cézanne 296）

（8）ルネサンス期に発展した線遠近法は三次元の現実空間を二次元のキャンバスに写し取る、不可能なミッションのために考案された技法であった。よく出来た嘘、とも言われる遠近法の原理は極めて素朴で、平面上に二本の線をわずかに傾斜させて中心に向かうように描くと奥行きが生まれるというものだ（下図①参照）。

古代ローマ時代にすでにあったこの方法がルネサンス期の一五世紀イタリアで洗練され、技法として確立される。そしてその後、遠近法は長く西欧の人々の「世界の見方」

①

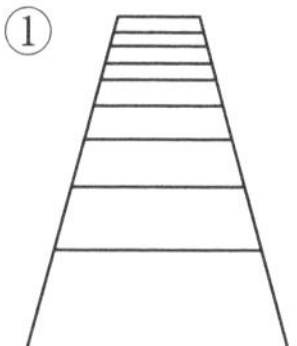

を規定する視の制度（scopic regime）として機能することになる。芸術史家ウィリアム・アイヴィンス・ジュニアは『芸術と幾何学』*Art and Geometry*（1946）で「アルベルティ後の五〇〇年におよぶ芸術史は、彼の考えが芸術家やヨーロッパの人々にゆっくりと浸透していった歴史にすぎない」（Jay 4）と表現している。

遠近法を最初に理論化したとされるのは芸術家・建築家・理論家アルベルティ（一四〇四―一四七二）で、彼が遠近法を説明した原理は「アルベルティの窓」として知られる（下図②参照）（Palmer 230）。キャンバスを「窓」とみなし、窓を通して三次元の景色を見ながら、その輪郭を二次元のキャンバスに写し取るのだ。これを厳密に実践するために、画家と描く対象の間に格子状に区切られたガラスを置き、画家は固定された一点から片眼で対象を見つめ、手元の紙に写し取る方法も考案された【図11】。

②

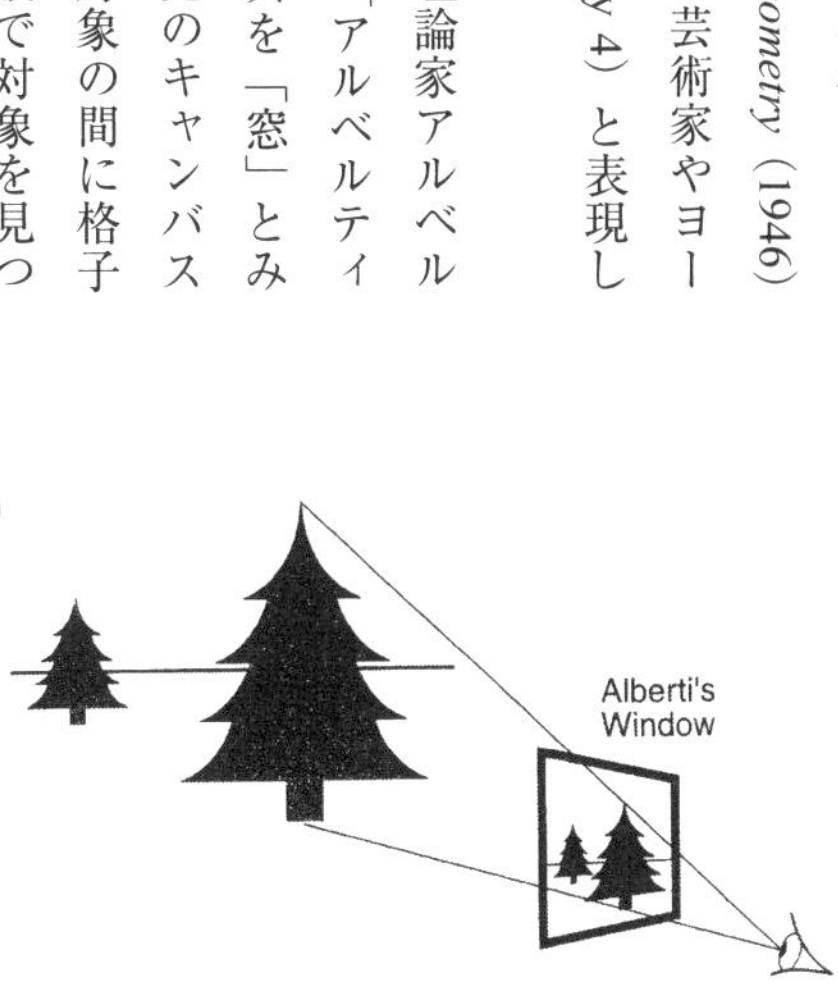

アルベルティやデューラーの遠近法の理論を支えていたのは「視覚のピラミッド」という考えだった。ピラミッドが二つ合わさり、一方の頂点は画家の目、もう一方の頂点は画家の目と同じ高さで絵画の中の「消失点」（vanishing point）となる【図10】。つまり遠近法によって構築されるのは、この消失点に向かって空間が等方的・直線的・均質的に収れんする人工的な光景だ。それは「はるかかなたの（単眼の）神の目から見た均質的な三次元空間の幻覚」（Jay 16-17）であり、いわば神の視覚を再現している（Berger 16）。人間復興のルネサンス期、神を見限った人間は新たな神として君臨し、「静止した単眼の神」として世界の眺めを再構成したのだ。静的なその眺めは時間を超越し、ひとつの視点に還元され、「脱身体化された」（Jay 7）のだ。

（9）You may say, the object reflected on the retina is *always* photographic. It may be. I doubt it. But whatever the image on the retina may be, it is rarely, even now, the photographic image of the object which is actually *taken in* by the man who sees the object. (Lawrence, "Art and Morality" 522; 強調原文)

（10）ヘミングウェイの師スタインはパリへ来る以前、アメリカのラドクリフ女子大（ハーバード大学の女子部に相当）で哲学者・心理学者ウィリアム・ジェイムズに直接教えを受けた。ジェイムズの哲学・心理学はスタインに多大な影響を与えたと考えられているが、セザンヌ絵画と結びつけられるジェイムズの知見がスタイン経由でヘミングウェイに伝わっていた可能性も否定はできない。ジェイムズは、当時は脳科学や神経生理学と重なる学問分野であった心理学の研究に携わっていた。感覚刺激（目の光受容体などの感覚器官が刺激されると生じる生物学的現象）（カンデル 127）と知覚（脳が外界から受け取った情報を、過去の経験や仮説の検証による学習に基づいて得られた知識と統合する働きを担う）（カンデル 127）の区別に関して、ジェイムズは以下のように述べている。「知覚は、感覚刺激を惹起する対象に結びつくさらなる事実に関する意識を動員することにおいて、感覚刺激と異なる（James 1890）」（カンデル 127）。ジェイムズの『心理学原理』*The Principles of Psychology*（1890）からのこの言葉を引くカンデルは、続けて以下のように説明している。「感覚刺激と知覚の区別は、視覚の中心問題をなす（Albright 2015）。感覚刺激は光学的なものであり、目が関与する。それに対し、知覚は統合的なものであり、脳全体が関与する。すでに見たように、学習と記憶は、脳内の特定のシナプス結合を強化する。オルブライトとギルバートの発見によれば、トップダウン処理は、脳細胞が文脈に関する情報を用いて、入ってくる（芸術作品に由来するものを含む）感覚情報を内的表象、すなわち知覚表象に変換する不可欠の計算処理の結果実行される（Albright 2015; Gilbert 2013b）。」（カンデル 127）酒田が使う網膜像および知覚像という言葉は、カンデルが脳のトップダウン処理として説明する「感覚刺激」（哲学などでは「感覚与件」とも呼ばれる）（カンデル 126）と「知覚」、あるいは「感覚情報」と「内的表象／知覚表象」に相当するだろう。

（11）われわれ人間がどのように三次元空間を知覚するかは二〇世紀初頭から主にゲシュタルト心理学において主観的経験として心理学的に分析されてきた。ゲシュタルト心理学者たちは「脳は鏡ではない」こと、そして「見る」というプロセスが「見ている世界を変える」ことを証明しようとした（レーラー 173）。彼らは「外界に対する私たちの諸感覚の中にあると考えられているものの大半は、じつは内部、すなわち心の内側からくると」（レーラー 173）主張したのだ。その後、空間知覚のメカニズムは二〇世紀半ばから神経生理学、心理物理学、コンピュータ・ビジョンなど各分野で研究が進み、客観的な神経活動として捉えられるようになっていく。立体視の研究や視覚野については一九六〇年代、視覚の回転運動やデイヴィッド・マーに代表されるコンピュータ・ビジョンの理論は八〇年代以降というように、異なる分野で徐々に立証されてきた。頭頂葉の立体視に関係する神経細胞の活動も記録できるようになって久しい。近年ますます盛んになっている科学から芸術を考察する研究に先がけて、神経生理学からこの分野の研究に携わった酒田英夫は二〇〇三年に発表した論文等で（*Cognition and Emotion in the Brain* に掲載された "Representation of the 3D world in art and in the brain"（Ken-Ichiro Tsutsui, Masato Taira との共同研究））セザンヌが空間知覚のメカニズムを反映した絵画を描いたことを明らかにしている。頭頂葉の機能、とくに奥行き知覚を一生のテーマとして研究したという酒田は、同じく「生涯奥行きを追求し続けた」セザンヌの絵画に「単なる美しさ以上のものを感じ」研究対象としたという。

（12）以下、セザンヌと空間知覚については、主に参考文献に挙げた酒田英夫氏による論文等に加え、二〇〇三年九月および二〇〇四年八月におこなった東京聖徳栄養大学の氏の研究室でのインタビュー、およびその間の電話と電子メールでのやりとりに基づく。

（13）「surface-based representation は Stephen E. Palmer が Vision Science という monograph のなかで David Marr の 2・1/2 dimensional sketch（または観察者中心座標系による表象）と呼んでいる段階をそう言い換えているものですが、「面の重なり」または「組み合わせによる対象」または「情景の表象」と解釈していいと思います。」（酒田

氏メール文（二〇〇四年八月一一日）より

（14）亡くなる約一ヵ月前、一九〇六年九月の手紙（Machotka 129）。

（15）すべての伝記や評伝に言えることだが、ガスケがセザンヌの言葉として著した『セザンヌ』*Cézanne: A Memoir with Conversations* は、ガスケの単純な記憶違い等を否定することは出来ず、慎重に扱うことが必要な資料である。しかし同時に、セザンヌの肉声に近づくことのできる貴重な証言である重要性も看過できない。

（16）グレースは『日はまた昇る』を「今年のもっとも汚らしい本のひとつ」と呼んだ故郷オークパークの読書クラブでの言葉を息子宛の手紙でわざわざ伝え、こう続けている。「一体どうしてしまったの？　忠誠、高貴、名誉、人生の美しさ……こうしたものへの興味を失ったのですか？……どのページも嫌悪感で気分が悪くなります」（Reynolds 53）。一方、母のこうした言葉をあらかじめ予測していたヘミングウェイは、作品が出版される以前に、グレースにとって醜悪と思われるであろうその作品について父への手紙でこう述べている。「ぼくはすべてのぼくの物語のなかで現実の人生が生み出す感情をつかもうと努力しています。……美しいものと同様に悪いことや醜いものをも描かなければ、このことは為し得ないのです」（Kert 197）。父クラレンスも息子の作品を理解していたわけではなく、注文して購入したパリ版『ワレラノ時代ニ』を六冊すべて出版社に返品し、『日はまた昇る』についても自分はもっと「健康的な」文学を好む（Baker, *Life Story* 180）と手紙で書いて送っている。ただクラレンスのほうが息子への配慮ある表現を使っている。両親を含め、保守的なオークパークでいかにヘミングウェイ作品が拒絶されてきたかは前田「終章　ヘミングウェイを許した故郷の町」を参照。

　また、前衛芸術の母であるスタインは旧来の因習的な世界観から脱したモダニストではあったが、年齢的にはヘミングウェイの母親世代にあたる。グレースとは全く異なる出自と価値観をもつスタインだが、世界観に関しては、グレースと同じ対立構図が――少なくともヘミングウェイ側から見たスタインとは――成り立つ。ヘミングウェイは『移動祝祭日』でスタインについてこう書いている。「彼女［スタイン］は世界の情勢の楽しい部分を知りたがった。決して本当のことではなく、決して悪いことではなく。（never the real, never the bad.）」（*MF* 31）また、自身の作品「ミシガンの北で」を"inaccrochable"（壁に掛けられない（絵）、出版できない（書物））と評したスタインに、こう反論している。「でももしそれが汚いのではなく、単に人々が実際に使っている言葉を使おうとしているだけだとしたらどうですか？　それらの言葉がその物語を現実に即したものにできる唯一の言葉で、使わざるを得ないとしたら？　使いますよね。」（*MF* 22）

（17）この母子の世代間対立――信仰に基づき「神の国」としての世界を美しく彩ろうとするロマンティックでセンチメンタルな世界観を持つ支配的な母と、神の死んだ戦後世界で「汚さ」や「恐怖」にみちあふれた世界の「現実」をありのままに見ようとする息子の対立――と、息子世代が真実を徹底的に追い求める態度は、歴史家アン・ダグラスが著書『恐るべき正直さ』（一九九五年）で描き出すアメリカの一九二〇年代文化史観にそっくりあてはまる。戦争体験やフロイトの精神分析の流行、社会の機械化・工業化などの複合的要因から一九二〇年代に成年を迎えた世代がことさら事実・真実・正直さにこだわった世代的傾向があり、ダグラスが作品分析を含めてヘミングウェイを詳細に扱うように、ヘミングウェイはこの切り口での世代の筆頭でもある。小笠原を参照。

◉引用文献

Baker, Carlos. *Ernest Hemingway: A Life Story*. Scribner's, 1969.
---. *Hemingway: The Writer as Artist*. Princeton UP, 1963.
Berger, John. *Ways of Seeing*. BBC, 1972. バージャー、ジョン『イメージ――視覚とメディア』（伊藤俊治訳）筑摩書房、二〇一三年
Cézanne, Paul. *Paul Cezanne: Letters*. Edited by John Rewald, Translated by Seymour Hacker, Hacker Art Books, 1984.
Douglas, Ann. *Terrible Honesty: Mongrel Manhattan in the 1920s*. Farrar, Straus and Giroux, 1995.

Ficken, Carl. “Point of View in the Nick Adams Stories.” *The Short Stories of Ernest Hemingway: Critical Essays*, edited by Jackson J. Benson, Duke UP, 1975, pp.93-112.

Gasquet, Joachim. *Cézanne: A Memoir with Conversations*. Translated by Christopher Pemberton, Preface by John Rewald, Thames and Hudson, 1959.

Hagemann, Meyly C. “Hemingway’s Secret: From Visual to Verbal Art.” *Journal of Modern Literature*, no. 7, 1979, pp.87-112.

Hemingway, Colette C. *In His Time: Ernest Hemingway’s Collection of Paintings and the Artists He Knew*. Kilimanjaro Books, 2009.

Hemingway, Ernest. *Ernest Hemingway: Selected Letters, 1917-1961*. Edited by Carlos Baker, Scribner’s, 1981.

---. *In Our Time*. Scribner’s, 1925.

---. “On Writing.” *The Nick Adams Stories*, edited by Philip Young, Scribner’s, 1972, pp.233-241.

---. *A Moveable Feas*t. Scribner’s, 1964.

Hemingway, Mariel. *Hemingway: A Life in Pictures*. Text by Boris Vejdovsky, Andre Deutsch book, 2011.

Jay, Martin. “Scopic Regimes of Modernity.” *Vision and Visuality*, edited by Hal Foster, New Press, 1988, pp.3-23.

Johnston, Kenneth G. “Hemingway and Cezanne: Doing the Country.” *American Literature*, vol.56, no.1, 1984, pp.28-37.

Kert, Bernice. *The Hemingway Women*. W. W. Norton, 1983.

Loran, Erle. *Cézanne’s Composition*. U of California P, 1946.

Lawrence, D. H. “Art and Morality.” *Calendar of Modern Letters*. 1925. *Phoenix: The Posthumous Papers of D. H. Lawrence*, edited by Edward D. McDonald, Viking, 1968, pp.521-26.

---. “Introduction to These Paintings.” *D H Lawrence’s Paintings*, Introduction by Keith Sagar, Chaucer, 2003, pp.83-135.

---. “Making Picture.” *D H Lawrence’s Paintings*, Introduction by Keith Sagar, Chaucer, 2003, pp.137-145.

"Pictures on the Walls." *D H Lawrence's Paintings*, Introduction by Keith Sagar, Chaucer, 2003, pp.147-159.
Machotka, Pavel, editor. *On Site with P. Cezanne in Provence*. Editions Cres, 2006.
Moorhead, Ethel, and Ernest Walsh, editors. *This Quarter*. Vol.1, Nos. 1-2, 1925. Reprinted by Hon-No-Tomosha, 1996.
Palmer Stephen E. *Vision Science: Photons and Phenomenology*. MIT Press, 1999.
Reynolds, Michael. *The Young Hemingway*. W.W. Norton and Company, 1986.
Ross, Lillian. *Portrait of Hemingway*. Modern Library, 1999.
Sakata, Hideo, et al. "Representation of the 3D World in Art and in the Brain." *Cognition and Emotion in the Brain*, International Congress Series No. 1250, 2003, pp. 15-35.
Stein, Gertrude. *The Autobiography of Alice B. Toklas. 1933. Selected Writings of Gertrude Stein*, edited by Carl Van Vechten, Vintage, 1990, pp.1-237.
岡崎乾二郎『抽象の力　近代芸術の解析』亜紀書房、二〇一八年
小笠原亜衣「母殺しの欲望――１９２０年代と*The Sun Also Rises*」『アメリカ文学研究』第三五号、一九九九年、七五―九〇頁
大森昭生「エモーションの喚起とその持続――『われらの時代に』のエクリチュールについて――」『ヘミングウェイ研究』創刊号、二〇〇〇年、七七―八七頁
カウリー、マルカム『ロスト・ジェネレーション――異郷からの帰還』（吉田朋正・笠原一郎・坂下健太郎訳）みすず書房、二〇〇八年
カンデル、エリック・R『なぜ脳はアートがわかるのか』（高橋洋訳）青土社、二〇一九年
グレゴリー、リチャード・L『脳と視覚――グレゴリーの視覚心理学――』（近藤倫明ほか訳）ブレーン出版、二〇〇一年

酒田英夫「Cézanne と空間知覚」『岩波講座『現代生物科学』月報11』、岩波書店、一九七九年、一―三頁
――、「空間視からみる近代絵画」『頭頂葉』、医学書院、二〇〇六年、一九三―二二〇頁
島村法夫『ヘミングウェイ　人と文学』勉誠出版、二〇〇五年
杉山泰　監修・解説『D・H・ロレンス絵画集　別冊解説』本の友社、一九九六年
『「セザンヌ――パリとプロヴァンス」展から見る今日のセザンヌ』（シンポジウム記録集）（『「セザンヌ」展』）国立新美術館、二〇一三年
パノフスキー、エルヴィン『〈象徴《シンボル》形式〉としての遠近法』（木田元監訳、川戸れい子・上村清雄訳）筑摩書房、二〇〇九年
フェアバンクス香織『ヘミングウェイの遺作　自伝への希求と〈編纂された〉テクスト』勉誠出版、二〇一五年
前田一平『若きヘミングウェイ――生と性の模索』南雲堂、二〇〇九年
メルロ＝ポンティ、モーリス「眼と精神」『眼と精神』（滝浦静雄・木田元訳）みすず書房、一九六六年、二五一―三〇一頁
横山奈那「描かれた知覚論　メルロ＝ポンティのセザンヌ解釈」『ユリイカ　特集：セザンヌにはどう視えているか』二〇一二年四月号、一九八―二〇五頁
レーラー、ジョン『プルーストの記憶、セザンヌの眼　脳科学を先取りした芸術家たち』（鈴木晶訳）白揚社、二〇一〇年

第二章　スタインの教えとピカソの誠実

――断片、空間、氷山理論

Pieces Form the Whole
——Trent Reznor, *The Social Network*

【図1】ピカソ『ガートルード・スタインの肖像』1905～06年／メトロポリタン美術館蔵

1. セザンヌのこどもたち

ヘミングウェイはセザンヌ絵画から「風景のつくり方」を学び身体的散文に到達した。だが前章で確認したように、セザンヌ絵画から啓示を受けその分野での革新的な仕事をした者はヘミングウェイ以外にもいる。英作家ロレンス、仏哲学者メルロ＝ポンティ。そしてヘミングウェイがパリに到着する一五年程前、セザンヌ絵画に衝撃を受け自身の創作を変容させた者たちがいた。ヘミングウェイの師スタイン、およびその盟友ピカソだ。彼らは前衛の歴史をつくった当事者たちである。スタインはセザンヌの影響を受けて書いた『三人の女』の二番目の物語「メランクサ」を、「文学における一九世紀から二〇世紀への最初の確かな一歩」（*Autobiography* 50）と称した。

そうした自負とは裏腹に、スタインとピカソは人々に作品が「分からない」と言われ続けた二人でもあった。第二次世界大戦も終わりに近い一九四四年、ナチス・ドイツ支配から解放されたパリでピカソと再会したヘミングウェイは、ピカソ作品を分からないと言う（その後四番目の妻となる）メアリーをこうたしなめている。「彼は先駆けなんだ（He's pioneering）。作品が理解できないからといって非難してはいけないよ。君が成長して分かる時がくるかもしれない……簡単に理解できるとしたらそれこそまがいものの可能性があるからね。」（M. Hemingway 117）　おそらくヘミングウェイは初めてスタインおよびピカソと出会った一九二〇年代、自身も若き二〇代のころ、二人が何をしているのか理解したのだろう。パリ時代の精華『われらの時代に』がそれを雄弁に語っている。

スタインは『扇子を持つセザンヌ夫人』【図２】をパリの画商から購入し、応接室の壁にかけ眺めているうちに衝撃をうけ、『三人の女』を書いた。一点に収れんする遠近法の構図とは異なり、セザンヌ絵画では「ひとつひとつの部分が全体と同じぐらいに大切」であることがスタインにとって啓示であった。全体に部分が従うのではなく、部分が全体をつくること。セザンヌを「ただ一人の師」（A. Miller 5）と呼んだピカソも、セザンヌ絵画がひとつの目に収れんしないどころか視覚の多数化【図３】を実現していることに啓示を受けた。また、セザンヌは「自然を円筒形と球形と円錐形によって扱いなさい」（第一章註７参照）と言い、対象を解体し幾何学的形態（部分）へと抽象化することを示唆した。こうした考えにブラックとともに影響を受けたピカソが創始したキュビズム絵画では、多視点と空間の解析を経て【図４、５】、展開図のような「部分

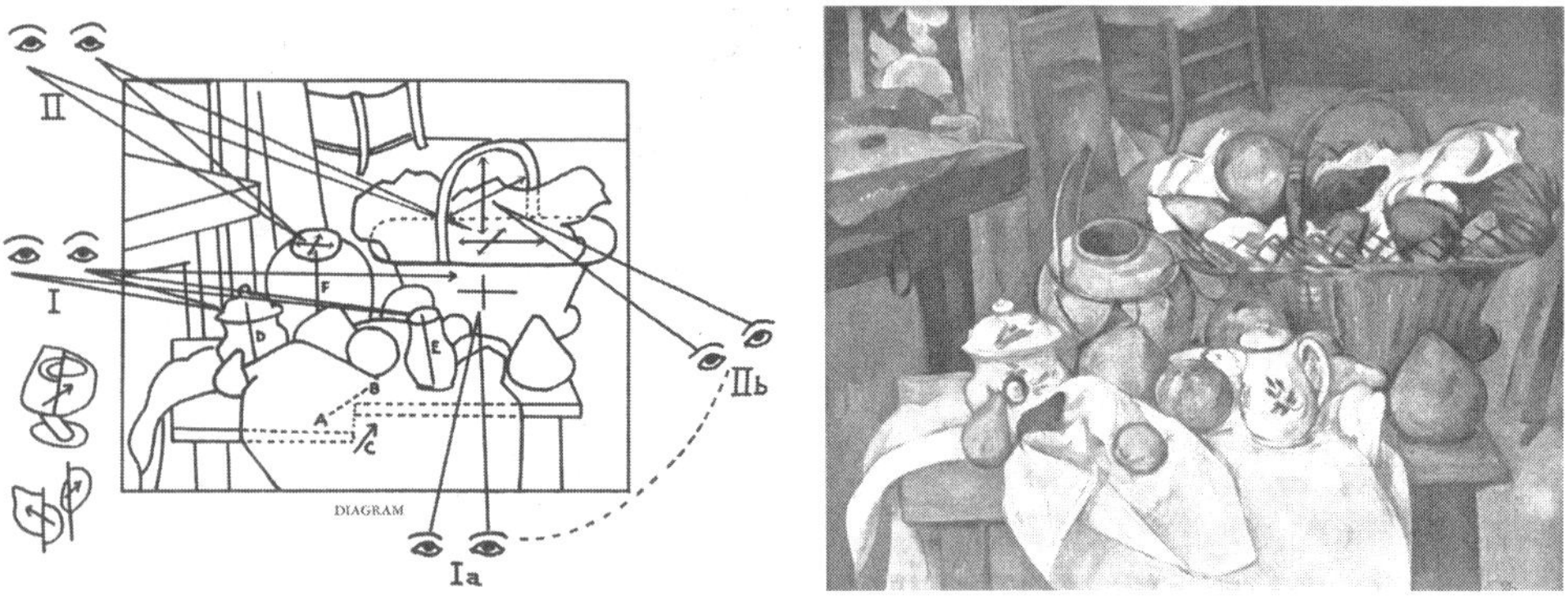

【図 3】セザンヌの静物画と複数の視点（Loran 76-77）右上のバスケットの本体が正面から描かれる（Ia）のに対し、取っ手（ハンドル）は右から見た（II b）状態で描かれている。「一人の頭に正面と横からの眺めを合体させるピカソのよく知られた手法はおそらくここにひとつの源泉がある」（Loran 76）。

【図 2】『扇子を持つセザンヌ夫人』1879/88年／ビュールレ・コレクション蔵

【図 4】ピカソ『アヴィニョンの娘たち』1907 年／ニューヨーク近代美術館蔵。 彫刻的な人物群。右下の女性は後ろ向きだが顔は正面を向く。その顔も多視点で描かれている。

【図 5】『丘の上の家』1909 年／ベルクグリュン美術館（ベルリン美術館）蔵

【図 6】ピカソ『建築家のテーブル』1912 年／ニューヨーク近代美術館蔵。スタインの応接室にかかっていた一枚

の集積」へ至る【図6】。

　スタインとピカソの影響はヘミングウェイ『われらの時代に』（一九二五）に色濃い。短編というには短すぎる小文を含む一五の短編と、一ページに満たない一六の間章（interchapter）が交互に並び、「部分」で全体が構築される多視点のキュビズム絵画的短編集だ【図7、8、9】。それぞれの「部分」はその短さだけでなく、内容も断片的である。何事《なにごと》かのはじめから終わりまですべてを語るのではなく、あたかも途中の一部だけを切り取ったような短編群。間章はそれら短編の間に挟まれ、瞬間の光景を映し出す。『われらの時

In Our Time (1925)

Chapter I
Indian Camp
Chapter II
The Doctor and the Doctor's Wife
Chapter III
The End of Something
Chapter VI
The Three-Day Blow
Chapter V
The Battler
Chapter VI
A Very Short Story
Chapter VII
Soldier's Home
Chapter VIII
The Revolutionist
Chapter IX
Mr. and Mrs. Elliot
Chapter X
Cat in the Rain
Chapter XI
Out of Season
Chapter XII
Cross-Country Snow
Chapter XIII
My Old Man
Chapter XIV
Big Two-Hearted River: Part I
Chapter XV
Big Two-Hearted River: Part II
L'Envoi

【図7】『われらの時代に』（1925）の短編と間章

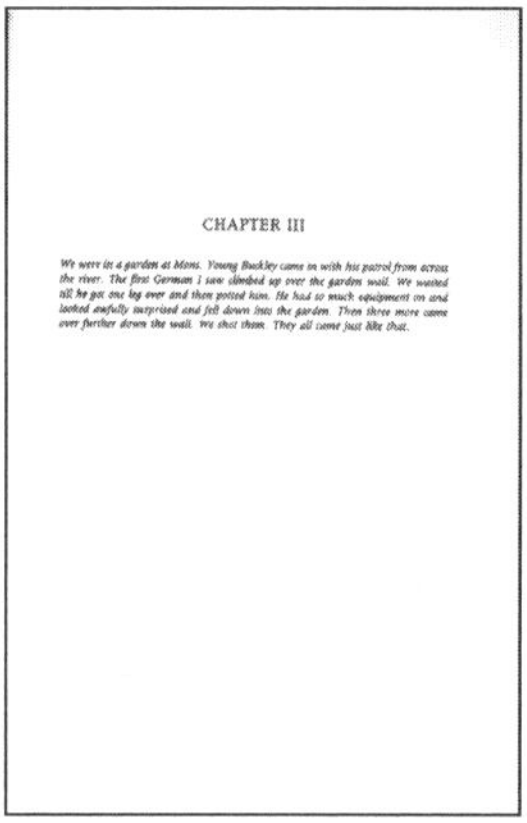

CHAPTER III

We were in a garden at Mons. Young Buckley came in with his patrol from across the river. The first German I saw climbed up over the garden wall. We waited till he got one leg over and then potted him. He had so much equipment on and looked awfully surprised and fell down into the garden. Then three more came over further down the wall. We shot them. They all came just like that.

【図8・9】（左）間章のひとつ（3章）と（下）短編「革命家」。これで全文である。

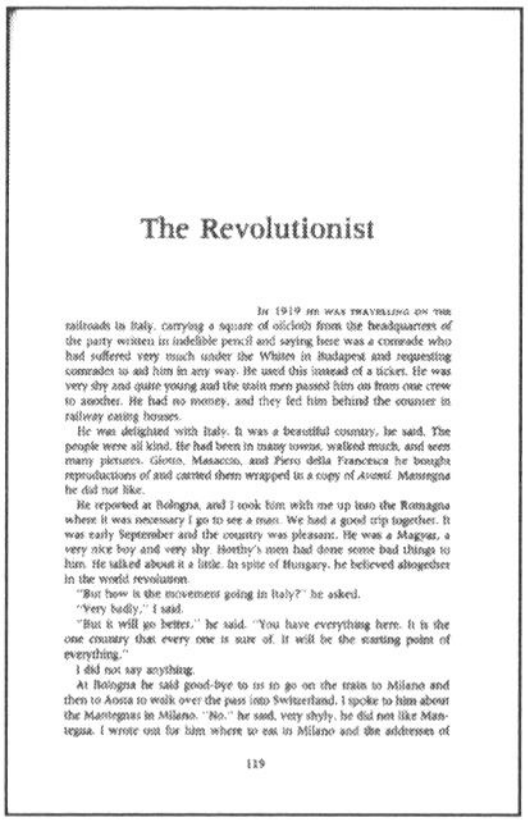

The Revolutionist

In 1919 he was travelling on the railroads in Italy, carrying a square of oilcloth from the headquarters of the party written in indelible pencil and saying here was a comrade who had suffered very much under the Whites in Budapest and requesting comrades to aid him in any way. He used this instead of a ticket. He was very shy and quite young and the train men passed him on from one crew to another. He had no money, and they fed him behind the counter in railway eating houses.

He was delighted with Italy. It was a beautiful country, he said. The people were all kind. He had been in many towns, walked much, and seen many pictures. Giotto, Masaccio, and Piero della Francesca he bought reproductions of and carried them wrapped in a copy of *Avanti*. Mantegna he did not like.

He reported at Bologna, and I took him with me up into the Romagna where it was necessary I go to see a man. We had a good trip together. It was early September and the country was pleasant. He was a Magyar, a very nice boy and very shy. Horthy's men had done some bad things to him. He talked about it a little. In spite of Hungary, he believed altogether in the world revolution.

"But how is the movement going in Italy?" he asked.

"Very badly," I said.

"But it will go better," he said. "You have everything here. It is the one country that every one is sure of. It will be the starting point of everything."

I did not say anything.

At Bologna he said good-bye to us to go on the train to Milano and then to Aosta to walk over the pass into Switzerland. I spoke to him about the Mantegnas in Milano. "No," he said, very shyly, he did not like Mantegna. I wrote out for him where to eat in Milano and the addresses of

119

THE COMPLETE SHORT STORIES OF ERNEST HEMINGWAY

comrades. He thanked me very much, but his mind was already looking forward to walking over the pass. He was very eager to walk over the pass while the weather held good. He loved the mountains in the autumn. The last I heard of him the Swiss had him in jail near Sion.

120

代に』は断片的・視覚的物語の集積で一枚の絵を描こうとしたのだ。

２．スタインのセザンヌ――「部分」へ

ヘミングウェイが妻ハドリーとともにスタインとアリス（スタインのパートナー）のパリの家を初めて訪れたのは、パリに到着して二ヵ月ほど経った一九二二年三月八日だった。ヘミングウェイは新聞社の海外特派員としてパリに赴いたが、真の目的はもちろん作家として身をたてることだった。事実、渡仏直前に一年ほど暮らしたアメリカ・シカゴで米作家シャーウッド・アンダソンと知り合い、紹介状を四通書いてもらいパリにやってくる。そのうちの一通がパリ・アヴァンギャルドの守護者スタイン宛てだった。まだ何者でもない青年でありながら、すでに確立した作家アンダソンとあっという間に紹介状を書いてもらうほどの仲になり、その縁でスタインと知遇を得た。のちにヘミングウェイはこの恩人二人の作品を揶揄するパロディ小説『春の奔流』（一九二六）を書くが、アンダソンとスタインはその後もヘミングウェイの話を楽しげにしたという。ひどい弟子だ、というアリスに対し、「二人ともヘミングウェイには目がないのだ、とてもよくできた教え子だったから」と（*Autobiography* 204）。

ヘミングウェイのパリ回想録『移動祝祭日』では、スタインが近代絵画や画家について多くを話したこと、「メランクサ」が素晴らしい作品でスタインの芸術実験の好例であったこと、スタインが散文におけるリズムや語の繰りかえしについて多くを発見していたことなど、スタイン文学の肝といえる事柄に（簡潔に）言及している。スタインに同意できないとき、ヘミングウェイが果実酒をすすりながら見上げるのは壁にか

【図 10】（右）ピカソ『花かごを持つ少女』1905 年／個人蔵
【図 11】（左）1908 ～ 13 年頃のスタイン宅応接室。一番左下がピカソ『花かごを持つ少女』（Giroud 36）

かったピカソの『花かごを持つ少女』（*MF* 26）【図10】だった。[1] そこにはピカソが描いたスタインの肖像画【図1】や、『卓上のギター』（一九一二）もあった。ピカソの『建築家のテーブル』【図6】は、おそらくスタインが初めて単独で――兄レオとではなく――購入した作品だった。

　スタインは年齢にしてヘミングウェイの二回り上、ヘミングウェイの母親世代で、一八七四年に米国ペンシルベニア州で裕福なユダヤ系の家庭に生まれた。ハーバード大学の女子部ラドクリフ・カレッジで医学や心理学を学び、当時の恩師が哲学者ウィリアム・ジェイムズであることはよく知られる（ウィリアム・ジェイムズはパリのスタイン家も訪ねている）。大学入学前に裕福だと思っていた父親がじつは借金まみれで亡くなり、長兄マイケルがその借金を負う形で奮闘、アメリカで最初の大陸横断鉄道の完成を西海岸側から援護したセントラル・パシフィック鉄道で重役まで上り詰めた。聡明だが浮き世離れしている一番下のきょうだいたち――すなわちレオとガートルード――が存分にその超俗の人生を追求できるよう、金銭的なバックボーンを提供したいという長兄らしい責任感も彼の奮闘を支えた。

かくして浮き世離れした人生を追求すべくスタイン（ガートルード）はパリのレオの家に移り住む（一九〇三年）。二人がセザンヌの絵画をモンマルトルの画商ヴォラールから最初に購入したのはパリに来て間もない一九〇四年頃、セザンヌが死を迎える二年前。このときセザンヌはいまだほとんど無名の画家で、南仏のエクス・アン・プロヴァンスに引きこもって鬱々と暮らしていた。スタインとレオはセザンヌの風景画を買ったあとドーミエ、セザンヌのヌード画、マネ、ルノワール、ゴーギャンなどの絵画をヴォラールから次々と購入。そしてついにスタインにとって決定的な買い物となる『扇子を持つセザンヌ夫人』【図２】を買うことになる。スタインはその絵を「見て、見ることで」、その刺激によって、『三人の女』を書いたのだ（*Autobiography* 31）。

その衝撃の意味は今ではよく知られる「遠近法からの逸脱」だ。しかしスタインが肖像画を購入したのはまだセザンヌ存命中で、『三人の女』を執筆したのが一九〇五年〜一九〇六年（セザンヌ一九〇六年没）。セザンヌ絵画の意味は十

【図12】応接室のスタイン（*MF* 97）
スタインの右手側の壁の中央下（写真左中央下）ピカソ『卓上のギター』
スタインの後頭部上（写真右端）ピカソ『建築家のテーブル』【図6】

分に知られていない頃だ。スタインは亡くなる一九四六年に受けたインタビューで、その衝撃の意味についてこう振り返っている。

> それ以前は構図にはひとつの中心的主題があり、それ以外のものはその中心的主題に付随するもの、いわばそれ自体では存在理由のない部分でした。しかしセザンヌは構図において、ひとつのものともうひとつのものは同じぐらいに重要だと考えたのです。ひとつひとつの部分が全体と同じぐらいに大切であると。この考えに私は非常に感銘を受け、あまりに感銘を受けたので、その影響のもとで『三人の女』を書き始めました。（"Interview" 15）

一点に収れんする遠近法の構図——中心的主題に他の部分が付随する構図——とは異なり、セザンヌ絵画は「ひとつひとつの部分が全体と同じぐらいに大切である」。スタインが正しく理解したように、セザンヌ絵画は遠近法から逸脱し、部分を重ねる技法により全体の空間が構築されている。この対比を小説作法にひきつけて考えるならば、「一九世紀的な語り」と「モダニズム以降の語り」と読み換えることが可能だろう。モダニズム以前の一九世紀リアリズム小説では通常、全能の神のような「作者」が物語世界を支配している。その作者の作中機能として「すべてを知る」全

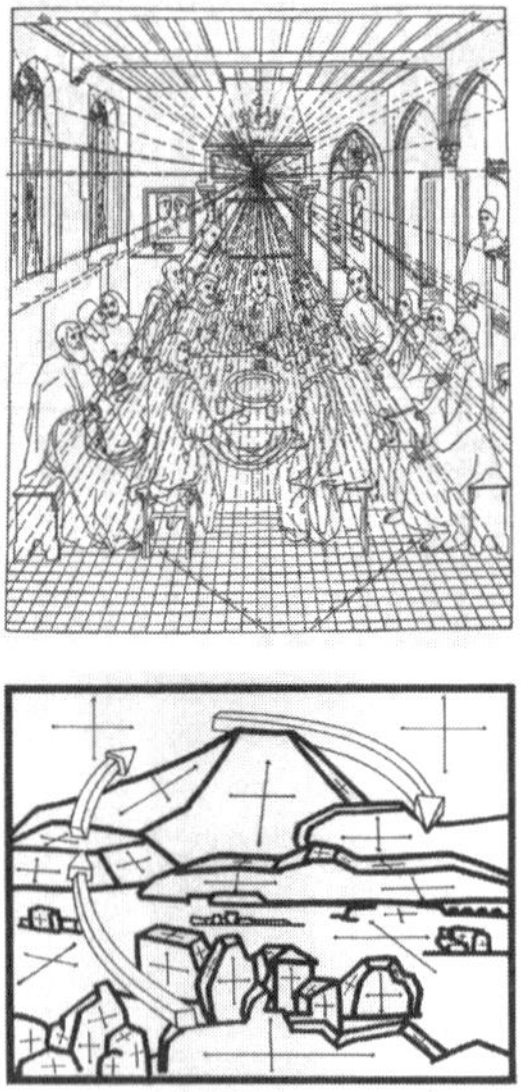

【図 13・14】ルネサンス由来の遠近法の構図とセザンヌの構図（第１章参照）

知の視点の語り手が配され、すべての登場人物の思考や情緒を象徴やメタファーといった修辞的手法を駆使して表現する。また物語も主題という観念的中心に向かってすべてが収れんしていく（金関 118）。このすべてが収れんする支配的中心点から逃れうる小説形式を模索していたスタインが、セザンヌ絵画に新たな文法を見いだしたのは当然だろう。『扇子を持つセザンヌ夫人』を凝視することで書いたスタインの中編『三人の女』では、アナ、メランクサ、レーナの三人の女性についての三つの物語が部分として成り立つ。そして物語を語るのは全知の語り手ではない。彼女らの内面を知るのは彼女たちだけで、作者スタイン――高等教育を受けた裕福な社会階層出身の作者――は三人の労働者階級の女性にふさわしい言葉で語らせている。金関が述べるように、スタインは単純で繰り返しの多いセンテンス、時には句読点さえ省いた文法破格によって「彼女が取り扱っている登場人物の、人格的知的レベルを超えることのない表現に徹し」（119）た。部分が部分として存在するよう、全知の視点がすべてを把握する物語の構図を拒否したのだ。

3. スタインの実験――瞬間の詩学

セザンヌ絵画から啓示を受けて書かれた『三人の女』だが、スタインはその作品をバッハのフーガのように書いたとも言った（三声のフーガだろう）。またヘミングウェイが『移動祝祭日』で言及した（『三人の女』の二作目）「メランクサ」は音楽的実験の好例で、単純で繰りかえしの多いセンテンスに「メランクサ・ハーバート」「ジェフ・キャンベル」等のフルネームが何度も差しはさまれ、独特の音楽的リズムを練り上げていく。[2] スタインのジャンル越境実験はこのように散文に絵画や音楽の効果を取り入れるものだった。時間の経過によって物語が展開し読者になんらかの心理的効果を与える小説という芸術形態。そこに他ジャンルの芸術効果を取り入れようとしたのだ。すなわち絵画のもつ視覚性、音楽のリズム、あるいは鑑賞者が絵画や音楽から即時的・同時的に感じる心理的効果（瞬間の効果）。

たとえばスタインは言葉による肖像画《ポートレート》をいくつも試みている。「セザンヌ」、「マティス」、「ピカソ」、「エリック・サティ」。「彼と彼ら、ヘミングウェイ」と題された作品もある。「ピカソ」および「マティス」は、こちらはアメリカン・モダニズムの守護者・米写真家アルフレッド・スティーグリッツ発行の写真誌『カメラ・ワーク』に掲載された（一九一二年八月号）。視覚芸術を扱う写真誌に言葉の肖像画《ポートレート》が掲載されるという事態もまた、ジャンル越境の好例と言えるだろう。たとえば「ピカソ」の冒頭。

One whom some were certainly following was one who was completely charming. One whom some were certainly following was one who was charming. One whom some were following was one who was completely charming. One whom some were following was one who was certainly completely charming.（"Picasso" 333）
［試訳：誰かがたしかにその後をついていった人はまったくもってすてきだった。誰かがたしかにその後をついていった人はすてきだった。誰かがその後をついていった人はまったくもってすてきだった。誰かがついていった人はたしかにまったくもってすてきだった。］

この引用から分かるように、これらの肖像画《ポートレート》でモデルとなる人物の容貌が写実的に描写されることはない。なぜならこれら肖像画《ポートレート》でスタインが強く意識したのはいまひとつの視覚芸術、映画でもあったからだ。

【図 15】スティーグリッツ主宰・発行の写真誌『カメラ・ワーク』（Philippi 4）

一九三四年から三五年にかけてアメリカでおこなった講演会で、スタインは一連の肖像画《ポートレート》と（ヘミングウェイが校正をおこなった）『アメリカ人の成り立ち』において「映画がやっていたことを試みた」と言っている（"Portraits" 176）。映画においてひとつのシーンのあとにわずかに異なるシーンが連なって映像が出来上がるように、ひとつの文章のあとにわずかに異なる一文が続くことで、その連なりによって、何らかの視覚イメージを喚起しようとしたのだ。[3]

こうした即時的効果や映画の技法への接近には、スタインがラドクリフ大学で学んだウィリアム・ジェイムズの哲学思想の影響が指摘される（Haas 49）。ジェイムズは、知識とは「現在《いま》」という刹那の時間における経験によって得られると考え、つまりリアリティを絶え間ない動きと瞬間のなかで捉えようとした。言語による創作にこの考えを取り入れたスタインは、時間的継起に沿って語る伝統的なナラティブを放棄し、「永遠の現在」（"continuous present"）という概念を打ち出し、絶え間ない叙述の連続によって瞬間的な「現在《いま》」を捉える文体を試みる。それは時間的継起に従って物語を紡ぎ何らかの意味を伝えようとすることよりも、視覚的効果によって読む者に瞬間のイメージを喚起させることを意図している。文字芸術が担う時間的制限を打ち破り、その同時性によって空間芸術に近づこうとする散文と言える。こうしてジャンル横断の実践のなかで、スタインの散文は現在《いま》という瞬間における視覚的イメージを志向するようになる。空間だけでなく、時間も「部分」あるいは「断片」に分節化されるのだ。

４．スタインの教えと『われらの時代に』

こうしたスタインの美学とヘミングウェイをつなぐ記述が『アリス・Ｂ・トクラスの自伝』にある。『アリス・Ｂ・トクラスの自伝』はじつはスタインが執筆したスタイン自身の自伝で、ヘミングウェイとのパリでのエピソードに一〇頁ほどが割かれている。ここにはヘミングウェイが語らなかったスタインの決定的と思われる教えがある。物語を書く際の「視覚の重要性」だ。

ガートルード・スタインは誰が書いたものでも、ほんの少しでも、決して訂正したりしません。彼女は断固として原則に従うだけです。ものの見方、つまり作家が見るために何を選ぶかということ、そして視覚《ヴィジョン》とそれを文字に写し取る方法の関係です。視覚が完全でないと言葉が単調になってしまう。とても簡単なことで間違いようがないと彼女は力説します。ヘミングウェイがなにか短いものを書きだしたのはちょうどこの頃で、それらの短文は後に「われらの時代に」という本に含まれて出版されました。

(*Autobiography* 202)

スタインの言葉に従うならば、スタインがこうして視覚の重要性を説いたのち、ヘミングウェイは『われらの時代に』の原型を書きだした。スタインがここで言う「なにか短いもの」とは「パリ一九二二年」と題された六文から成るスケッチだ。ヘミングウェイの伝記作家カーロス・ベイカーによると、ヘミングウェイがこの六文を書きあげたのは一九二二年五月末（Baker 91）。パリに来て約半年、ヘミングウェイ散文が大きな変貌を遂げた最初の時期と言えるだろう。パリで目にしたことを文字にしては余分な語を捨て、どんどん凝縮し、これ以上ないほどに煮詰めたスケッチ。例として最初の三文はこうである。

本命馬が生垣障害にどんとぶつかり、他の馬たちがジャンプする横で足をばたつかせて転がり…、最後の直線コースに入ってくる馬を見ようと人々が芝生の上をわれ先にと駆けていくのを見た…。ペギー・ジョイスが午前二時にコーマルタン通りのダンスホールでマニキュアを塗った若いチリ人と口論しているのを見たが、その男はたばこの煙を彼女の顔に吹きかけ、ノートに何かを書きつけ、その日の午前三時半に拳銃自殺した…。メーデーの日、ポルト・マイヨ駅経由でパリに戻った群衆に警官隊が襲いかかり、プレップ・スクールのクォーターバックといった感じの一六歳の子供が二人の警官を撃った直後に打ちのめされ、怯えと誇りの交じった表情を浮かべ…たのを見た。（Baker 90-91; 省略原文ママ）

まさに視覚の経験を文字にした短文だ。六文中五文が「私は見た」（I have seen）（I have watched）で始まり、文字で映像を生み出そうとする意思は際立っている。一人称のナレーターがパリの街で見た情景を新聞の特電風に活写し、感情表現を一切廃し事象の客観的描写に徹している。ヘミングウェイが新聞記者として学んだ報道のテクニックが反映されていると同時に、スタインの教えが大きく影響しているだろう。瞬間の光景を映し出しながら、長めの一文で時間の経過を伴う一連の出来事を描写し、一文中でのスピーディな場面転換に成功している。映像を志向する散文とも言える。

【図16】1920年パリ。メーデーに衝突する群衆と警官（*Paris Annees Folles* 27）

「視覚の重視」と「瞬間の連なり」のヘミングウェイ的結実と言える「パリ一九二二年」。瞬間の視覚イメージに傾倒するこれら六文を原型として書き直しと推敲を重ねたものが、パリ版『ワレラノ時代ニ』に収められた一八の小文となる。これら小文はさらに一年後、アメリカ版『われらの時代に』の間章（Chapter I, IX, II, III, IV, V）となる。パリでの最初の苦闘の結果を含め、『われらの時代に』の間章はすべて一人称あるいは匿名のナレーターが目撃した視覚的経験を物語る。それらは短編の合間で明滅するように「われらの時代」の世界観を瞬間の光景として映し出す。そして視覚的効果を重視すれば、おのずとその構造は空間的形式を志向することになる。本章冒頭で述べたように、これら視覚的断片を短編の合間に挟む本短編集は、スタインの盟友ピカソがブラックとともに始めたキュビズム絵画に擬される。スタインが目指した部分へ向かう美学、これを空間芸術で実戦したピカソ。これら二人のパイオニアにパリで出会ったヘミングウェイの意図は、パリ版『ワレラノ時代ニ』の前衛的表紙に明らかだ【図17】。新聞記事のコラージュ風の表紙が示すように、『われらの時代に』は部分の集積たるキュビズム絵画を目指したのだ。

『われらの時代に』ではヘミングウェイの幼少期から同時代までのさまざまな場所でのさまざまな時間が描かれる。ミシガンの森、イタリアのホテル、シカゴの街角、オクラホマの田舎町、フランスの古城、雪のスイス、フランスの競馬場、スペインの闘牛場、ギリシャ国王の庭園。第一次世界大戦、ギリシャ＝トルコ戦争、二〇年代のヨーロッパ、幼少から青年期のアメリカ。多くの空間、多くの時間を多視点で描き、断片的物語が一枚のキャンバスに置かれていく。読者はまるでコラージュのようにそれぞれの物語を頭の中に配置していき、空間的に「われらの時代」を理解することが期待される。複数の作品に登場し短編集全体に緩やかな統一性を与えるニック・アダムズの生涯も、時間的継起に沿うことなく断片的に提出される。のちにフィリップ・ヤングが『ニック・アダムズ物語』でおこなったような時間軸に沿ったニックの人生の再構築は批評家の仕事としては適切だが、この短編集が最初に意図した効果ではないだろう。『われらの時代に』は、少年ニックがネイティブ・アメリカンの死を目撃し、戦争帰還兵ニックが森に入る姿を、ともに視覚的イメージとして同じ空間に並置する。こうして読者の頭のなかでは「われらの時代」の世界観が視覚的・空間的・断片的な絵画として構築されることになるのだ。

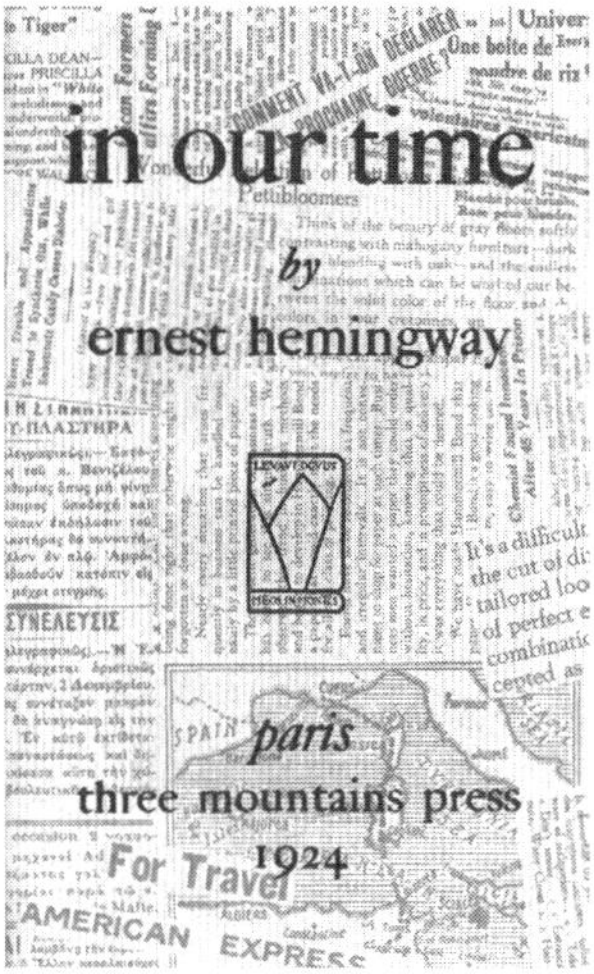

【図 17】パリ版『ワレラノ時代ニ』（1924）表紙（Elder 136）

視覚の重要性を説き、部分と瞬間に傾倒する芸術実験を繰り返した師スタイン。それらはヘミングウェイの最初の直接的な前衛の洗礼だった。ヘミングウェイが自分自身の散文に到達するには――つまり身体的散文にいたるにはセザンヌ絵画を必要とした。しかし、凝縮した文体で瞬間の視覚イメージに傾倒する断片的物語を生み出したこと、それら断片の集積で短編集全体を一枚の絵と成す前衛的構想は、スタインの教えによって間違いなく生まれたものだった。パリ時代の精華と呼ぶにふさわしい『われらの時代に』には、スタインの哲学と美学が疑いなく刻印されている。

5．ピカソの誠実と氷山理論

スタインの教え・実践とともに、ヘミングウェイが明らかに着想を得たキュビズム絵画。ヘミングウェイ

【図18】ピカソ作、猫の彫像。キーウエストのヘミングウェイ邸にて（2011年２月筆者撮影）

がパリに到着した一九二一年には芸術史の分類上キュビズムは終わっていたが、ブラックとともにキュビズムを創始したピカソにはスタイン宅で紹介されたらしく、その後長く親交を持ち続けた。パリ後に住んだアメリカ・キーウエストのヘミングウェイ邸は現在ミュージアムとして公開され、ヘミングウェイの愛猫たちの子孫が大切に飼われている。その邸宅の一室にはピカソから贈られたらしい猫の彫像が置かれている【図18】。

二〇世紀芸術の巨人ピカソ。スペイン・マラガ出身のこの画家はパリにやってきてさまざまな実験を重ね、とくに『アヴィニョンの娘たち』【図４】に始まるキュビズムによって西洋絵画は具象から抽象への道を確たるものにした。スタインが二〇世紀初頭に見いだしたこの画家とヘミングウェイの接点は文字通り点である。二〇年代パリではドイツの文芸雑誌『交差点』に掲載されたヘミングウェイの詩のイラストをピカソが担当する予定だったが[4]、この企画はどうやら実現しなかったらしい。ピカソは当時パリで人気を博したロシアバレエ団「バレエ・リュス」の舞台装置や衣装を担当し、同じくバレエ・リュスの仕事もしていた

米国人ジェラルド／サラ・マーフィー夫妻と親しかった。マーフィー夫妻はヘミングウェイの近しい友人で、夫妻のアンティーブ岬の別荘「ヴィラ・アメリカ」でおこなわれたビーチ・パーティの訪問客としてピカソやヘミングウェイの写真も残されている（コラム①参照）。また第二次世界大戦も終わりに近い一九四四年の九月と一一月にはパリでピカソと再会し、戦時下で美術展がおこなわれないなか、ピカソの新作を見たことが息子パトリックやサラ・マーフィーへの手紙で報告されている。[5] こうした多くはない伝記的接点と、あとは『移動祝祭日』や死後出版作品『エデンの園』『海流の中の島々』といった作品でピカソの名前が簡単に言及されるのみだ。

しかし本章冒頭で触れたメアリーへの言葉からも分かるように、ヘミングウェイがピカソ芸術の真価を十分理解していたのは明らかであり、何より『われらの時代に』がそれを雄弁に語っている。さらにノンフィクションのサファリ回想録『アフリカの緑の丘』（一九三五）で、散文の「四次元・五次元」を成し遂げたいと言っていることからも（*GHOA* 27）、二〇世紀初頭のピカソをとりまく芸術的文脈にヘミングウェイが親しんでいたことが窺える。[6]

西洋芸術に地殻変動が生まれていた二〇世紀初頭、アインシュタインとピカソがそれぞれ物理学と芸術で空間と時間の新しい概念を探り始めていた。一九〇五年にアインシュタインが物理学雑誌『アナーレン・デア・フィジーク』に送った三本の論文に「特殊相対性理論」が含まれていた。ピカソが『アヴィニョン』を描いたのが一九〇七年。二人がそれぞれの分野で成したのは、時間と空間は絶対的なものではなく相対的であるということ。「相対性理論が空間と時間の絶対的な地位を覆したのと同様、ジョルジュ・ブラックとピカソのキュビスムは、遠近法を芸術の王位から追放した」（A・ミラー 14）。近代芸術家たちが第四の次元、あるいは五次元までをも盛んに話し出したのはこの頃だ（L. Miller, "Gerald Murohy" 143）。不動の対象を永遠の時間にとじこめようとしたルネサンスの遠近法と対照的に、画家が動くことで対象の見え方が変わることを示したセザンヌ絵画【図３】がピカソに啓示を与え、ピカソはその野望をさらにおしすすめる。すなわち、事物の「背面」をも描きたいと。

ピカソは物体の背面も描きたいと切望した。正面から見えないだけで存在しているからだ。そして正面からは決して見えない「捉えられない空間」を含んでこそ、現実世界だからだ。その「捉えられない空間」を含むこの世界を、二次元の平面（キャンバス）に三次元空間を載せるために編み出されたルネサンス由来の遠近法「よく出来た嘘」に頼らずに描きたい。このピカソの誠実、あるいは愚直は、思いも寄らない打開策に打って出る。『アヴィニョンの娘たち』【図４】の右下の女性が後ろ向きでありながら顔が正面を向いていることに端的にあらわれるように、ピカソは「三次元と二次元の間に横たわる翻訳不可能性というアポリアを一気に解決した」（宮下 114）――つまり、立方体を展開図として描いたのだ。

【図 19】ピカソ『ヴュー・マルクの瓶・グラス・ギター・新聞』1913 年／テート・ギャラリー蔵

視点の多数化、幾何学的形態（部分）への還元といったセザンヌの影響によって、立方体（キューブ）を積み上げたような立体的・彫刻的な形象からはじまったキュビズム【図４、５】は、やがて展開図のように断片の集積で対象を描き【図６】、さらには壁紙や新聞紙など既成の素材を貼り付ける（コラージュやパピエ・コレ等）ことで現実空間に直結するものへ移行する【図19】。[7] どの段階もキュビズムであり、現実の三次元空間や事物の手ざわりを嘘偽りなく描くためのピカソの苦闘の結果、つまりピカソのリアリズムだった。

遠近法の構図と自分が見る世界の違いに苦しんだセザンヌ同様、ピカソもこの世界を偽りなくキャンバス上に描こうとした。セザンヌが自身の知覚を経由して世界の手ざわりを掴もうとしたのに対し、ピカソはむしろ「可視的な形象として何かを表現、代表するという仕組みへの懐疑、不信」（岡崎 25）を他の抽象芸術と共有していたと言える。知覚の向こう側へ、外観の向こう側にあるはずの世界を捉えようとしたのだ。このピカソの「捉えられない空間」（the elusive dimensions）の考え方が、「捉えられない空間」を水面下に残すヘミングウェイの氷山理論に影響を与えたと指摘するのがリンダ・パターソン・ミラーだ。

小説家アーネスト・ヘミングウェイはキュビズムのテクニックを用いて、ピカソやブラックらがキュビズム絵画を描いたように小説を書こうとしていた。彼はまた具体的な細部を物語に加えるよりも、むしろ省略することで、見えない空間の力を捉えようとした。（L. Miller, "Gerald Murohy" 143）

具体的証拠というより同時代的文脈からこう述べるミラーだが、ヘミングウェイの氷山理論のひとつの水脈を指摘して興味深い。

ヘミングウェイの「氷山理論」は、闘牛のノンフィクション『午後の死』（一九三二）に登場する。ヘミングウェイのほとんど唯一の創作理論と呼べるものだ。

もし散文作家が自分が何を書いているか十分に分かっていて、分かっていることのいくらかを省いても、作家が十分に本当のことを書いているならば読者はそれらが書かれた時と同じほど強くそれらを感じるはずだ。氷山の動きに威厳があるのは、水上にわずか八分の一だけが見えること（大部分が沈んでいること）に因《よ》るのだ。（192）

『われらの時代に』所収の「季節はずれ」の真の結末は氷山理論にのっとって省略されたと『移動祝祭日』で書かれている。「季節はずれ」以外にも、『われらの時代に』すべての短編で、そして長編を含むほとんどのヘミングウェイ作品で、さまざまなことが省略されている。(8) このように「省略の技法」とも呼ばれる氷山理論だが、ピカソの創作哲学と照らし合わせるならばむしろ何かを「省く」のではなく、逆に水面下を物語に「入れた」——「捉えられない空間」を（物語）空間にもたせた、と考えることができる。現実にはは存在するが、簡単には見えない部分。それを物語に含めたのだ。そして現実世界をそのように捉えるほうが、近代に生きるヘミングウェイにはよほど真実味があったろう。変貌著しく、複雑化し、「大きな物語」が機能不全に陥った近代。はじめから最後まで、隅々まですべてを理解できる物事など、むしろ少ない。

ピカソの影響は断片化の詩学のみならず、氷山理論に結実した世界理解、「捉えられない空間」を含む現実理解にも見られる。そして「散文は建築だ」（*DIA* 191）と言い、氷山理論を唱えたヘミングウェイは、散文を三次元に屹立する空間的なものとして捉えた。断片の詩学、視覚効果、瞬間の真理、空間。これら散文の近代的要素を与えたスタインの教えとピカソの誠実は、ヘミングウェイが生涯追い求めた近代的散文建築の土台を創ったのだ。

◉註

（1）ピカソ『花かごを持つ少女』は二〇一八年にニューヨーク・クリスティーズ（オークション）に出品され、一億一五〇〇万ドル（約一二五億円）で落札された。

（2）「メランクサ」はその創作過程もジャンル交感的で興味深い。スタインはピカソの肖像画のためにポーズをとる間に頭の中でこの作品の文章をつくり、パリの街を抜けて帰宅する道中も練り続け、帰宅して文字にした。ピカソの肖像画制作とスタインの執筆が同時進行した共同制作《コラボレーション》だった。

（3）果たしてこれら肖像画を読んで視覚イメージが喚起されるか。答えはノーだろう。しかし問いの立て方が逆なのだ。序章でもヘミングウェイの芸術実験について同じことを言ったが、問いはこうあるべきである。すなわち、なぜスタインはこのような文章を書いたのか？　答えは「視覚イメージを同時性をもって喚起しようと試みたから」だ。

（4）一九二五年四月二二日付ドス・パソス宛てのヘミングウェイの手紙より（*SL* 158）。

（5）一九四四年九月一五日付、および一一月一九日付（*SL* 572; 577）。サラへの手紙は一九四五年五月五日付（L. Miller, Letters 294）。

（6）キーウエスト時代、ヘミングウェイは妻ポーリーンの叔父の金銭的支援によりアフリカでのサファリ（狩猟旅行）（一九三三年一二月〜三四年二月）をおこない、その様子を『アフリカの緑の丘』（一九三五年）にまとめた。

（7）スタインはその変化が一九一四年から一九一七年にかけて起きたとしている。「一九一四年から一九一七年にかけて、キュビズムは平面へと変わりました。もはや彫刻ではありませんでした。」（*Picasso* 39）現在の美術史の一般的理解とは少しずれる。現在では一九〇七～一九〇九年にキュビズム（フランス語はキュビスム）が創始され、一九〇九～一九一二頃が分析的キュビズム期、一九一二～一九一四頃が総合的キュビズム期と概ね分けられているだろう。

（8）たとえば生前最後の長編となった『老人と海』では老人の妻の形見が家に置かれているが、家族の物語は語られない。

◉引用文献

Baker, Carlos. *Ernest Hemingway: A Life Story*. Scribner's, 1969.

Elder, Robert K. et al. *Hidden Hemingway: Inside the Ernest Hemingway Archives of Oak Park*. Kent State UP, 2016.

Giroud, Vincent. *Picasso and Gertrude Stein*. Yale UP, 2006.

Haas, Robert Bartlett, editor. *A Primer for the Gradual Understanding of Gertrude Stein*. Black Sparrow, 1971.

Hemingway, Ernest. *Death in the Afternoon*. Scribner's, 1932.

---. *Ernest Hemingway: Selected Letters, 1917-1961*. Edited by Carlos Baker, Scribner's, 1981.

---. *Green Hills of Africa*. Scribner's, 1935.

---. *In Our Time*. Scribner's, 1925.

---. *A Moveable Feast*. Scribner's, 1964.

Hemingway, Mary Welsh. *How It Was*. Alfred A. Knopf, 1976.

Loran, Erle. *Cezanne's Composition: Analysis of His Form with Diagrams and Photographs of His Motifs*. U of California P, 1946.

Miller, Arthur I. *Einstein, Picasso: Space, Time, and the Beauty That Causes Havoc*. Basic Books, 2001. アーサー・ミラー『ア

インシュタインとピカソ——二人の天才は時間と空間をどうとらえたか』（松浦俊輔訳）ティビーエス・ブリタニカ、二〇〇二年

Miller, Linda Patterson. "Gerald Murphy in Letters, Literature, and Life." *Making It New: The Art and Style of Sara and Gerald Murphy*, edited by Deborah Rothschild, U of California P, 2007, pp.143-163.

---. *Letters from the Lost Generation: Gerald and Sara Murphy and Friends*. UP of Florida, 2002.

Paris Années Folles: 100 Photos de Legende. Parigramme, 2018.

Philippi, Simone, editor. *Alfred Stieglitz Camera Work: The Complete Photographs 1903-1917*. Tachen, 2015.

Stein, Gertrude. *The Autobiography of Alice B. Toklas*. 1933. Selected Writings of Gertrude Stein, edited by Carl Van Vechten, Vintage, 1990, pp.1-237.

---. *Picasso*. Dover, 1984.

---. "Picasso." *Selected Writings of Gertrude Stein*, edited by Carl Van Vechten, Vintage, 1990, pp.333-335.

---. "Portraits and Repetition." *Lectures in America*. 1935. *The Major Works of Gertrude Stein*, compiled by Bruce Kellner, vol. 6, Hon-No-Tomosha, 1993, pp.165-208.

---. "A Transatlantic Interview 1946." *A Primer for the Gradual Understanding of Gertrude Stein*, edited by Robert Bartlett Haas, Black Sparrow, 1971, pp.15-35.

岡崎乾二郎『抽象の力　近代芸術の解析』亜紀書房、二〇一八年

金関寿夫『現代芸術のエポック・エロイク——パリのガートルード・スタイン』青土社、一九九一年

宮下誠『二〇世紀絵画——モダニズム美術史を問い直す』光文社、二〇〇五年

第三章　ヘミングウェイ・メカニック

——ニューヨーク・ダダと機械の眼

広角で眺める眼には
旧式の人生が映る
——ラッシュ「カメラ・アイ」

1. 奇妙な習作「神のしぐさ」

ヘミングウェイの「初めてのプロの仕事」は奇妙な小品だった。一九二二年五月にニューオリンズの文芸誌『ダブル・ディーラー』に掲載された「神のしぐさ」（"A Divine Gesture"）。荒唐無稽な話だ。偉大なる神が庭に出るとそこにはバスタブが生真面目な様子で立ち、ブーツ脱ぎ器（ブーツを脱ぐ道具）があちこちで伸びたり縮んだりしている。神が手を振って神聖なしぐさをすると、神の質問に答えた一番大きく一番気弱なバスタブに大天使ガブリエルがさっと近づき、バスタブの水をすべて流してしまう。大声で叱責されたブーツ脱ぎ器が訊ねる。「なぜ今日はもぞもぞしてはいけないのでしょう?」「忙しいからだ!」神は恐ろしい声で答え、天使ガブリエルを伴って長い階段を上っていく——。

二頁にも満たない大変短いこの作品は、要約からも分かる通り（キリスト教の）神の戯画だ。神は愚かで気分屋の指導者として、大天使ガブリエルは滑稽なイエス・マンとして描かれている。美しいはずの神の庭はバスタブやブーツ脱ぎ器など工業製品で散らかり、割れた花瓶が無数にうち捨てられている。ニーチェを引用してT・S・エリオットが「神は死んだ」と言った第一次世界大戦後、とくに戦争を経験した若い世代にとって、この世を神の美しい庭と捉えるキリスト教的世界観はもはやなんの現実味ももたなかった。荒地と化し秩序と美を失った世界を表象するには、機械文明の象徴たる工業製品が散らばる庭を滑稽に描き出す方が、よほど現実的だったのだ。

物資の補給員として第一次世界大戦に赴き、イタリアで砲撃と機関銃掃射により足に二三七ヵ所の大怪我を負ったヘミングウェイは一九一九年にアメリカに帰国した。「神のしぐさ」を執筆したのはその後の一九二一年七月、故郷オークパークを離れて過ごした短いシカゴ時代だ。五ヵ月後、ヘミングウェイは最初の妻ハドリーを伴ってパリに到着する。つまり「神のしぐさ」は前衛芸術の影響を受けて実りある創作活動をおこなったパリ時代以前の作品だが、この作品にもまた同時代前衛芸術の強い影響を見いだすことができる。作品執筆当時のアメリカのアートシーンを考えると、「神のしぐさ」と同じく工業製品・偶像破壊・ユーモアの感覚が特長のアメリカの芸術運動がある。ニューヨーク・ダダだ。"Hy Yah Ta Did Eay!"と叫ぶブーツ脱ぎ器たちはダダの無意味な詩だけでなく、既成の工業製品をそのまま芸術作品として提示しアートの権威そのものを問うたニューヨーク・ダダを強く連想させる。ニューヨーク・ダダとの関連を考慮に入れるならば、「神のしぐさ」は戦争経験者の表現というだけでなく、戦争を含む機械文明への反応、マシン・エイジの時代精神《エートス》と言える。そして戦間期の欧米で顕著になったこの時代精神は、ヘミングウェイのパリ時代の精華『われらの時代に』で、「機械の眼」の語りに結実するのだ。

2. アンダソンの教育

ニューヨーク・ダダとヘミングウェイ。その名の通りニューヨークで興った芸術運動と、中西部シカゴ郊外のオークパークで生まれ育ち、作品執筆当時はシカゴに暮らしていた青年ヘミングウェイ。両者を結んだのは、シカゴ時代に知り合った作家シャーウッド・アンダソンだった。

ヘミングウェイがシカゴで過ごしたのはわずか一年ほどだったが、この短いシカゴ時代、ヘミングウェイにとって重要な出会いが二つあった。ひとつは最初の妻となるハドリー・リチャードソンとの出会い、もうひとつがアンダソンだ。戦争から帰還後、とくに母親との関係がうまくいかなかったヘミングウェイは親元を離れて生活するようになる。はじめは毎夏家族で過ごした北ミシガンのペトスキーで部屋を借り、その後一九二〇年一月にカナダのトロントに移り新聞社『トロント・スター』社でライターとして働く。半年ほどして実家に戻るも母親と再び衝突、秋にはシカゴに移っている。このとき下宿したのが友人のビル・スミスおよび妹ケイト・スミス（のちのジョン・ドス・パソスの妻）の長兄ケンリーのアパートで、その縁でケイトの友人であったハドリーと出会い、次いで広告関係の仕事をしていたケンリーの紹介でアンダソンと知り合いになる。一九二一年一月のことだった。

【図１】シャーウッド・アンダソン（1923 年）スティーグリッツ撮影（Balken 58）

すでに短編集『ワインズバーグ、オハイオ』（一九一九）を出版し作家として確立していたアンダソンとの出会いに、ヘミングウェイは当然ながら大変興奮した。アンダソンもケンリーの自宅で紹介された若者たちのなかでとくにヘミングウェイのエネルギッシュな様子に感銘を受け、その出会いに感謝したという。いわば相思相愛であった二人はその後一週間に一度のペースで定期的に会い、ヘミングウェイはこの先輩作家から読むべき本から作家としての心構えまで多くのことを学ぶ（Reynolds 158-59; 島村 50-53）。とくにアンダソンはそれまで一九世紀のイギリス文学を主に読んでいたヘミングウェイにアメリカの作品を教え、マーク・トウェインやウォルト・ホイットマンはじめ、同時代作家であるスタイン、ヘンリー・ジェイムズ、パウンドらの作品を紹介した。

アンダソンの「教育期間」はアンダソンが一九二一年五月半ばにパリに行くまで集中的に続いたと見られ、およそ四ヵ月ほどと考えられる。その後一九二一年七月、ヘミングウェイは「神のしぐさ」を執筆する。アンダソンがパリから帰ってきたのが十一月、その一ヵ月後（一九二一年十二月）にはヘミングウェイがパリに発つことになる。北イタリア行きを切望していたヘミングウェイに、熱心にパリ行きを薦めたのもアンダソンだった。パリには世界でいちばん面白いひとたちがいるよ――パウンドにスタイン、ジェイムズ・ジョイス（Baker 7）。アンダソンはこう言って紹介状四通を書いてくれた。二通がスタインとパウンド宛てで、つまりアンダソンと出会わなければパリのヘミングウェイの文学的進化・深化はなかったか、あるいはまったく別のものとなった可能性も高い。さらにヘミングウェイがパリに発った後、アンダソンは一九二一年から二二年にかけての冬の間ニューオリンズに滞在し、「神のしぐさ」の『ダブル・ディーラー』誌への掲載に尽力する。ここでもアンダソンがいなければ、ヘミングウェイの初めてのプロの仕事は実現しなかったのだ。

3．ニューヨーク・ダダ・コネクション

アンダソンは「神のしぐさ」の雑誌掲載に大きく関わっただけでなく、内容にも影響を与えた。神の庭に立つバスタブなどの擬人化された工業製品。その荒唐無稽な世界観と、たとえばニューヨーク・ダダの代表作、マルセル・デュシャンの『泉』【図２】に通底する偶像破壊の姿勢を単なる偶然とするのはむしろ難しい。

ダダイズムは一九一〇年代中頃から世界同時多発的に興った〝越境〟の芸術運動だ。偶像破壊の思想を前面に押し出し、既成の秩序や伝統を否定。「ロスト・ジェネレーション」とそのまま重なる精神風土を内包した運動とも言えるが、異なるのは顕著な笑いの感覚、ユーモアのセンスだろう。スイス・チューリッヒで一九一六年にはじまったダダは人の移動や雑誌を通じてパリ、ベルリン、ハノーヴァー、ニューヨークへ伝播、とくにニューヨーク・ダダは既製の工業製品をそのまま芸術作品として提示し、芸術の権威そのものを問題にした。

アメリカという文脈に文学的にヘミングウェイを導いたアンダソンが、同時代アメリカ芸術についてヘミングウェイに教示していたとしても不思議ではない。この点に関して批評家マイケル・レノルズは、ヘミングウェイ

【図２】マルセル・デュシャン『泉』1917年。スティーグリッツ撮影。便器に「泉」とタイトルをつけて展示した。

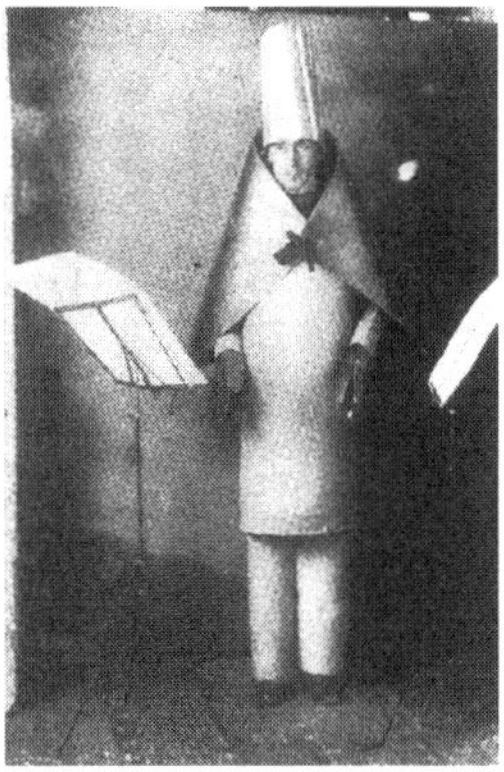

【図3】チューリッヒのキャバレー・ヴォルテールで無意味な（意味を成さない）音声詩「キャラバネ（隊商）」を朗読するチューリッヒ・ダダイストのフーゴ・バル（金関 198）

がアンダソンから聞いた「文学的ゴシップ」にアルフレッド・スティーグリッツやジョージア・オキーフの話が含まれていたと記述している（186）。写真家スティーグリッツはニューヨーク・ダダの中心人物にして立役者、オキーフはのちに彼の妻となる画家だ。レノルズの記述が何を根拠にしているかは明らかにされていない。[1] しかしたとえレノルズのこの記述がなくとも、ヘミングウェイがアンダソンからニューヨーク・ダダの話を聞いていた可能性は十分考えられる。アンダソンはスティーグリッツの伝説的画廊２９１――ニューヨーク五番街二九一番地にあったアメリカン・モダニズムの中心地に出入りし、一九一七年におこなわれたオキーフ展ではデュシャン、フランシス・ピカビア、マースデン・ハートレーなどニューヨーク・ダダイストたちと会っている（Ryan 2）。アンダソンがスティーグリッツと本格的に親交を深めるのはヘミングウェイがパリに発ったあとの一九二二年以降だが（Townsend 200）、アンダソンはそれ以前にもニューヨーク・ダダのことをよく知っていた。アンダソンの兄カールはアート・インスティテュート・オブ・シカゴ（シカゴ美術館）の芸術学校を卒業し、その影響でアンダソンは現代芸術への造詣が深かったのだ。アート・インスティテュートでもおこなわれた「国際現代美術展」通称アーモリー・ショーにももちろん出かけ、一九一三年にすでにデュシャンやピカビアといったニューヨーク・ダダイストの作品を見ている。またアンダソンにはパトロン（あるいはスポンサー）と言える二人の作家ポール・ローゼンフェルドとウォルドー・フランクがいるが、この二人はスティーグリッツと一九一五年から知り合いだった（Balken 56）。ローゼンフェ

【図 4】（上）オキーフ『無題（風力タービン）』1917 年／ジョージ・オキーフ美術館蔵
【図 5】（左）オキーフ『ラジエーター・ビルディング　ニューヨークの夜』1927 年／クリスタルブリジズ・アメリカンアート美術館蔵

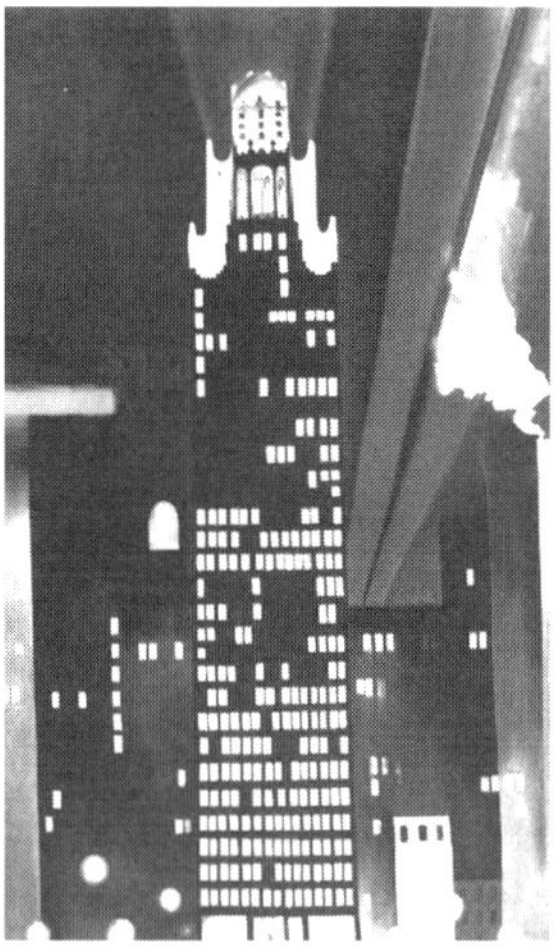

ルドは二一年五月からのアンダソンのパリ旅行の費用を負担した人物だが（Townsend 174）、このスポンサー作家二人を介してアンダソンがニューヨーク前衛芸術の動向に明るかったことは容易に推測できる。つまりアンダソンと知り合いだったヘミングウェイは緩やかにはニューヨークの芸術家サークルとつながりをもっており、同時代の精神風土を共有していたと考えられるのだ。

４．「機械」という芸術的主題

スティーグリッツが一九〇五年に開いたギャラリー２９１はロダンやセザンヌ、ピカソなどそうそうたる同時代芸術家たちの作品をアメリカで最初に紹介した画廊であった。[2] パリとつながりヨーロッパの最新の現代美術をアメリカに紹介する傍ら、スティーグリッツは若いアメリカ人芸術家の個展もおこなうなどして着々とアメリカン・アヴァンギャルドの下地をつくっていた。そうしたなか、フランス人画家のデュシャンが一九一五年にニューヨークにやってくる。デュシャンがやってきたことでアメリカのモダニズムは劇的に加速した。

デュシャンは本人に先んじて作品が一九一三年にアメリカ上陸を果たしている。一三年にニューヨークでおこなわれたアーモリー・ショーに『階段を降りる裸体No.2』【図6】を出展、賛否両論を巻き起こしたのだ。[3]『階段を下りる裸体No.2』はデュシャンのほとんど最後のキュビズム作品で、伝統的に美しい女性が寝そべっているはずのヌード画を機械的形象にして性別不明にし、立たせ、なおかつ歩かせるという、西洋絵画の文法をことごとく打ち壊すものだった。偶像破壊、そして機械の意匠。

アーモリー・ショーが開催された一九一三年はニューヨークで本格的スカイスクレーパーの第一号ともいえるウールワース・ビル（二四一メートル）が完成した年だった。それ以前にも、ニューヨークでは高架鉄道の開通（一八七〇年）、ブルックリン・ブリッジの建設（一八八三年）、グラハム・ベルが電話を発明し後のAT&T社となるベル電話会社を立ち上げ（一八七七年）、エジソンがジェネラル・エレクトリック社を創設（一八九二年）するなど都市化と機械化が進んでいた。デュシャンは近代の機械化の（負の）頂点、第一次世界大戦が始まった後の一五年にニューヨークにやってきた。そこでデュシャンが「アメリカ的テーマ」として見出したのも、やはり機械文明だった。「輝かしい機械と摩天楼」こそアメリカの真の芸術的主題であり、ニューヨークこそ進歩とモダニズムの理想的な体現であると捉えたのだ（Balken 33）。

【図6】デュシャン『階段を降りる裸体　No.2』1912年／フィラデルフィア美術館蔵

デュシャンの一五年の渡米、そして同年同じくフランスからやってくるピカビア、ニューヨーク育ちのマン・レイなどを中心にニューヨーク・ダダは発展する。彼らの作品には機械的造形がこれでもかと

【図 7】デュシャン『帽子かけ』1917 年／オリジナルは消失、複製（1964 年）はオーストラリア国立美術館蔵

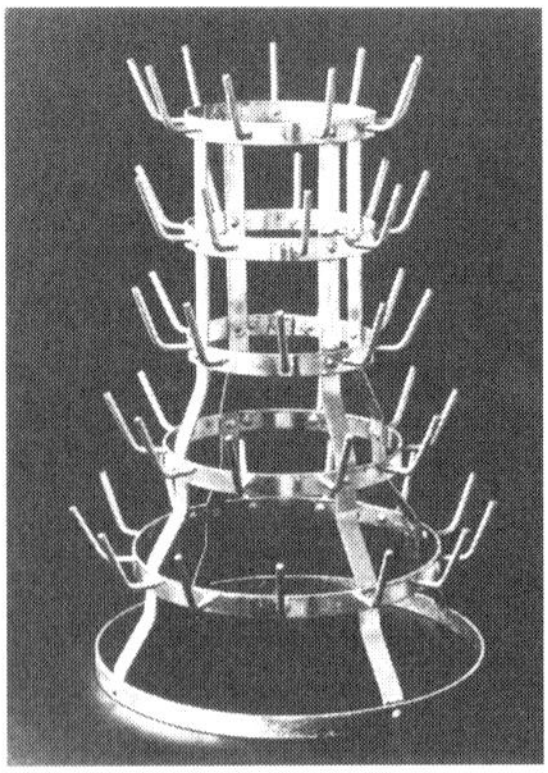

【図 8】デュシャン『ボトル・ラック』1914 年／オリジナルは消失、複製（1959 年）はシカゴ美術館蔵

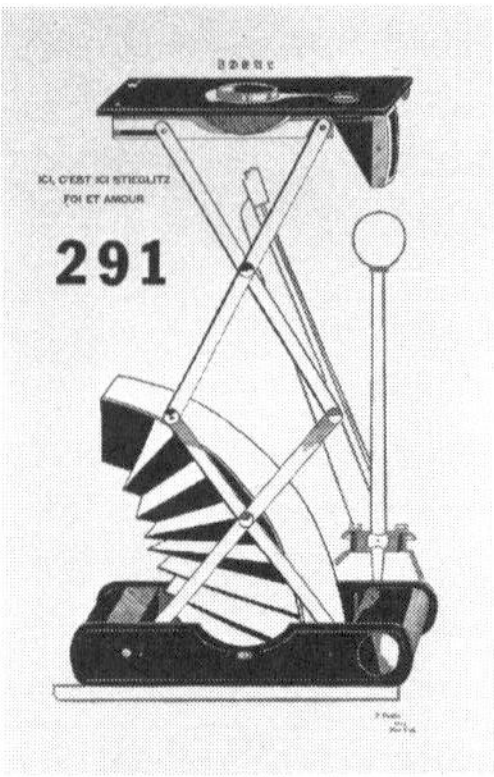

【図 9】ピカビア『ほら、これがスティーグリッツだよ／信仰と愛』1915 年／ボウドイン大学美術館蔵

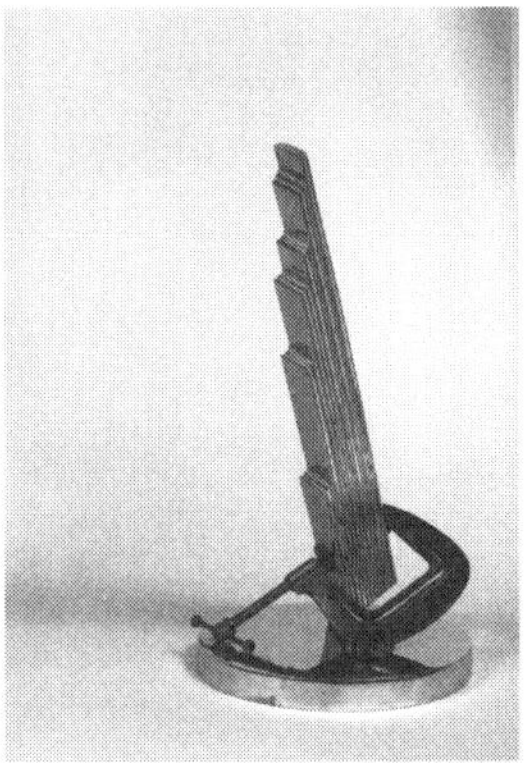

【図 10】マン・レイ『ニューヨーク』1917 年／オリジナルは消失、複製（1966 年）はホイットニー美術館蔵

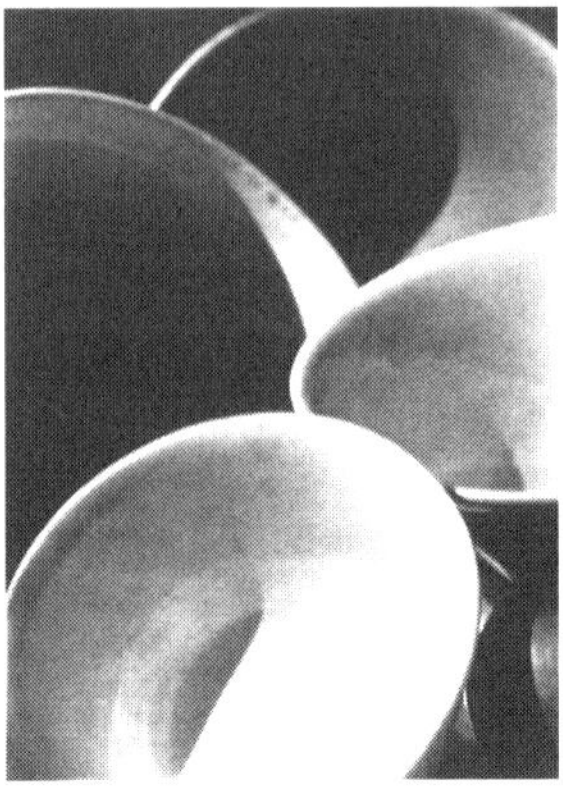

【図 11】ポール・ストランド『抽象、器、ツインレイク、コネチカット』1916 年（ネガ）1917 年（印刷）／フィラデルフィア美術館蔵

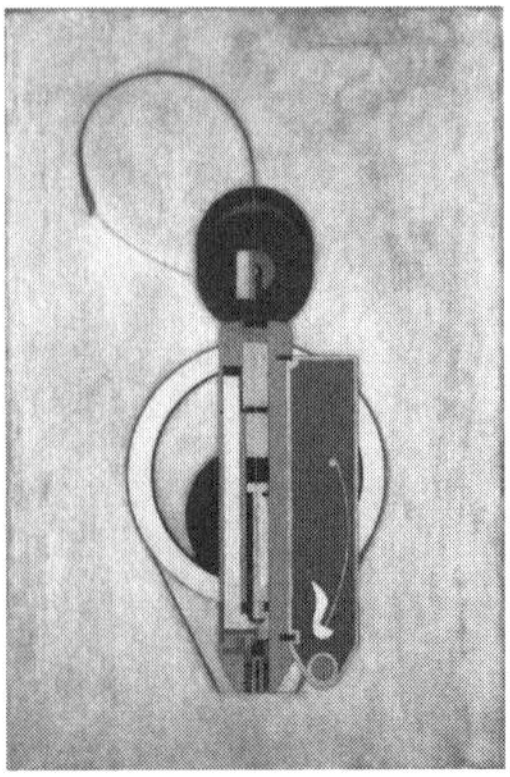

【図 12】モートン・シャンバーグ『絵画　第八号（機械的抽象）』1916 年／フィラデルフィア美術館蔵

いわんばかりに現れる。工業製品がそのまま使われている作品も少なくない。【図7～12】

既成の工業製品を芸術作品に用いる「レディ・メイド」（Ready-made）のアイデアを、デュシャンは渡米した一九一五年頃に思いついたとされる。そして「事件」が起こるのが一九一七年。デュシャン自らが展示委員をしていたニューヨーク・アンデパンダン展（六ドル払えば誰でも出品できる展覧会）に『泉』がムット氏（Mr. Mutt）の名前で出品され、展示を拒否されるのだ。いわばデュシャンの自作自演だが、便器に『泉』とタイトルをつけたこの作品は芸術作品の意味を根本から問うだけでなく、美術館や美術展、アカデミーといった制度的なものと芸術作品の関係にまで問題を投げかけ、当時のアメリカ美術界だけでなく現代まで大きな影響を与え続けている。

5．アート・メカニック

ヘミングウェイ版レディ・メイド「神のしぐさ」。そこではバスタブやブーツ脱ぎ器が現れ、話し、滑稽な様子を見せる。しかしこの習作以外、ヘミングウェイ作品で工業製品や機械が強く関連する作品は他に見あたらない。既成の価値や権威を否定する偶像破壊の気分は『日はまた昇る』や『武器よさらば』はじめ多くの作品に見いだされるが、ニューヨーク・ダダの「機械の意匠を取り入れた芸術」という側面はヘミングウェイにおいては単なる一過性のものだったのだろうか。よく知られるように、ヘミングウェイは通常、むしろ機械と対極のもの――生身の身体、原始主義、機械の入り込まない自然――と結びつけられる作家だ。

【図13】ジョージ・アンタイル（1924年）マン・レイ撮影（Oja 179）

『移動祝祭日』にはダダイストであるトリスタン・ツァラがさりげなく登場しているが、パリ時代のヘミングウェイを描くこの回想録でも、とくに「機械」という観点で目をひく描写はない。しかし、たとえばヘミングウェイが『日はまた昇る』を出した一九二六年、ヘミングウェイの友人ジェイムズ・ジョイスはこちらもヘミングウェイの友人である米作曲家ジョージ・アンタイルの作曲した「バレエ・メカニック」のパリ初演に家族で出かけている（マドクス343）。舞台中央に飛行機のプロペラが据えられ、そのプロペラ音やあらかじめ録音された飛行機のエンジン音、のこぎりやハンマーの音など、機械音に溢れた現代音楽であった。機械を取り入れた音楽は一九二〇年代前後、ヘミングウェイが到着する以前からパリで鳴り響いていた。なかでもパリでヘミングウェイが知り合いになるピカソが関わったロシアのバレエ団「バレエ・リュス」の舞台『パラード』（一九一七）は、音楽にサイレンやタイプライター、ラジオの雑音など「時代の音」をふんだんに取り入れた作品だった。コクトーが台本、サティが音楽、ピカソが美術と衣装を担当したアヴァンギャルドの極みである本作では、音楽に加えピカソの衣装にもマシン・エイジが反映している。高層ビル、スカイスクレーパーを背中に背負った衣装（着ぐるみ）【図14】だ。着ると立つのも大変だったというこのマシン・エイジのキュビズム的張りぼてを着て、ダンサーは踊ったのだ。

一九二四年のバレエ舞台『本日休演』もマシン・エイジとの関連で挙げられる。サティが音楽を担当したこの舞台の幕間に、映画『幕間』が上映された。ダダらしいタイトルのこの映画には友人マン・レイ、デュシャン、ピカビアなどニューヨーク・ダダイストが登場し、（映画の中から）観客に向かって大砲を撃つ

【図 14】『パラード』のピカソによる衣装（Hainaut 52）
（左は復刻版　パリ・オペラ座『ピカソとダンス』展にて筆者撮影（2018 年 7 月））

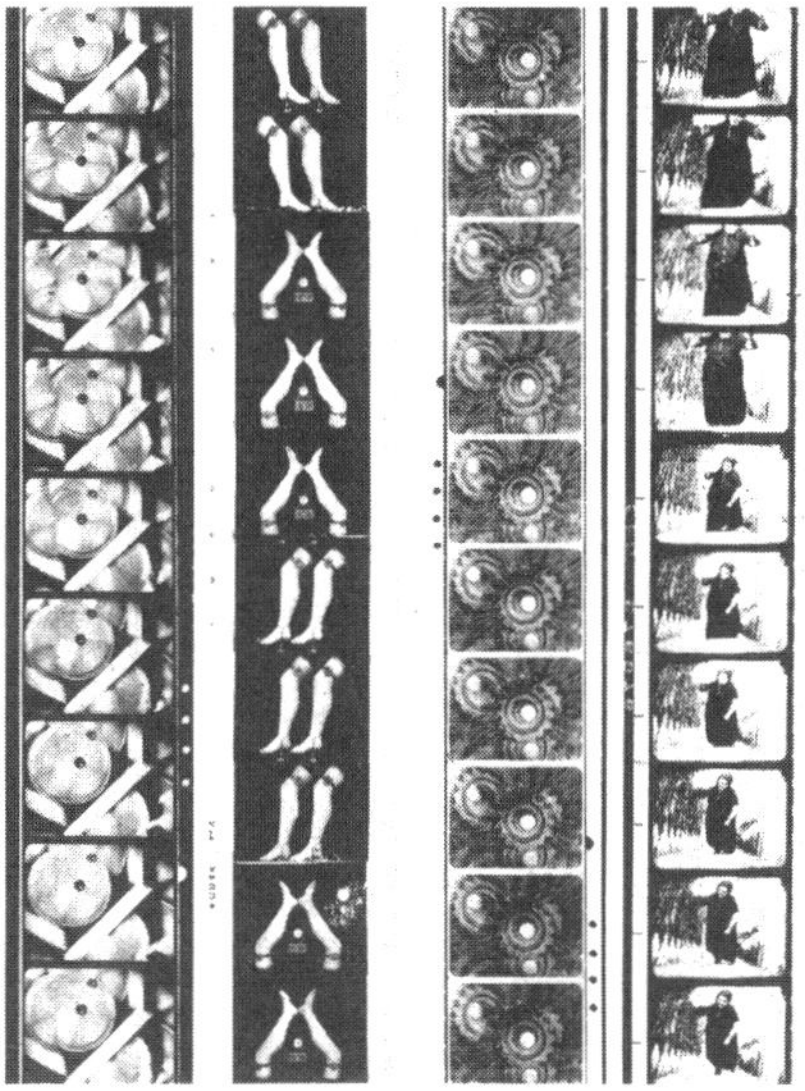

【図 15】レジェの映画『バレエ・メカニック』より（McCabe 200）

のだ。騒々しく愉しい、前衛の面目躍如たる作品だ。ニューヨーク・ダダの主要人物でニューヨーク育ちのマン・レイもヘミングウェイと同じく一九二一年に活動拠点をパリに移し、油絵、オブジェ、彫刻、芸術写真、実験映画など幅広く活動した。(4) じつはアンタイルの楽曲「バレエ・メカニック」は同名の映画『バレエ・メカニック』のために作曲され、マン・レイはこの映画で撮影を担当した。仏画家フェルナン・レジェが制作したこの前衛短編映画は、人間を機械として描き出す未来派的作品だった。

友人アンタイルやマン・レイが関わった『バレエ・メカニック』や『幕間』をヘミングウェイは観た（聴いた）だろうか？　残念ながらそういった証拠はない。しかし機械の意匠を取り入れた芸術活動はパリのヘミングウェイの身近に存在したのだ。なかでもヘミングウェイの近しい友人で機械や工業製品を題材に描いたアメリカ人画家ジェラルド・マーフィーの存在は大きい。

フィッツジェラルドの長編『夜はやさし』（一九三四）の献辞が捧げられた人物といえば分かりやすいだろうか。(5) アメリカの裕福な家庭の出身であるジェラルドと妻のサラは、ヘミングウェイ、マン・レイと同じ一九二一年にパリに到着、二九年の大恐慌までパリで過ごした。パリ市内や郊外にアパートや家を持ち、なかでもリヴィエラのアンティーブ岬の夏の家「ヴィラ・アメリカ」には毎夏、多くの芸術家が集まったことで知られる。一九二四年にヘミングウェイが息子ジョン（バンビ）と共に「ヴィラ・アメリカ」を訪れた写真も残っている【図16】。二六年にはジェラルド、ヘミングウェイに米作家ドス・パソスも加わり、オーストリアのシュルンツで一緒にスキーを楽しんでいる。ヘミングウェイ夫妻、ドス・パソス夫妻に加え、フィッツジェラルド夫妻、イェール大学の同窓生であった詩人アーチボルド・マクリーシュや、同じくイェール大同窓でのちにブロードウェイで成功を収める作曲家コール・ポーターなどもこのパリ在住アメリカ人

【図16】(上右)「ヴィラ・アメリカ」でのヘミングウェイと息子バンビ(1924年)(Tomkins 73)
【図17】(上左) マーフィー夫妻、モンパルナスの仮想ダンス・パーティーで (マン・レイ撮影、1924年)(Rothschild 110)
【図18】(左) ジェラルドと息子たち (マン・レイによる家族肖像写真、1926年)(Tomkins 68)

サークルのメンバーだった。マン・レイとも面識があったようだ【図17、18】。

一九二一年にパリに到着してまもなく、ジェラルドは画廊のウィンドウをのぞき込んで仰天し、画家を志す。ジェラルドが見たのはピカソとブラック、グリスの絵だった。ほどなくしてマーフィー夫妻は「バレエ・リュス」のデザイナーだった画家ナタリア・ゴンチャロワに絵を習いはじめ、バレエ団の大道具の仕事にも無給で志願する。そこで当時バレエ・リュスの舞台に関わっていたピカソやブラックなどの画家と知り合いになるのだ。とくにピカソとは毎日のように会い、ピカソは「ヴィラ・アメリカ」に妻や母親まで連れて訪れ、スタインとアリスも合流するなどした。

ジェラルドは別のバレエ団の舞台制作でストーリーや背景文体、衣装デザインを担当するなどしていたが、こうした芸術活動と並行して絵画制作もおこなっていた。リアリズムと抽象の中間と言えるような、また六〇年代以降にアンディ・ウォーホルらが開花させることになるアメリカン・ポップ・アートにつながる筆致で機械類や日常の品々を描いた。二三年からは毎年アンデパンダン展に出品。概して絵の大きさは巨大で、商業広告的な感性とキュビズム的造形を兼ね備えた美しい作品群だ。二四年に出品した『ボート甲板』（一九二三）【図19】は船の煙突と換気口を描いた五メートル四〇センチ×三メートル六〇センチの油絵。翌年は時計の内部構造を描いた二メートル四方の絵『時計』（一九二五）【図21】を出品した。他にも一九二二年の『機関室』や『タービン』（一九二三）、『西洋剃刀』（一九二四）【図20】など、機械や工業製品が描かれている。

パリ時代に多くの絵画を購入したヘミングウェイだが、マーフィーの作品を購入した形跡はない。一九二七年のヘミングウェイ宛ての手紙に「死ぬまでに世界が注目するような絵を描くよ」（Tomkins 171）

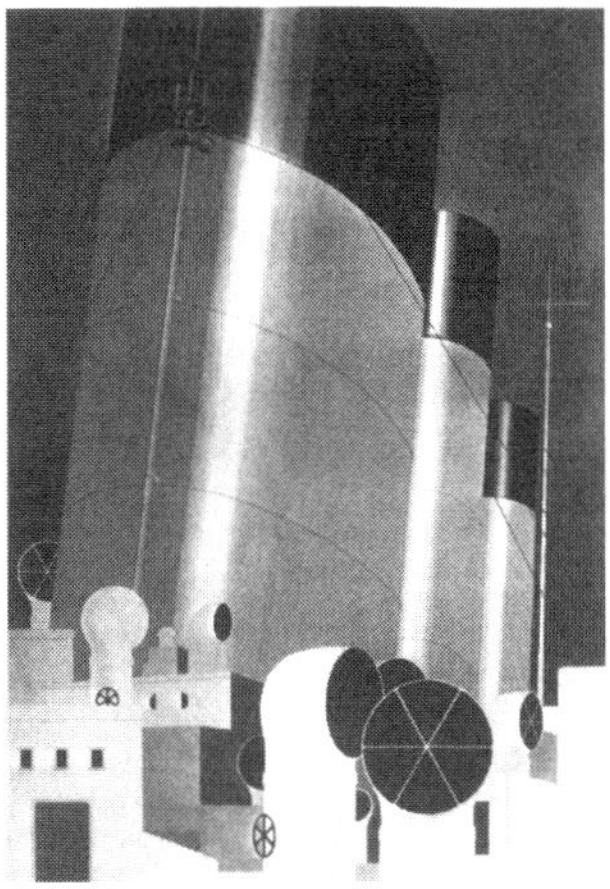

【図 19】ジェラルド・マーフィー『ボート甲板』1923 年／消失

【図 20】ジェラルド・マーフィー『西洋剃刀』1924 年／ダラス美術館蔵

【図 21】ジェラルド・マーフィー『時計』1925 年／ダラス美術館蔵

と書いており、この書き方から推測されるように、ジェラルドは自分の絵に対するヘミングウェイの評価が高くないことを知っていたのかもしれない。しかし重要なのは、シカゴ時代に引き続きパリのヘミングウェイのすぐ近くで機械の意匠を取り込む芸術活動が盛んにおこなわれていたこと、それをヘミングウェイが目にしていたであろうこと、そしてそうした芸術活動を推し進めた空気をヘミングウェイも呼吸していたことだ。

ジェラルドは当時のパリで「呼吸するまさにその空気中にキュビズムはびっしり充満していた」（Tomkins 154）と言った。その空気はジェラルドの絵画の構図に結実し、ヘミングウェイの『われらの時代に』のキュビズム的構成となった。一方、マシン・エイジの時代精神はヘミングウェイにおいて——マーフィーの絵画やニューヨーク・ダダのように——機械の「主題」としてはあからさまに描かれなかったが、「技法」として反映していると言えまいか。盟友ドス・パソスが「カメラ・アイ」という機械的意匠を散文に創り出したように、あるいは師スタインが綴りや音といった言語のいわば「部品」の要素に着目して繰りかえしや音楽性の高い散文を生み出したように、「何を語るか」ではなく「語り方」に、機械的感性を取り込み実現したのだ。『われらの時代に』の構成、短編の間にさらに短い間章を挟むあの独特の構成について、ヘミングウェイは「肉眼で、たとえば過ぎゆく海岸線を見て、それから十五倍の双眼鏡で見るようなものです」（*SL* 128）[6]とレンズの比喩で表現している。「機械の眼」をもって遠景から拡大した近景へと瞬時に移るこの感性は、双眼鏡のみならず、カメラや映画といった機械やテクノロジーを知らない人間からは生まれ得ないだろう。そして『われらの時代に』の構成について述べたこの表現、遠景から近景へという視点のズームという機械的運動は、この短編集での意欲的な「語りの実験」でも実現されている。ヘミングウェイは『われらの時代に』の語りにおいて、「機械の眼」になろうとしたのだ。[7]

6．まるでカメラのように――『われらの時代に』の語りの実験

モダニズムは「何を」（What）描くか／語るか／表現するかよりも、「いかに」（How）描くか／語るか／表現するかに意識的な芸術運動である、としばしば言われる。機械の要素をヘミングウェイの散文で考えるとき、まさにこの「いかに」に時代の精神が鋭く反映している。パリで描かれた短編集『われらの時代に』にはアメリカを舞台とする短編作品が多く含まれ、それらは森や湖といったアメリカの風景を描き出す。そうした土くささにもかかわらずこの短編集が極めて前衛的モダニズム作品たり得ているのは、キュビズム作品を思わせる構成に加え、意欲的な語りの実験に依るところが大きい。

カール・フィッケンが論文「ニック・アダムズ物語における視点」で詳述するように、『われらの時代に』を含む一九二〇年代のヘミングウェイ作品の語りは伝統的な文芸用語（一人称、三人称、全知の視点）で分類できない特異なものが多い。フィッケンはそれぞれの作品で「作者」と「語り手」と「登場人物」の関係がとても近いこと、これら三者が重なるような奇異な語りが散見されることから、既存の用語にあてはめるのをあきらめ、自分で編み出した用語で四種に分類している。[8] たとえば『われらの時代に』の最後に二部作品として収められている「大きな二つの心臓のある川」（"Big Two-Hearted River"）は（大部分が）三人称語りだが、語り手が主人公ニック・アダムズの心のうちを語りに反映させる部分があり、フィッケンはこの作品を「意識への焦点（Center of Consciousness）」と名づけた語り方に分類している。フィッケンが言

うようにニックが川釣りをして大物の鱒を逃した直後の場面で、それまでの三人称"he"から突然一人称"I"語りとなる。

しかし、それは単に「心のうちを語りに反映させる」と説明するだけでは足りない（もったいない）特殊な語り方だ。あたかもそれは――カメラが、映画のカメラが、ニックに徐々に焦点をあわせてズームするかのような語りだ。このことが分かるように訳出するとやや直訳だが、以下のようになる。

ニックはあの鱒の歯なら釣り針に結んだ鉤素《はりす》を噛み切れるだろうと分かっていた。釣り針は彼（鱒）の顎にくいこんでいた。鱒は怒っていたとニックは確信していた。あれぐらいの大きさのやつだったら絶対怒っているはずだ。たしかに鱒だった。しっかりと針にかかっていた。岩のようだった。そして逃げ出す前はまるで岩のような感触だった。ああ、やつはでかかった。ああ、ぼくが知っているなかで、一番の大物だった。（*IOT* 150-51）[9]（強調筆者）

ニックを主語に三人称語りの客観的描写で始まったこの一連の文章は、逃した鱒のことを考えるニックにまるでカメラが寄るようにどんどんとズーム・インし、意識に徐々に入り込み、最終的に一人称の私語り（I-narrative）でニックの声を直接聞かせる。それは双眼鏡による拡大というよりも、ナラティブを紡ぐという性格上、時間の経過を伴う映画カメラの動きにより近いと言えるだろう[10]。

こうした語りの実験は当然ながら批評家を混乱させた。ポール・スミスは「大きな二つの心臓のある川」を全知の視点（85）、エリザベス・ウェルズは三人称としている（131）。同様に、まるでカメラを切り換えるように（人称）代名詞を切り換える実験的語りは、『われらの時代に』で散見される。たとえば「クロスカントリー・スノー」（"Cross-Country Snow"）では、同じく三人称語りの文章のなかに引用符なしで一人称（I-narrative）が差し込まれ、カメラが急にズームするように、ニックの心に焦点があてられる。

> その女の子が部屋に入ってきて、ニックは彼女のエプロンが彼女の妊娠したおなかをゆったりと包んでいることに気づいた。僕は彼女が最初に入って来たときになんでそのことに気づかなかったんだろう、彼は考えた。(11)（*IOT* 109）

ちょうどスキーの合間に休憩に入った宿屋の食堂で、給仕についた女性が妊娠しているとニックが気づいた瞬間にこの語りの変化（ズーム・イン）が起こる。この作品の他の部分は一貫して三人称語りで客観的に描写されているにもかかわらず、ここで読者はニックの内面に踏み込むことになる。ニックの内面に唐突に触れた読者は、ニックにとって「妊娠」が重要な関心事であることに気づき、物語の核心へと一気に導かれる。このあと読者はニックの妻ヘレンが妊娠していることを知り、それはつまり――スピードと飛翔の感覚がことさら強調される男友達とのスキーのような――ニックにとっての自由な日々の終わりを意味しているのだ。

『われらの時代に』での代名詞の変更という実験そのものについては、ヘミングウェイ批評において指摘されて久しい。しかし改めて着目すると、カメラが被写体に近づいたり《ズーム・イン》、あるいは遠ざかったり《ズーム・アウト》するように、読者は登場人物の内面・意識に入り込んだり遠ざかったりする。ニックを主人公としない作品でも使われており（たとえば「スミルナ桟橋にて」や「雨の中の猫」）、なかでももっとも顕著な例は間章にあたる「第七章」（"Chapter VII"）だ。

フォッサルタで塹壕が砲撃を受けている間、彼は塹壕の地面にぴったりと伏せ、汗だくになって祈っていた、ああイエス様、ぼくをここから出してください。イエス様お願いですからぼくを出してください。神様、お願いです、お願いです、お願いです、神様。もしも殺されないようにしてくれるなら、なんでもやります。あなたを信じ、世界中の人にあなた以外に重要なことなどないと言います。お願いです、お願いです、イエス様。砲撃は遠ざかっていった。われわれは塹壕の修理を始め、朝になると日が昇り、その日は暑くて蒸して愉快で静かだった。その次の日にメストレに戻ったとき、彼はヴィラ・ロッサで一緒に二階に上がった女の子にイエスのことを話さなかった。その後も、誰にも言わなかった。（*IOT* 67）

これは第七章の全文だ。この短いスケッチは三人称語りの最初の一文の途中で突然一人称に変化、カメラがズーム・インするように読者は塹壕で砲撃に死ぬほど怯える兵士の内面に一気に入り込む。砲撃が遠ざかると同時にカメラも引き始め（ズーム・アウト）、二人称「われわれ」が主語となり、兵士全体のことが描かれる間、視点はずっと遠ざかったままだ。その後再び三人称「彼」に戻るが、語り手は客観的な描写につとめ、読者が兵士の内面に再び触れることはない。最後は売春宿で彼がイエスのことを話さなかった事実が淡々と報告される。冒頭のズーム・インでほとんど身体的に兵士に同化し恐怖を共有する読者は、最終的にあれほどすがった神との約束を決して果たそうとしないこの兵士に軽い失望を覚える。この落差が、名前も分からない兵士の短いスケッチに力を与えている。

作品における語りのカメラの「ズーム・イン」、つまり人物の内面への接近は、映画のクロースアップの技法と酷似している。人物の顔に近づき大写しにすることでその人物の内面・心情を写しだそうとする映画のクロースアップを有機的に組み込んだ最初の作品のひとつは一九〇〇年の短編映画『おばあちゃんの拡大鏡』とされる（加藤 120）。『われらの時代に』（一九二五）の同時代を見渡すならば、たとえば一九二七年から撮影がおこなわれ一九二八年にフランスで公開された『裁かるるジャンヌ』がクロースアップを効果的に多用した作品として知られる。

『われらの時代に』ではクロースアップを思わせるズーム・イン、そしてズーム・アウトの語りがあることを見てきたが、それと同時に、この短編集にはまるで固定カメラで離れた場所からひたすら映すような描写の仕方もある。これがいわゆる新聞記者時代に会得したジャーナリスティックな描写と呼ばれるもの、あるいは感情を一切排した「ハードボイルド・スタイル」と呼ばれる描き方である。間章の第十章などが好例であろうが、三人称語りの第十章とともに、第一章、三章、四章、六章、八章、「結び」などの一人称語りの間章でも語り手の感情は一切排除され、まるで固定カメラで観察するような客観的描写に徹している。

固定カメラと、ズーム・イン／ズーム・アウトするダイナミックなカメラの動き。『われらの時代に』の実験的な語りを説明するならば、このようになるだろう。こうした実験的語りをヘミングウェイが編み出した時期とは、言うまでもなく、革新的な語りや視点（point of view）を同時代モダニスト作家たちが編み出していた時期だ。ジェイムズ・ジョイスの『ユリシーズ』（一九二二）、ヴァージニア・ウルフの『灯台へ』

（一九二七）、ウィリアム・フォークナーの『響きと怒り』（一九二九）。小説が「語り方」の技術へ強く興味を移したマシン・エイジの盛期モダニズム期、ヘミングウェイは「機械の眼」の語りの実験をおこなった。視点の移動を伴うその斬新な語りは、たとえば後年の『誰がために鐘は鳴る』（一九四〇）の冒頭でのズーム・インする風景描写に明らかなように、二〇年代のみならず、ヘミングウェイの創作技法のひとつの特徴となった。ロシアの映画監督ジガ・ヴェルトフは一九二三年、映画カメラで獲得した新たな視覚を言祝いで「ぼくは眼だ。機械の眼だ」と高らかに宣言した（Berger 17）。「神のしぐさ」とニューヨーク・ダダからはじめた二〇年代へミングウェイとマシン・エイジをめぐる旅は、『われらの時代に』の語りにおいて、まさに「機械の眼」と化すヘミングウェイを見いだすこととなったのだ。

◉註

（1）レノルズはこの記述の根拠としてハドリーがヘミングウェイに宛てた一九二一年一月七日の手紙を挙げているが、コピーを取り寄せたこの手紙にはスティーグリッツやオキーフの名は見あたらない。シカゴで出会った詩人カール・サンドバーグへの言及があるのみである。ヘミングウェイとアンダソンの関係についてのレノルズの記述に関して、前田はレノルズが「アンダソンの著述の一部を、引証を示すことなく、アンダソンがヘミングウェイに直接語った言葉であるかのように利用したものと思われる」（143）と言い、レノルズ『若きヘミングウェイ』で感じる違和感の意味を指摘している。

（2）一九〇八年ロダン展、マティス展、一九〇九年ロートレック展、一九一〇年セザンヌ展、一九一一年ピカソ展。

（3）この美術展の衝撃は出品作家と作品を見れば一目瞭然だ。代表的な作家だけでもブランクーシ五点、ブラック三点、セザンヌ一四点、デュシャン四点、ゴーギャン一三点、ゴッホ一八点、マティス一七点、ピカビア四点、ピカソ八点、ルノワール五点、ルオー四点、アンリ・ルソー一〇点（田野 136）。アメリカの美術界においてひとつの大きなターニング・ポイントとなったこの現代美術展で、デュシャンは「最大のヒーロー」（田野 138）だった。

（4）マン・レイは一九二二年にヘミングウェイの肖像写真を撮影した（序章【図1】）。その日たちまち意気投合した二人は、その夜連れだってボクシングの試合を見に行った。ヘミングウェイがアメリカの家族に宛てた一九二六年一二月一日付の手紙には、マン・レイが撮った長男ジョンの写真をクリスマスに送ると書いており（*SL* 233）、またのちにヘミングウェイはマン・レイの恋人だった絵画モデル・キキの回想録（一九三〇）の序文も書いている。

（5）「ジェラルドとサラに／祝祭の日々を記念して」（『夜はやさし』）

（6）Like looking with your eyes at something, say a passing coast line, and then looking at it with 15X binoculars.

（7）広い文脈で考えるならば、パリのみならず、そしてダダ以外にも、ヘミングウェイが「呼吸していた」マシン・エイジの時代精神はさまざまな芸術運動で散見される。「疾走する自動車はサモトラケのニケよりも美しい」（一九〇九）と言ったマリネッティが率いたイタリアの未来派は機械の神話を愛した芸術一派で、二〇年代にはムッソリーニのイタリア・ファシズムに吸収され、機械の負の理想として戦争を美化していく。未来派の影響を受けて起こったロシア構成主義では、たとえば理論家ニコライ・ミハイロヴィチ・タラブーキンが「絵画理論の試み」と「イーゼルから機械へ」という重要な論文を同時に一九二三年に出版している。テクノロジーと芸術創造の関わりに着目した「イーゼルから機械へ」に加え、フォルマリスト的な芸術解釈をおこなう「絵画理論の試み」も、「芸術作品を本質的な諸要素に分解し分析を行う」（江村 195）点で「機械的／キュビズム的芸術解釈」を考える文脈で重要。他にもドイツ・バウハウス、日本の新興写真などが挙げられる。

（8）フィッケンは「控えめな語り手」（The Effaced Narrator）、「作者的観察者」（The Author-Observer）、「意識への焦点」（The Center of Consciousness）、「語り手的行為者」（The Narrator-Agent）に分類している。

（9）Nick knew the trout's teeth would cut through the snell of the hook. The hook would imbed itself in his jaw. He'd bet the trout was angry. Anything that size would be angry. That was a trout. He had been solidly hooked. Solid as a rock. He felt like a rock, too, before he started off. By God, he was a big one. By God, he was the biggest one *I* ever heard of.（*IOT* 150-51; emphasis mine）

（10）塚田『クロスメディア・ヘミングウェイ』の第八章に同様の議論がある。参照。

（11）The girl came in and Nick noticed that her apron covered swellingly her pregnancy. I wonder why I didn't see that when she first came in, he thought.

◉引用文献

Baker, Carlos. *Hemingway: The Writer as Artist*. 1952. Princeton UP, 1980.

Balken, Debra Bricker. *Debating American Modernism: Stieglitz, Duchamp, and the New York Avant-Garde*. American Federation of Arts with D.A.P., 2003.

Berger, John. *Ways of Seeing*. BBC, 1972. バージャー、ジョン『イメージ——視覚とメディア』（伊藤俊治訳）筑摩書房、二〇一三年

Ficken, Carl. "Point of View in the Nick Adams Stories." *The Short Stories of Ernest Hemingway: Critical Essays*, edited by Jackson J. Benson, Duke UP, 1975, pp.93-112.

Hainaut Berenger, editor. Picasso and La Danse. Bibliotheque nationale de France, 2018.

Hemingway, Ernest. "A Divine Gesture." *Double-Dealer*, no.3, 1922, pp.267-68.

---. *Ernest Hemingway: Selected Letters, 1917-1961*. Edited by Carlos Baker, Scribner's, 1981.

---. *In Our Time*. Scribner's, 1925.

McCabe, Susan. *Cinematic Modernism: Modernist Poetry and Film*. Cambridge UP, 2005.

Oja, Carol J. "George Antheil's *Ballet Mechanique* and Transatlantic Modernism." *A Modern Mosaic: Art and Modernism in the United States*, edited by Townsend Ludington, U of North Carolina P, 2000, pp.175-202.

Reynolds, Michael. *The Young Hemingway*. W. W. Norton, 1986.

Rothschild, Deborah, et al. *Making It New: The Art and Style of Sara & Gerald Murphy*. William College Museum of Art, 2007.

Ryan, Dennis. "'Divine Gesture': Hemingway's Complex Parody of the Modern." *The Hemingway Review*, no.16, 1996, pp. 1-17.

Smith, Paul. *A Reader's Guide to the Short Stories of Ernest Hemingway*. Hall, 1989.

Tomkins, Calvin. *Living Well is the Best Revenge*. Random House, 1998.

Townsend, Kim. *Sherwood Anderson*. Houghton Mifflin, 1987.

Wells, Elizabeth J. "A Statistical Analysis of the Prose Style of Ernest Hemingway: 'Big Two-Hearted River.'" *The Short Stories of Ernest Hemingway: Critical Essays*, edited by Jackson J. Benson, Duke UP, 1975, pp.129-35.

江村公「モダニズムと生産主義――「最後の絵画」以後のロシア・アヴァンギャルド」ニコライ・タラブーキン『最後の絵画』（江村公訳）水声社、二〇〇六年、一九一―二一七頁

加藤幹郎『理想の教室　ヒッチコック『裏窓』ミステリの映画学』みすず書房、二〇〇五年

金関寿夫『現代芸術のエポック・エロイク　パリのガートルード・スタイン』青土社、一九九一年

島村法夫『ヘミングウェイ――人と文学』勉誠出版、二〇〇五年

田野勲『祝祭都市ニューヨーク——1910年代アメリカ文化論』彩流社、二〇〇九年
塚田幸光『クロスメディア・ヘミングウェイ——アメリカ文化の政治学』小鳥遊書房、二〇二〇年
フィッツジェラルド、F・スコット『夜はやさし』（森慎一郎訳）作品社、二〇一四年
前田一平『若きヘミングウェイ——生と性の模索』南雲堂、二〇〇九年
マドクス、ブレンダ『ノーラ——ジェイムズ・ジョイスの妻となった女』（丹治愛訳）集英社、二〇〇一年

コラム① 近くて遠いココ・シャネル Column 1

【図1】リトル・ブラック・ドレス（ウォラク88）

モードの女王ココ・シャネルとヘミングウェイ。ふつうは結びつかない二人だろうが、装飾を廃しシンプルなスタイル（文体）を確立したモダニストという共通点がある。しかも、ヘミングウェイの複数の作品にはシャネルの服飾が登場する。よく考えれば同時代人のこの二人、歴史を振り返れば同じ時空間に生きており、限りなく接近したことも二度ある。

一度目は一九二〇年代パリ、「バレエ・リュス」の周辺で。カンパニー名を持たないこの「ロシアのバレエ団」は、ロシア貴族ディアギレフが主宰し、ロシア帝室バレエ団出身のメンバーを中心に構成、しかしロシアで一度も公演をおこなわなかった。主にパリで二〇年間存在し（「ディアギレフのバレエ・リュス」一九〇九年〜一九二九年）、「見世物」でない芸術としてのバレエを確立した。ピカソ、ローランサン、マティス、ミロ、グリス、ユトリロ、ルオーらが美術を、コクトーが台本を、音楽をストラヴィンスキー、サティ、ドビュッシー、ラヴェルなどが担当する夢のようなコラボレーションを実現。ジャンル越境の芸術的交歓の象徴的（あるいは奇跡的）存在であった本バレエ団で、シャネルは衣装デザインを担当、資金援助もおこなった。ヘミングウェイがピカソ、ミロ、グリスなど友人からバレエ・リュスやシャネルについて話を聞いていた可能性も大きい。

ヘミングウェイがパリ版『ワレラノ時代ニ』を出版した一九二四年、シャネルはバレエ・リュス『青列車』で衣装を担当した。当時最先端のバカンスの地、コート・ダジュールの海水浴場を舞台とする物語で、直線的

【図 2】（右）『青列車』（1924 年）シャネルの衣装と舞台全景（Rothschild 49）
【図 3】（左）ジャージー・スーツを着たシャネル（1924 年頃）（ウォラク 82）

な美術のなか、シンプルな水着風衣装でダンサーたちが整然と踊る前衛的作品だ。ここには直線志向のモダニズムの美学のみならず、スポーツウェア・漁師風のシャツ・女性の日焼けを流行させたシャネルの世界が反映している。

このシャネルの世界観は一九二〇年代南仏を舞台とするヘミングウェイの死後出版作品『エデンの園』（一九八六）にも映し出されている。日焼けを繰り返し、漁師風のストライプのシャツと白いショーツに身を包む若いアメリカ人夫妻キャサリンとデイヴィッド。本書はヘミングウェイが残した膨大な原稿を大幅に削って出版されたが、現在ボストンのジョン・F・ケネディー・ライブラリーに保管されている未出版部の原稿には、キャサリンがシャネルのセーターを着ていると書かれている。『エデンの園』でのファッションはまたバレエ・リュスの大道具に関わった米画家ジェラルド／サラ・マーフィー夫妻の南仏リヴィエラの別荘「ヴィラ・アメリカ」での姿と重なる。『青列車』を具現化したようなビーチ・パーティー。夫妻と親交の厚かったピカソやヘミングウェイ（第三章【図16】参照）も訪れた。

バレエ・リュス『青列車』の二年後に出版されたヘミングウェイの『日はまた昇る』（一九二六）でもシャネル・ファッションが見られる。短髪のヒロイン・ブレットはシャネルの代名詞ジャージー素材のセーターとツイードのスカートで軽やかに登場する。その肢体はレース用ヨットの曲線を思わせると描写され、コルセットを脱ぎすて自由な動きを手にいれた新時代の女性を強く印象づける。

シャネルは前時代の服飾の色の洪水と巨大な帽子、何よりコルセットを嫌い、装飾を廃した動きやすい洋服、小さなシンプルな帽子、そして黒を最新のモードに変えた。リトル・ブラック・ドレスに代表されるシャネルの美学は、修飾詞を廃し短文・単文で構成されるヘミングウェイの文体と同じ土壌から生まれた。こうして初期には重なる方向性を持っていた二人はそれぞれの道を進み、二人の時空間が次に重なるのは第二次世界大戦後の独ナチス占領下のパリ、一九四四年のことだ。

第二次世界大戦時に数紙（誌）の特派員として取材をおこなったヘミングウェイは、四四年には従軍記者の身分を超えてフランスのゲリラを組織しパリに進軍、八月のパリ解放に立ち会う。ヘミングウェイがナチス高官用に接収されたホテル・リッツを「解放」し、七三杯のドライ・マティーニを仲間と飲み干したとき、シャネルはリッツのスイートルームを住まいとして暮らしていた（一九三七年から亡くなるまでの三四年間）。この二週間後ナチスの協力者として逮捕され、おそらく有力者の力によってすぐに釈放されたシャネル。一方、ヘミングウェイはパリにとどまり続けることでナチスへの抵抗を示したピカソとの再会を喜んだ。一九二〇年代パリで芸術への情熱を形にしたモダニストたちは、その後等しく政治の波にのまれることとなったのだ。

（上から）【図4】ジェラルドとサラ（1923年）／【図5】ピカソと最初の妻オルガ。オルガはバレエ・リュスのダンサーだった（Tomkins 56, 60）／【図6】船の乗組員の服装にヒントを得て水平風のストライプ・シャツとパンツをつくったシャネル（1920年代）（ウォラク 90）

◉引用文献

Rothschild, Deborah, et al. *Making It New: The Art and Style of Sara & Gerald Murphy*. William College Museum of Art, 2007.

Tomkins, Calvin. *Living Well is The Best Revenge*. Modern Library, 1998.

ジャネット・ウォラク『シャネル　スタイルと人生』（中野香織訳）文化出版局、二〇〇二年

第二部　戦争の衝撃——近代の通奏低音

第四章　疾走する散文

――「ぼくの父さん」の映画的文体と「やつら」の不条理

それは戦争からの帰還についての物語だった。
だが戦争にはひと言も触れていなかった。
——ヘミングウェイ『移動祝祭日』

1. 不遇な短編「ぼくの父さん」

ヘミングウェイの短編「ぼくの父さん」（"My Old Man"）は不遇な作品だ。初の短編集『三つの短編と十の詩』（一九二三）の一編として出版され、のちに短編集『われらの時代に』（一九二五）に組み込まれた作家人生最初期の作品。前衛芸術のうねりのなかで、ヘミングウェイが創作に真摯に向き合っていた時期の意欲作だ。しかしキュビズム絵画的に構成されたパリ時代の精華『われらの時代に』の物語群で、「ぼくの父さん」は唯一少年を語り手とする作品である。「子どもの目線で語られる成長物語」は前時代アメリカン・ヴィクトリア期の家庭小説を連想させるうえ、語りの実験著しい『われらの時代に』にあって伝統的な語り（一人称、三人称、全知の視点）ですんなり分類できる一人称作品だ。モダニズムの先鋭たる本短編集のなかでこの作品だけが古くさい印象を与えるのも無理はないだろう。読者にも研究者にも等しく人気がなく、ヘミングウェイ研究者スーザン・ビーゲルが編んだ『顧みられないヘミングウェイ短編作品』にも含まれ、その後書かれた研究論文も極端に少ない。名実ともに顧みられない作品だ。

批評の内容も不遇である。多くはない研究論文においてまず指摘されたのは、先輩作家アンダソンの短編「わけを知りたい」（"I Want to Know Why"）との類似だ。[1] そもそも「ぼくの父さん」は作品発表直後から駆けだしの若手による先輩作家の模倣と暗に指摘され続けた。ヘミングウェイにとってこちらも先輩作家にあたるフィッツジェラルドも「ぼくの父さん」をアンダソン作品に類するセンチメンタルな馬の物語と捉え(Smith 11)、真剣に批評する作品とは捉えていなかったようだ。こうしたなか、最初の出版からわずか四ヵ月後、のちに高名な批評家となるエドモンド・ウィルソンに宛てた手紙（一九二三年一一月二五日付）でヘミングウェイはアンダソンの影響を明確に否定している。

いいえ。「ぼくの父さんは」アンダソンに由来すると思いません。「ぼくの父さん」は少年と少年の父親と競走馬についての物語です。シャーウッドは少年たちと馬について書きました。しかもとても違う風に。それは少年たちと馬に由来します。アンダソンは少年たちと馬に由来します。二つの作品は似てないません。自分が彼からアイデアを得たのではないと分かっています。（*SL* 105）

断固とした口調でアンダソン作品からの影響を否定した弱冠二四歳のヘミングウェイ。しかし、たとえば「ぼくの父さん」の最後、語り手ジョーの「でも分からないんだ（But I don't know.）」という言葉は、確かにアンダソン作品のタイトルおよび作品最後の少年の言葉「わけを知りたいんだ（I want to know why.）」を強く連想させる。少年の口語体による一人称語り、つまりハック・フィン的語りも顕著な共通点だ。馬と少年を扱っていること、年長の男性の偶像化と彼の裏切り行為による幻滅、少年が成長するイニシエーション物語であることなど主題の共通点も挙げられる。

これら顕著な共通点にもかかわらず、ヘミングウェイはアンダソン作品との類似を否定した。同様に本章も「ぼくの父さん」のオリジナリティを主張する側に立つ。「ぼくの父さん」の〝異様な〟とも形容すべき文体に着目すれば、アンダソン作品の影響で本作を語るのは的外れとすら思われるからだ。冒頭から目を引く一文の長さ、そのなかでいくつもの動きが連続して描写され、情景が流れていくような散文。それは映像を志向する文体であり、それゆえ本作は——アンダソンの影響というより——ジャンル越境を顕著な特徴とするパリ・モダニズム芸術運動の文脈で理解されるべき作品だ。この文脈で語るべきはアンダソンではなく、むろんスタインだ。そしてアンダソンは「少年たちと馬」について書いたが自分は「少年と少年の父親と競走馬」について書いたのだ、と人を食ったような表現をしたヘミングウェイの言葉を丁寧に見るならば、両者の違いをつくる「少年の父親」こそ、この作品の核心である戦争の傷へ導く人物だと分かる。「ぼくの父さん」は少年ジョーのイニシエーションの物語だけではない。そこには戦争が通奏低音として流れている。そしてジョーの父親の死が示すのは、人は誰もが「やつら」に殺されるという近代の不条理だ。ヘミングウェイが正しく言ったように、「ぼくの父さん」はアンダソン作品と似てなどいないのだ。

2.「ぼくの父さん」の文体実験——映像をもとめて

「ぼくの父さん」は競馬の騎手である父親と父親が関わった八百長レースの顛末を、無垢な息子ジョーの視点から描いている。舞台はイタリア・ミラノとパリ、そしてそれぞれの競馬場。父親はアメリカのケンタッキー出身でいずれジョーにアメリカで教育を受けさせたいと願っているが、物語の結末で父親は落馬して亡くなってしまい、その夢も潰える。

前述したとおり「ぼくの父さん」は『われらの時代に』のなかで唯一少年を一人称の語り手とする。子どもの目線で語られる成長物語、父子の愛情を描く家族の物語は前時代の家庭小説を連想させ、モダニズム文学らしからぬ印象を与える。しかし、読み始めてすぐに違和感を覚えるであろう特徴的な文体――止まることなく流れるような、あるいは故意に引き延ばされたような、終わり《ピリオド》になかなか到達しない文体。そしてその文体による視覚的再現性。これらに注目するなら、本作には確かにパリ・モダニズムの前衛芸術実験が色濃く反映している。

以下は作品冒頭の引用だ。これでわずか三文である。目を引く一文の長さ、情景が流れていくような散文。

I guess looking at it, now, my old man was cut out for a fat guy, one of those regular little roly fat guys you see around, but he sure never got that way, except a little toward the last, and then it wasn't his fault, he was riding over the jumps only and he could afford to carry plenty of weight then. I remember the way he'd pull on a rubber shirt over a couple of jerseys and a big sweat shirt over that, and get me to run with him in the forenoon in the hot sun. He'd have, maybe, taken a trial trip with one of Razzo's skins early in the morning after just getting in from Torino at four o'clock in the morning and beating it out to the stables in a cab and then with the dew all over everything and the sun just starting to get going, I'd help him pull off his boots and he'd get into a pair of sneakers and all these sweaters and we'd start out.（*IOT* 115）

［試訳：（文体を体感するため、カンマとピリオドを忠実に日本語の句読点として訳す）まぁ考えてみると、今になってね、父さんは太る体質だったんだ、君のまわりによくいる小柄でぽっちゃりした奴らみたいにさ、でも父さんはもちろん一度もそんなふうにならなかった、最後にかけてのほんの少しの間以外は、それだって父さんのせいじゃなかったんだ、その頃は障害レースだけをやっててかなりの体重でもできたからね。思い出すよ父さんが何枚も重ねたジャージーの上にゴム引きのシャツを着てその上にでっかいスウェットシャツを着て、ぼくをさそって一緒に走ろうと午前遅くに暑い太陽の中へ駆けだしていくんだ。父さんは、たしか、早朝にラッツォのとこの馬に試乗に行ったんだトリノから朝四時ごろ戻った直後にそしてタクシーで大急ぎで厩舎にのりつけてそれで何もかも［訳註：自分も馬も他のすべても］汗だくあるいは朝露に濡れてそして太陽がやっと昇りだして、［訳註：戻ってきてから］ぼくは父さんがブーツを脱ぐのを手伝ってあげてそれで父さんはスニーカーをはいてあれこれセーターやスウェットを着こんでそれでぼくらは一緒に走り出すんだ。］

この冒頭に明示されるように、「ぼくの父さん」の文体はまったく伝統的などではない。動きと情景が継ぎ足され、映像が継ぎ目なく流れる映画を志向する文体と言える。次の引用はジョーが双眼鏡越しに競馬のレースを見ているときの描写だ。引用全体が長い一文で構成されており、カンマの使用も最小限に抑えられている。“and” の使用で記述や描写がどんどんと連なり、流れるように動きのある映像が叙述される。

Gee, it’s awful when they go by you and then you have to watch them go farther away and get smaller and smaller

and then all bunched up on the turns and then come around towards into the stretch and you feel like swearing and god-damming worse and worse.（*IOT* 123）
［試訳：すごいよ、競走馬たちがそばを通り過ぎるときはこわいぐらいでそれから遠ざかる彼らを目で追わなきゃいけなくてそしてどんどん小さくなってそれでカーブでは全員がだんごになってそれで回ってきて直線コースに入ってきてそのころにはどんどんくそっとかちくしょうとか言いたくなっちゃうんだ。］

こうした一文の長さ、カンマの少なさとともに、ところどころで文章がもつある種のリズム、音楽性にも気づく。[2] 以下はこれまで述べた特徴、すなわち長い一文、カンマの少なさ、“and”の繰り返しによる文の連なり、“crying, crying and choking, sort of”の部分に見られるリズムや口語表現が含まれる。ジョーの父親がレースで亡くなった直後、物語のほぼ最後の部分だ。人々が入れ替わり立ち替わり父親の亡骸を確認しに来てはジョーを慰め、あるいは電話をする様子、そのあわただしさのなかでジョーが泣きじゃくる様子、そこに父親の騎手仲間がやってきてジョーに言葉をかけ慰めるまで、音が聞こえるような映像が次々と流れていく。

Then a couple of guys came in and one of them patted me on the back and then went over and looked at my old man and then pulled a sheet off the cot and spread it over him; and the other was telephoning in French for them to send the ambulance to take him out to Maisons. And I couldn't stop crying, crying and choking, sort of, and George Gardner came in and sat down beside me on the floor and put his arm around me and says, “Come on, Joe,

old boy. Get up and we'll go out and wait for the ambulance." (*IOT* 129; underline mine)
［試訳：それから何人か入ってきてそしてそのなかのひとりがぼくの背中をなでてくれてそして父さんの方へ行ってそれで父さんを見てそれから簡易ベッドからシーツをはがしてそして父さんの上にかけてくれたんだ、それから他の人がフランス語で電話してて父さんをメゾンまで運ぶ救急車をよこすよう話してた。そしてぼくは泣くのをとめられなくて、泣いてひくって言って、そんなかんじで、そしてジョージ・ガードナーがやってきて床に座るぼくの隣にすわってそしてぼくに腕をまわしてくれて言うんだ、「さあ、ジョー、いい子だ。立つんだそして外に出て救急車を待とう。」］

他にも同様の箇所が多くあるのでここでは数ヵ所の確認にとどめるが、「ぼくの父さん」は『三つの短編と十の詩』の他の二作品に比べて三倍ほど長く、その長さは明らかにこうした散文の特徴の結果と言える。第一章はじめに確認したヘミングウェイのいわゆる「ハードボイルドの文体」とはベクトルが真逆の文体だ。「ぼくの父さん」では長めの一文で時間的継起に沿って映画のコマ送りのように、流れるように進む散文を試みている。それは水平方向に疾走する馬ともすこぶる相性のよい散文と言えるだろう。

３．シネマの時代の散文実験

疾走する馬。それは映画の起源として知られる。写真家のエドワード・マイブリッジが一九世紀に撮った馬の連続写真だ。馬が走っている時に四本足が地面から離れる瞬間があるのかどうか。大富豪から解明を頼まれたマイブリッジが連続写真という手法【図1】でおそらく一八七二年に、遅くとも一八七三年四月までに（Adam 10）四本足が離れる瞬間があることを証明した。その後マイブリッジは走る馬の写真一コマ一コマをひとつなぎにし、動く写真として再構成できる装置「ズープラキシスコープ（Zoopraxiscope）」【図2】を発明した。この装置が一八七九年に一般公開されると評判となり、のちに一八九〇年代にリュミエール兄弟が発明した「シネマトグラフ」に大きな影響を与えたと言われている。

映画の起源を辿れば疾走する馬に行き着くいっぽう、疾走する馬を疾走する文体で描く「ぼくの父さん」の散文は映画に近づいていく。マイブリッジの連続写真はまるで「ぼくの父さん」で少年ジョーが双眼鏡のレンズ越しに見る馬の映像のようだ。物語の視点的中心であるジョーの双眼鏡が象徴的に示すように、「ぼくの父さん」は視覚で語る作品だ。(3) 本作は一人称語りながら、語り手ジョーは自分の感情はじめ多くの説明を省き、物語のほとんどの部分で視覚描写に徹している。

ヘミングウェイのこうした視覚的・映画的文体の起源だが、「ぼくの父さん」執筆時（一九二二年七月～九月）に特定の映画作品と本作の文体実験を結ぶ積極的な影響関係は見いだせない。(4)「ぼくの父さん」出版後に書かれた「書くことについて」（一九二四年五月～八月頃執筆）では、分身的登場人物（alter ego）ニックに映画というメディアそのものについて否定的な意見を言わせているほどだ。(5) しかし、特定の映画作品は見当たらずとも、この時期ヘミングウェイのすぐ間近に映画的文体実験を繰り返した人物がいた。スタインである。

スタインはヘミングウェイが校正をおこなった『アメリカ人の成り立ち』（一九二五年）、あるいは言葉で描く「肖像画」で、現在分詞と動名詞を多用し似たような文章が続く風変わりな文体で書いた。スタインがこれらの作品で目指したのは映画的散文であった。

【図 1】（上）『走るムハンマド、歩様 15 フィート 9 インチ』（1882 年）（Adam 63）
【図 2】（下）「ズープラキシスコープ (Zoopraxiscope)」(Adam 31)

はじめにいくつかの肖像画を朗読いたしましょう。私が『アメリカ人の成り立ち』でやっていたことを引き続きやっていたとお見せするために。私は映画がやっていることをやっていました。遂にひとつのことしか言うことがなくなるまで、その人がどういう人かという叙述の一連の連なりを作りだしていました。映画ではふたつの像は決して同じにはなりません、すべての像はひとつ前の像とほんの少し違うのです。（一九三四年一一月一〇日　アメリカでの連続講演のひとつで）（"Portraits and Repetition" 176-77）

スタインがこう説明したように、肖像画や『アメリカ人の成り立ち』では映画のコマ送りのように、ひとつの文章のあとに似ているが異なる文を続け、その連なりによって何らかの視覚的イメージを喚起しようとした。以下はスタインによるセザンヌの肖像画の前半だ。

［Cézanne］

The Irish lady can say, that to-day is every day. Caesar can say that every day is to-day and they say that every day is as they say.

In this way we have a place to stay and he was not met because he was settled to stay. When I said settled I meant settled to stay. When I said settled to say I meant settled to stay Saturday. In this way a mouth is a mouth. In this way if in as a mouth if in as a mouth where, if in as a mouth where and there.（329）

後年、こうした散文の実験に自身が取り憑かれていた時期（一九〇三～一九三三年頃）を振り返り、スタインはその三〇年ほどを「シネマの時代」と呼んだ。「私たちのこの時代は疑いなくシネマの時代でした。……そして私たちはみな、それぞれのやり方で、自分が属す世界がやっていることを表現する運命にあるのです」（"Portraits and Repetition" 177）。ひとは誰しも時代の子――。スタインとヘミングウェイの師弟もまた、ともにそれぞれの方法で、映画的散文を試みたのだ。

４．They とは誰か――この世の不条理

ともに映画的文体を試みたスタインとヘミングウェイ。しかし二人の文体で決定的に違う点がある。平石はスタインの中編『三人の女』（*Three Lives*）（一九〇九）について、この作品のスタインの叙述には「ズームアップもフラッシュバック（＝過去への遡及）もほとんどなく」、スタインが「物語に対する「距離感」を確保し続けている」（371）と指摘する。芸術実験への興味が物語を語ることを凌駕するようなスタインのクールな叙述は、スタインが映画的文体を実験した『アメリカ人の成り立ち』や一連の肖像画でも同様のことが言える。

これに対してヘミングウェイの「ぼくの父さん」には、読者の感情移入を可能にする物語への接近の余地がある。それを可能にしているのがジョーの一人称語りと、ジョーの内面へのズームインだ。先に指摘したように本作は一人称語りだが、語り手ジョーは自分の感情をはじめ多くの説明を省き、基本的に視覚描写に徹している。しかしたとえ最低限であれ、まるでジョーにカメラがズームインあるいはズームアッ

プして大写しになるように、語りがジョーの心の声を描き出し、ジョーの感情に読者が肉薄することを可能にしている部分がある。物語の一番最後だ。

And George Gardner looked at me to see if I'd heard and I had all right and he said, "Don't you listen to what those bums said, Joe. Your old man was one swell guy."

But I don't know. Seems like when they get started they don't leave a guy nothing.（*IOT* 129; underline mine）

［試訳：それからジョージ・ガードナーはぼくを見てぼくが聞いてしまったかどうかぼくが全部理解してしまったかどうか確認してそしてぼくに言ったんだ、「あいつらが言ったことを信じちゃだめだよ、ジョー。おまえの父さんは素晴らしい男だったんだからね。」

でも分からないんだ。彼らがいったん始めたら、全部奪ってしまうみたいなんだ。］

読者はジョーの内面の声を直接聞き感情が揺さぶられることになる。第三章で確認したように、『われらの時代に』では多くの作品で映画カメラの動きに擬すことができる語りのズームイン／ズームアウトがみられる。本作もその一例だが、「ぼくの父さん」ではこのズームインが作品の主題と大きく関わっている。ここで言う主題とは、アンダソンの「わけを知りたい」同様の少年の成長物語という意味だけではない。もっと大きな近代的瞬間、すなわちこの世の不条理をジョーが知る瞬間を描いていると考えられるのだ。

いま一度、ジョーの内面の声を描く作品最後の二文はこうだ。

But I don't know. Seems like when they get started they don't leave a guy nothing.
［でも分からないんだ。彼らがいったん始めたら、全部奪ってしまうみたいなんだ。］

アンダソン作品「わけを知りたい」を意識しているように思われてきた一文目にばかりに目が向きがちだが、二文目に注目したい。they を便宜上「彼ら」と訳したが、この代名詞"they"とは一体誰か。

このtheyは、これまで一般にはジョーの父親が関わっていた競馬業界の人間、あるいは父親が八百長レースに荷担することになってしまったそのことに関連する人間たちを指していると捉えられてきた。もちろんそう捉えることもできるが、一方で、ヘミングウェイ作品において広く共有する意味を考えるならば（インターテクスチュアリティ）、この世の不条理を描いた長編戦争小説『武器よさらば』（一九二九）に接続する。

第一次世界大戦のイタリアで連合国軍から離脱（事実上の脱走）した米兵フレデリックと看護師キャサリンを描いた『武器よさらば』も、残されたフレデリックが現時点から過去を振り返って語る作品だ。「ぼくの父さん」と同じ構造をもつ『武器よさらば』で、語り手フレデリックは何年か後（一説によると一〇年後）に過去の悲劇の一部始終を語っている。その記憶のなかで、キャサリンは死ぬ間際に自分に襲いかかる"they"に言及するのだ。

"I'm not brave any more, darling. I'm all broken. They've broken me. I know it now." "..."
"But it's awful. They just keep it up till they break you." (*FTA* 323; underline mine)
［試訳：「私はもう勇敢じゃないわ、あなた。もうこなごなに壊れてしまったの。彼らが私を壊したの。

今なら分かるわ。」「でもひどいことね。壊してしまうまで、彼らは最後まで決してやめないの。」」

時代背景やキャサリンのそれまでの言動から「彼ら」と訳したが、ここでのキャサリンの無念さを考えると「やつら」と訳したほうが心情的には適当だと思われる。ここでキャサリンが言うtheyとは、もちろん逃げてきた軍隊と考えることもできるが、出産そのものは軍隊が直接の原因ではないうえ、この決定的なシーンでキャサリンが軍隊を持ち出すのも不自然だ。キャサリンがもっと本質的なこと、人生観や運命について語っていることは、前後のフレデリックの言葉からも示唆されている。キャサリンがこれらの言葉を発したのち、子どもが死産だったことを知ったフレデリックはこう言う。「次はキャサリンが死ぬんだ。人間とはそういうものだ。死ぬんだ。それがどういうことかも分からずに。決して理解する時間など与えられない。やつら（They）はおまえをこの世に放り込み、ルールを教え、ベースを離れたとたん捕まえて殺す。あるいはやつら（they）は理由もなく殺すんだ、アイモのように。リナルディにやったように梅毒をうつすかもしれない。とにかく最後にはやつら（they）はおまえを殺すんだ。それだけは確実だ。うろうろしているうちにやつら（they）はおまえを殺すんだ」（*FTA* 327）。

近代とは二〇世紀と言い換えてもよく、それはすなわち戦争の世紀であった。第一次世界大戦で実戦に用いられた大量殺戮兵器は無差別に一瞬で大量の個人に死を与え、人々の死生観を大きく変えた。あらゆる事物を巻き込んでいくような機械的ダイナミズムによって露呈された非人間的な力、残虐性（岡崎 41）は、「人は世界の不条理な暴力性によって誰もが「殺される」のだという、二〇世紀を生きる者の運命観」（新納 262）を形成した。『武器よさらば』を補助線にするならば、両作品のTheyは特定の人々を意味するというよりも、人間を死に追いやる不条理な力、人間に遅かれ早かれ加えられるはずの非情な力を意味していると捉えられる。

『武器よさらば』でキャサリンの帝王切開の様子は異端審問の絵にたとえられるが、同様に「ぼくの父さん」にも宗教的な記号を見いだすことができる。「ぼくの父さん」の最後のレース、つまりジョーの父親が八百長レースに関わり命を落とすレースで、父親は黒のレース服に白い十字の模様をつけている（*IOT* 127）。競馬の騎手のレース服の模様には確かに十字のようなマークがつけられたものが実際に存在するが、白い十字がイエス・キリストの磔刑の十字架を連想させるのは言うまでもない。

『武器よさらば』と「ぼくの父さん」ではともに they への言及があり、ともに宗教的な記号を背負った者が死においやられる。この二作に共通するのは戦争だ。『武器よさらば』はもちろん第一次世界大戦を描いた戦争小説であるが、「ぼくの父さん」にも通奏低音として戦争がある。ジョーの父親はアメリカ出身で戦争経験者だ。第一次世界大戦と考えて間違いないだろう。そう考えるならば、『武器よさらば』でキャサリンが "I'm all broken. They've broken me."（「私はもう勇敢じゃないわ、あなた。もうこなごなに壊れてしまったの。」）と表現した "broken" という言葉は、「ぼくの父さん」での "on the bum" と共鳴する。米英語で通常「路上生活をする」の意で使われるこのフレーズのもうひとつの意味は「壊れている（broken）」だ。ジョーは父親が昔話をしてくれた様子を回想し、こう語る。「父さんはぼくにケンタッキーでの子ども時代やアライグマ狩り、そしてすべてがそこで壊れてしまう以前のアメリカ（the old days in the States before everything *went on the bum* there）のことを話してくれた」（*IOT* 126）。

二作品には戦争によって破壊された世界を生きる近代人の運命観が描かれている。個人のおこないの善悪によって死が襲いかかるのではない。死は無差別に、遅かれ早かれ、ふりかかかる。そして「ぼくの父さん」において、ジョーはこの運命観、この世の不条理を理解するために、過去を振り返り物語を語っているのだ。「ぼくの父さん」を『武器よさらば』と関連づけることでより鮮明になるもうひとつの点は、（語りの問題に戻るが）「ぼくの父さん」は幼いジョーのレンズを通して後年の成長したジョーが語っている物語ということだ。その意味で、この物語を「子どもの目線で語られる成長物語」とするのは正確ではないだろう。これまで長くそう説明され、本章最初でもその慣例に従ったが、この物語は「青年ジョー」あるいは「成人ジョー」が語っているかもしれない。物語冒頭の“now”「今になって考えるとね」の「今」が物語の現在時間だ。

証明する手立てはないが、物語の経験をしている幼いジョーではなく語っているほうのジョー、語り手ジョーもそれほど歳をとっているようには感じられない。大人になると太る体質の人が少なからずいると分かる歳、あるいはパリのカフェで飲むカクテルが「ベルモットのソーダ割り」（120）とスラスラ言えるぐらいには大人という程度だ。アメリカ人のヘミングウェイ研究者三名に聞いたところ、全員が語り手ジョーは二一歳前後に感じると答えた。やっと成人したかどうかのジョーは“they”の意味や、生きることにつきまとう重荷、好むと好まざると引き受けなければいけない重荷があるこの世の不条理を理解しようとしているのではないか。父親は「この世ではたくさんのことを引き受けなくちゃならないんだよ、ジョー」（*IOT* 118）と言った。ただ生きるだけで背負う不条理を、そして一度「やつらが始めれば」――運命がいったん動き出すと――すべてを奪われる、そんな不条理を理解しようとしているのではないか。

あるいはこういう言い方もできる。ジョーはかつて自分の視点から記録された映像を脳内で繰り返し観ている、と。幼い自分が目撃した一部始終。成長してこの物語を語っているジョーは、視覚的に映像を再生しながら物語を語り、父親と自分に一体何が起こったのか理解しようとしている。そう考えるならば、作品中たびたび現在形が混じる語りも、物語最後の文が現在形なのも理解できる。「語り手」ジョーの現在時間に物語が集約しているのだ。

「それは戦争からの帰還についての物語だった。だが戦争にはひと言も触れていなかった」（*MF* 75）。これは「大きな二つの心臓のある川」についてヘミングウェイが書いた言葉だ。しかし、このことは他の多くの作品にもあてはまるだろう。抗えない大きな力とこの世の不条理を知った人々。彼ら／彼女らの物語はヘミングウェイ作品で散見され、戦争は通奏低音として流れている。それらの作品は戦争の二〇世紀を、近代の情景を、確かに映し出している。

＊本稿の出発点は二〇一七年五月二〇日に静岡大学で開催された日本ヘミングウェイ協会ワークショップである。「ぼくの父さん」をめぐって四名が口頭発表をおこない、準備段階から多くの意見交換がおこなわれた。本作の文体を最初に「異様な」と称したのは京都大学名誉教授の水野尚之先生である。この形容詞により本論に確信を得ることができた。また松井一馬先生にはマイブリッジの連続写真について貴重なご示唆をいただいた。森瑞樹先生を含め、このワークショップの準備と発表を通して多くの示唆を受けたことに改めて感謝いたします。

◉註

（1）ヘミングウェイが「ぼくの父さん」を書きだしたのはパリに到着して半年あまりの一九二二年七月から九月頃と考えられている。夏の競馬シーズンにあたるこの時期、実際の競走馬 Ksar（ヘミングウェイは本作でも『午後の死』でも "Kzar" と表記）と Kircubbin が本命馬だった七月の特定のレースを利用して作品が書かれたと考えられる（ちなみにこのレースは八百長レースではない）。『移動祝祭日』の「偽りの春」でも書かれるように、ヘミングウェイはパリ時代に競馬場に出かけレースに興じた。こうした知識や経験は本作の競馬場の正確な描写や、音が聞こえるようなレースの臨場感に活き活きと結実している。レノルズは直接の観察をニュース等から得た二次情報と結びつけて虚構作品に仕立て上げるヘミングウェイの能力こそオリジナルなものであり、これはアンダソンやパウンド、あるいはスタインから学んだものではない、と当時の師匠的存在を並べて強調するが、レノルズがこのようにやや執拗な調子で言わなければならないほどに、初期の批評は本作をアンダソン作品との比較・影響関係で論じるものが多かった。初期の批評については Smith 一三頁参照。アンダソン作品「わけを知りたい」のフィルターを通して「ぼくの父さん」を解釈したのは Sheridan Baker、Carlos Baker、Arthur Waldhorn。「少年ジョーの無垢やナイーブさ」「父親への幻滅」「センチメンタリティ」といった「わけを知りたい」を起点とする論点を主とする Sheldon Grebstein、Robert Lewis、Ray Lanford、Gerry Brenner も含めると、ほとんどの批評がこの議論に含まれる。

（2）I'd come back and sit down beside him and he'd pull a rope out of his pocket and start skipping rope out in the sun with the sweat pouring off his face and him skipping rope out in the white dust with the rope going cloppetty, cloppetty, clop, clop, clop, and the sun hotter, and him working harder up and down a patch of the road. Say, it was a treat to see my old man skip rope, too. He could whirr it fast or lop it slow and fancy. Say, you ought to have seen wops look at us sometimes, when they'd come by, going into town walking along with big white steers hauling the cart. They sure looked as though they thought the old man was <u>nuts</u>. He'd start the rope <u>whirring</u> till they'd stop dead still and watch him, then give the steers a cluck and a poke with the goad and get going again.（*IOT* 116; emphasis mine）

右の引用では同じ言葉（rope, out）の繰り返しや ing 形の多用（skipping, pouring, going, working, walking, hauling, whirring）、リズムのある単語の繰り返し（cloppetty, cloppety, clop, clop, clop）、口語の使用（say, wop, nuts）が特徴的で、動的で音楽的な文体と言える。

（３）マシュー・スチュワートは「ぼくの父さん」を「見せて語らない方法」（"the show-don't-tell methodology"）（83）と呼ぶ。

（４）パリ出発以前に人種差別的モンタージュ映画Ｄ・Ｗ・グリフィスの『國民の創生』を観たことがかろうじて分かっている。この映画はマッケーブ（Susan McCabe）が「断片の現象学」と呼ぶ映画の技法について、とくに第三章で論じたヘミングウェイの映画カメラ的技法、および第二章の断片化の文化観に示唆を与えた可能性は否定できないが、本章で主として論じる「流れるような映像」という観点で積極的な影響は見いだせない。映画というメディアそのものによる映像喚起の影響、という大きな観点での着想は指摘できるだろう。

（５）「書くことについて」（"On Writing"）は「大きな二つの心臓のある川」の最終部で、出版前に削除された生前未発表原稿。映画という新興のメディアについてニックは以下のように言う。"The movies ruined everything. Like talking about something good. That was what had made the war unreal. Too much talking."（*NAS* 237）

◉引用文献

Adam, Hans Christian, editor. *Eadweard Muybridge: The Human and Animal Locomotion Photographs*. Taschen, 2016.

Beegel, Susan, et al. *Hemingway's Neglected Short Fiction*, edited by Susan Beegel, U of Alabama P, 1989.

Hemingway, Ernest. *Ernest Hemingway: Selected Letters, 1917-1961*. Edited by Carlos Baker, Scribner's, 1981.

---. *A Farewell to Arms*. Scribner's, 1929.
---. *In Our Time*. Scribner's, 1925.
---. *A Moveable Feast*. Scribner's, 1964.
---. *The Nick Adams Stories*. Edited by Philip Young, Scribner's, 1972.
McCabe, Susan. *Cinematic Modernism: Modernist Poetry and Film*. Cambridge UP, 2005.
Reynolds, Michael. "Hemingway's "My Old Man": Turf Days in Paris." *Hemingway in Italy and Other Essays*, edited by Robert W. Lewis, 1990, pp.101-06.
Smith, Paul. *A Reader's Guide to the Short Stories of Ernest Hemingway*. Hall, 1989.
Stein, Gertrude. "Cézanne." *Selected Writings of Gertrude Stein*, edited by Carl Van Vechten, Vintage Books, 1990, p.329.
---. "Portraits and Repetition." *Lectures in America*. 1935. *The Major Works of Gertrude Stein*, edited by Bruce Kellner, Hon-No-Tomosha, 1993, pp. 165-208.
Stewart, Matthew. *Modernism and Tradition in Ernest Hemingway's "In Our Time."* Camden House, 2001.
岡崎乾二郎『抽象の力　近代芸術の解析』亜紀書房、二〇一八年
新納卓也「フレデリック・ヘンリーの形而上学――ヘミングウェイの大衆性と芸術性」『アメリカ文学のアリーナ――ロマンス・大衆・文学史』（平石貴樹・後藤和彦・諏訪部浩一編）松柏社、二〇一三年、二五八―二九五頁
平石貴樹『アメリカ文学史』松柏社、二〇一〇年

コラム②　ムッソリーニとクレー、あるいはパリの空腹　Column 2

第一次世界大戦後、戦後景気に湧いたアメリカとは対照に疲弊しきったヨーロッパ。荒地の心象がなじむこの焦土のなかでもとくに経済的に苦境に陥ったイタリアは、ファシストの台頭を許すことになる。一九二二年一〇月、社会党の機関誌の編集長だったムッソリーニがファシスト党を率いて政権を奪取。三九歳でイタリア史上最年少の首相となった。

ヘミングウェイは『トロント・スター』紙の特派員としてムッソリーニと二度会っている。一九二二年六月と一九二三年一月。その様子を書いた二三年一月二七日のヘミングウェイの記事のタイトルは「ムッソリーニ——ヨーロッパ一のこけおどし」(“Mussolini, Europe's Prize Bluffer”)。ムッソリーニを「はったり屋」(河田 336)と滑稽に描き、当時からこの人物を信用していなかった。

こうした慧眼を共有した画家がスイス出身のパウル・クレーだった。一九二九年一一月、ベルリンのアルフレッド・フレヒトハイム画廊はクレーの個展をおこなった。このときフレヒトハイムからヘミングウェイが購入した『建設中の記念碑』(一九二九)はこの個展では展示されていなかったようで、個人的な取引だったようだ。エジプトの巨大な建造物を彷彿させる建設中の顔。ヘミングウェイはそれをムッソリーニだと息子パトリックに教えたという(*Colette Hemingway* 45)。ギザ(エジプト)のスフィンクスになぞらえたファシストの独裁者の戯画だ、と。一九二九年にクレーがこの絵を描いたとき、ムッソリーニはイタリアでカリスマ的な人気を得ていた。

この絵画を購入した画商フレヒトハイムとヘミングウェイは旧知の仲だった。一九二四年、この画商はヘミングウェイの詩四編を買ってくれ、文芸誌『交差点』に掲載してくれた。新聞社の特派員の仕事を辞め『トランスアトランティック・レビュー』誌のわずかな掲載料以外ほとんど収入がなく、精神的に追い詰められていたときだ。何より空腹だった。『交差点』の掲載料の一部をシルヴィア・ビーチ(シェイクスピア書店)から受け取った日、その足でヘミングウェイが向かったのは「リップ」だった。

サンジェルマン・デ・プレの一角、道を挟んでかの有名なカフェ・ドゥ・マゴやカフェ・フロールの向かいにあるこのブラッスリーは、一九八九年に歴史的建造物に指定された由緒正しきパリの名所だ。ドゥ・マゴ、フロールとともに現在も健在で、壁には二〇世紀初頭のタイル絵が飾られている。ヘミングウェイはここでポム・ア・リュイル（ポテトのマリネ）とセルブラ・レムラード（マスタードソースをたっぷりかけたソーセージ）、よく冷えたビールの特大グラス（一リットル入り！）を注文。ソースをパンできれいにふき取りたいらげる『移動祝祭日』の描写に誘われ、ヘミングウェイ巡礼に訪れる者が今もあとを絶たない（もちろん筆者もそのひとりです）。

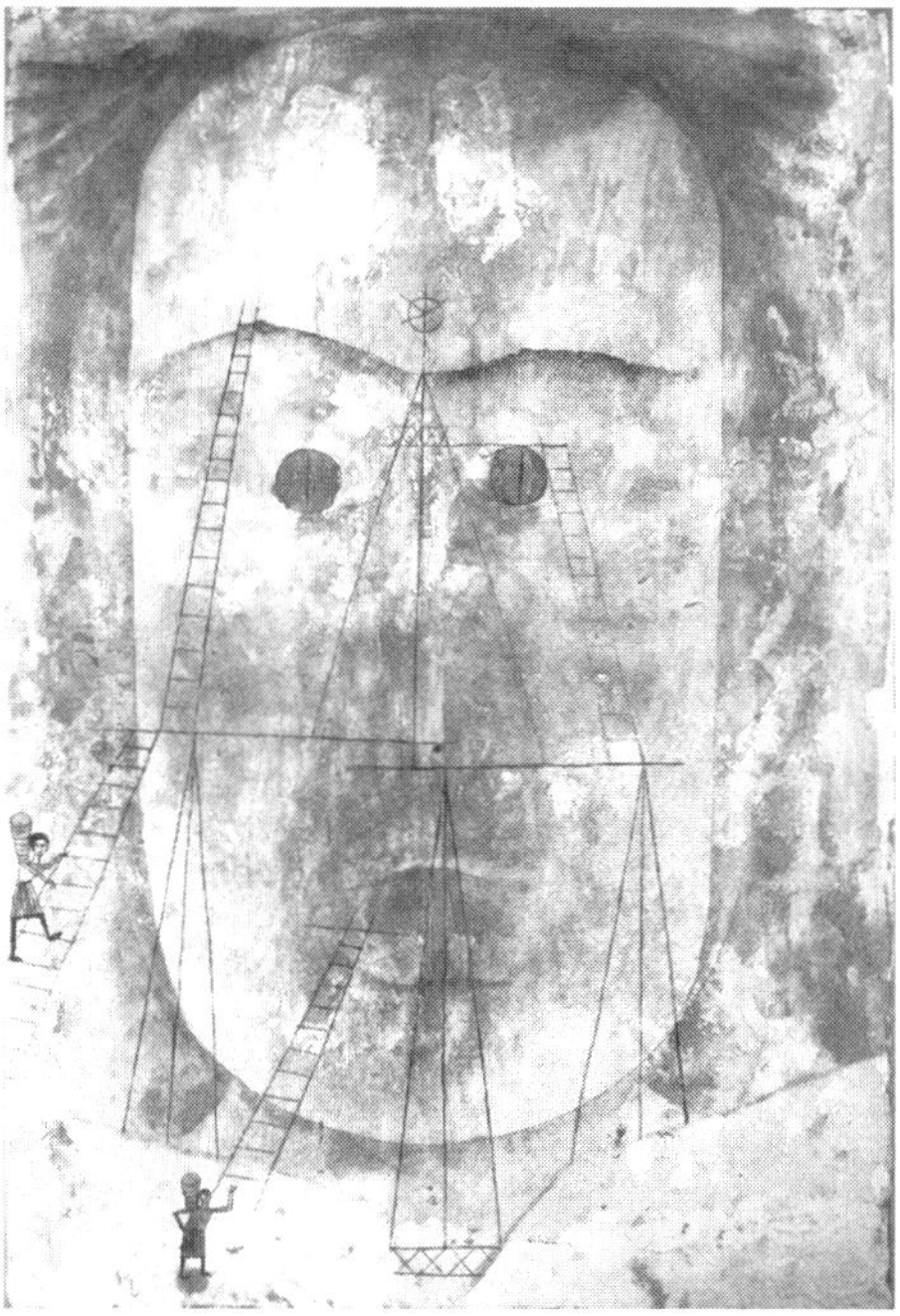

【図 1】（上）パウル・クレー『建設中の記念碑』1929 年／マイケル＆ジュディ・スタインハート・コレクション
【図 2】（下）ブラッスリー・リップ（筆者撮影 2018 年 7 月）

◉引用文献

河田英介「ムッソリーニ――ヨーロッパ一のこけおどし」『ヘミングウェイ大事典』（今村楯夫・島村法夫監修）勉誠社、二〇一二年、三三五―三三六頁

第五章　瞬間の生、永遠の現在

――『日はまた昇る』とジュナ・バーンズ『夜の森』

「彼女は、永遠の瞬間だ。」

——ジュナ・バーンズ『夜の森』

1．一九二二年、パリのアメリカ人たち

どのジャンルであれ、芸術家を志す者はパリを目指した一九二〇年代。アメリカでは一九世紀後半からまず画家志望の若者たちが大挙してパリへ芸術修行に出かけ[1]、この流れに先鞭をつけた。イタリア行きも視野に入れていたヘミングウェイも最終的にこの流れに続き、一九二一年暮れにパリに到着。同じ一九二一年には写真家・映像芸術家マン・レイ【図2】、画家・舞台デザイナーのジェラルド／サラ・マーフィー夫妻、そして作家ジュナ・バーンズ（一八九二〜一九八二）【図1】もパリに渡った。

【図1】ジュナ・バーンズ

　ヘミングウェイと最初の子「バンビ」の肖像写真を撮ったマン・レイ、ヘミングウェイと親交の厚かったマーフィー夫妻。これらに比べバーンズとヘミングウェイの関わりは一見薄いように感じられるだろう。しか

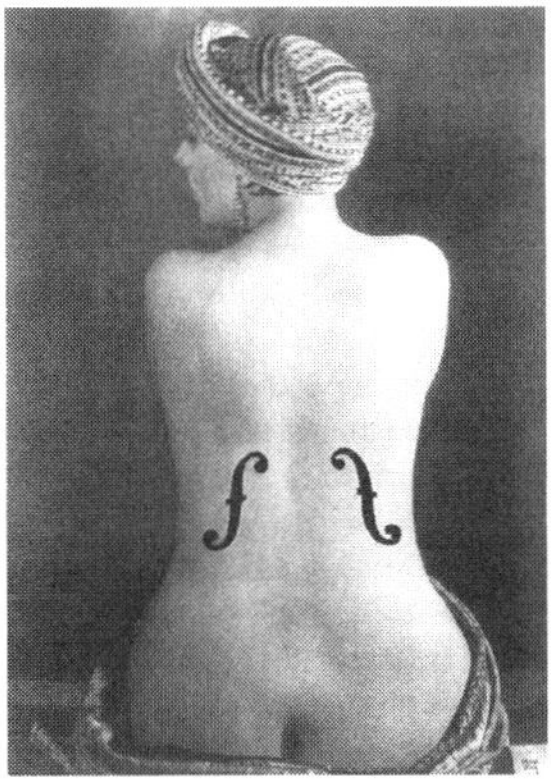

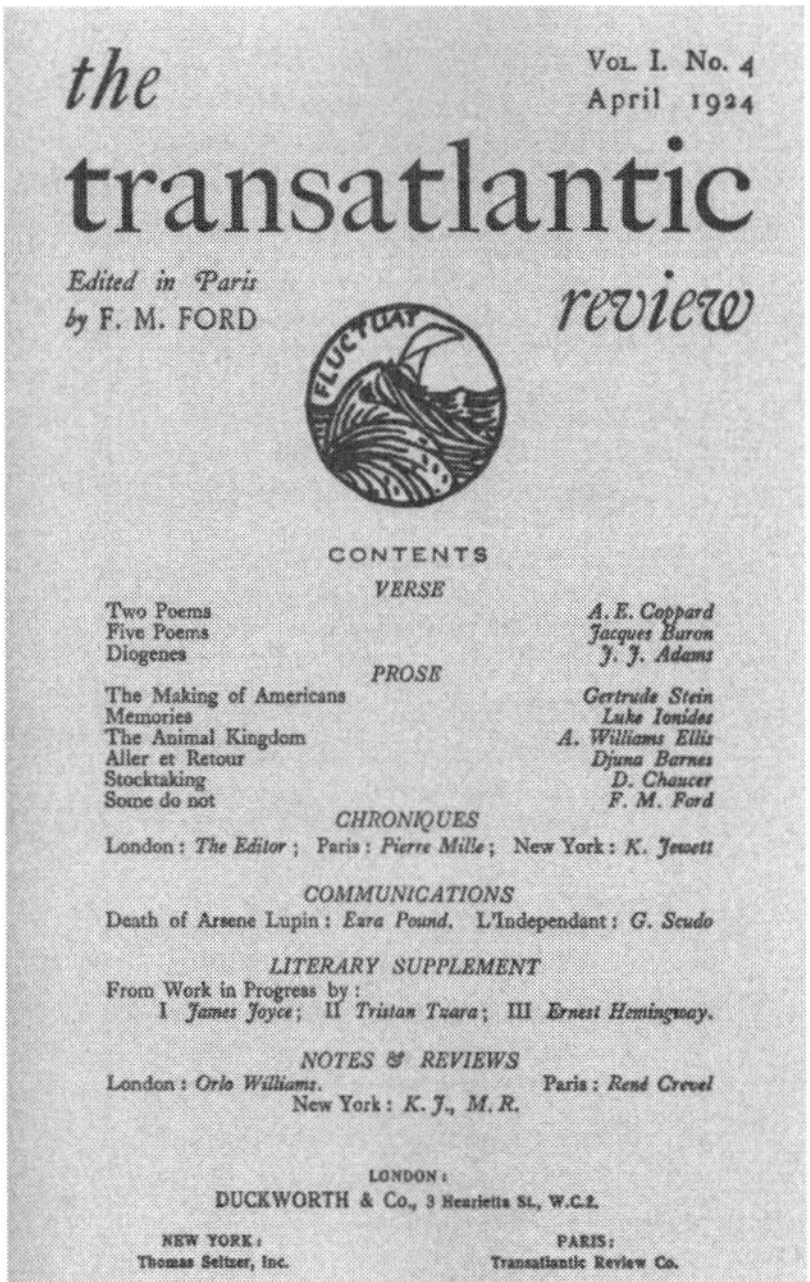

the Vol. I. No. 4
April 1924

transatlantic

Edited in Paris
by F. M. FORD

review

CONTENTS

VERSE

Two Poems	*A. E. Coppard*
Five Poems	*Jacques Baron*
Diogenes	*J. J. Adams*

PROSE

The Making of Americans	*Gertrude Stein*
Memories	*Luke Ionides*
The Animal Kingdom	*A. Williams Ellis*
Aller et Retour	*Djuna Barnes*
Stocktaking	*D. Chaucer*
Some do not	*F. M. Ford*

CHRONIQUES

London : *The Editor* ; Paris : *Pierre Mille* ; New York : *K. Jewett*

COMMUNICATIONS

Death of Arsene Lupin : *Ezra Pound*. L'Independant : *G. Seudo*

LITERARY SUPPLEMENT

From Work in Progress by :
I *James Joyce* ; II *Tristan Tzara* ; III *Ernest Hemingway*.

NOTES & REVIEWS

London : *Orlo Williams*. Paris : *René Crevel*
New York : *K. J., M. R.*

LONDON :
DUCKWORTH & Co., 3 Henrietta St., W.C.2.

NEW YORK :
Thomas Seltzer, Inc.

PARIS :
Transatlantic Review Co.

【図２】（上右）マン・レイ『セルフ・ポートレイト』1924年／J・ポール・ゲティ美術館蔵

【図３】（上左）マン・レイ『アングルのバイオリン』1924年／J・ポール・ゲティ美術館蔵／モデルはキキ

【図４】（下）『トランスアトランティック・レビュー』（1924年４月号）バーンズとヘミングウェイの作品が掲載された号

し、二人ともジャーナリズム出身でその職務によってパリに渡った後、ともにマン・レイともマン・レイの恋人であった絵画モデルのキキ【図3】[2]とも親しく、ともにスタインやパウンドと親交があり、文芸誌『トランスアトランティック・レビュー』【図4】や『ディス・クォーター』に作品が掲載された。いわばパリの同じ文学サークルに属していたのだ。バーンズはニューヨーク出身の小説家、詩劇作家で、一九二〇年代および三〇年代をパリで過ごした。彼女の存在はヘミングウェイの出世作である長編『日はまた昇る』（一九二六）の主人公ジェイク・バーンズ（Jake Barnes）の名に刻まれ（Lynn 323、新田 647）[3]、またヘミングウェイのキーウエストの蔵書にはバーンズの長編小説『ライダー』（一九二八）が含まれている（Reynolds 96）。一方、バーンズもナタリー・バーニーへの手紙で『日はまた昇る』に言及している（舌津 129）。互いにそれぞれの仕事もよく認識していたようだ。そしてこの二人のつながりでなにより注目すべきは、ヘミングウェイの『日はまた昇る』とバーンズの長編小説『夜の森』（*Nightwood*）（一九三六）が、ともに一九二〇年代パリを中心舞台としており、ともにアメリカ人の群像劇を「出口のない悲劇性をもって描き出し」（舌津 129）、そしてどちらの作品も主人公とは言えないユダヤ人（系）男性の詳細な記述から物語が始まっていることだ。

2．移動性の詩学

ヘミングウェイはフィッツジェラルドの助言に従い『日はまた昇る』の冒頭部を出版前に大幅にカット、結果的に作品はユダヤ系アメリカ人ロバート・コーンの記述から始まることになった――こうした経緯を知ってもなお、物語途中で消えるコーンの記述になぜあれほど頁数が割かれたのか、明快には理解できないだろう。しかしバーンズの『夜の森』を補助線にすると、そこでユダヤ性は明らかに「彷徨＝移動」のモチーフを描くために用いられている。動きまわること、さまようこと。身を落ち着ける場をもたず、絶えず移動すること——故郷喪失と移動を宿命とするユダヤ性、それが比喩的に示すのは両作家の世界理解ではないか。つまりユダヤ性が前景化するのは、移動性（mobility）を志向する動的な世界観と言えまいか。

　このことはヘミングウェイにとってことさら正しい。失われた世代《ロスト・ジェネレーション》の作家たちは大戦後みずから「根なし」となったとは米文学史の常識だが、失われた世代の筆頭であるヘミングウェイも自主的な国外追放によって精神的くびきを断ち切り、故郷喪失と引き換えに移動性を手に入れたと言えるからだ。[4]パリに渡って以降、生涯にわたって頻繁に移動を続ける人生を送ったヘミングウェイ。居住地も数度移動し、仕事やプライベートでスペイン、フランス、イタリア、アフリカ、南米、中国と文字通り世界を飛びまわり、そうした移動を作品へと昇華させるスタイルをとった。パリ時代も新聞社の特派員として取材旅行を重ね、その合間に私的な旅行もおこない、それらが『われらの時代に』の短編や間章、『日はまた昇る』といった作品に次々と結実した。

　こうした移動性を物理的に支えたのが、近代に発展したインフラの整備と交通手段の発達であったことは言うまでもない。一九世紀末から盛期モダニズム期一九二〇年代まではヘミングウェイの誕生からパリ時代までとぴたりと重なるが、それは西欧の工業化・都市化が猛烈な勢いで進んだ時期でもあった。ヘミングウェイの幼少期、故郷オークパークはまだガス灯と電灯が混在し、ヘミングウェイの生家にも二種類の照明器具が混在した。その後アメリカ（およびフランス）はガス灯から電灯へ、鉄道が敷かれ、馬車から自動車の普及へとインフラが整備され、人々の行動範囲は格段に広がった。第一次世界大戦では二〇〇万人以上のアメリカ人がヨーロッパに渡り、戦後はドル高も手伝い、多くのアメリカ人がパリへ旅行にでかけた。たとえば一九二四年にパリに渡った観光客は七月ひとつきだけで一万二千人だった（Douglas 108）。一九世紀の旅行は社交や遊学を目的とする特権的なものだったが、二〇世紀にはそうした旅行とは違うもの、すなわち「大衆が何かを見に出かける」観光旅行が本格的に登場する。観光学者アーリとラースンは「観光者である、ということは「近代」を身にまとう、という特質の一環である」と言う（8）。

ジャネット・フラナーが「生まれながらの旅行者」（qtd. in Field 83）と呼んだヘミングウェイは、一九二五年のスペイン・パンプローナへの「闘牛を見に行く旅行」を下敷きに『日はまた昇る』を書いた。フィッツジェラルドが「恋愛小説でガイドブック」と呼んだように（Aldridge 123）、『日はまた昇る』はその過剰な移動性から旅行記と読めるほどで、登場人物たちは急き立てられるように絶えず移動し続ける。作品なかほど、ジェイクとビルが列車で出会うアメリカ人夫妻は、「まずアメリカを見よう」（"See America First"）という二〇世紀初頭のアメリカ国内観光旅行奨励キャンペーンに具体的に言及している（*SAR-HLE* 69）。[5]『日はまた昇る』が移動と観光という近代的文脈に貫かれた作品であることは一目瞭然だ。

３．「瞬間」へ向かう

物理的移動に加え、動的な世界観を内面化するのに決定的だったのは、故郷喪失の心象をもって同時代パリ芸術運動の洗礼を受けたことだろう。「コスモポリタニズム《世界主義》という言説自体がユダヤ的故郷喪失意識（ディアスポラ）をモデルに形成された」（巽『文学史』135）というが、国境《ボーダー》を移動して多国籍の人々が集った世界都市コスモポリタン・パリで繰り広げられたモダニズム芸術運動は、序章でも確認したように、自らの芸術ジャンルに課された制約を打ち破り、芸術ジャンルのボーダーを移動して新たな芸術的効果を得ようとするジャンル越境の前衛芸術運動だった。とくにヘミングウェイとバーンズが属したパリ文学サークルにおいては視覚描写に傾斜する詩・散文理論が展開されていた。(6) パウンドが主唱したイマジズム詩運動はモノの描写による明確な視覚イメージの提示を重視し、バーンズ『夜の森』を高く評価し序文を寄せたT・S・エリオットは事物・状況・出来事の連なりなど物理的事象に感情を仮託する「客観的相関物」を打ち出した。彼らが示したのは一九世紀的な人間の内面描写よりも、瞬間の視覚的・即物的描写へ傾倒する考え方だった。スタインも絵画や映画がそれを見る者に与える「瞬間における効果」を散文で実現しようと試みた。その際スタインが掲げたのが「永遠の現在」（"continuous present"）というコンセプトだ。

その後私は『アメリカ人の形成』という本を書きました。千ページほどの長い本です。ここでもふたたび私にとっては当然のことではありましたが、もっともっと複雑に、永遠の現在でした。永遠の現在とは永遠の現在です。私は千ページほどの永遠の現在をつくりました。……そうこうするうちに、私はいろんな人や物の肖像画を（文字で）書きはじめました。これら肖像画を書くにあたって、当然ながら永遠の現在をつくりだしました。とても小さなもののなかにすべてを入れて、何度も何度も始めながら。（スタイン一九二六年講演にて）（"Composition as Explanation" 518-19）

鏡のようなリアリズムで一九世紀的な安定した時空間を作り出すのではなく、断片化した現在《いま》を積み上げること。スタインの芸術観が「現在」という「瞬間の時間」を基盤とする動的な世界観を映していることは第二章でも確認した通りだ。

スタインのこうした動的な世界理解はセザンヌ絵画から啓示を受けたものだったが（セザンヌ絵画こそ一点集約の安定的構造を生み出すルネサンス由来の遠近法を打ち破り、動的な近代的空間を絵画で出現させた画家だった）、同時にすぐれてアメリカ的な文脈も含んでいた。動的で未完のこの世界で、そのときそのときの生に真実を見出す哲学。スタインがラドクリフ大学で教えを受けた恩師ウィリアム・ジェイムズの思想だ。

この世は実験的で未完成だ。本質も全体像もない。そもそも存在の目的がないからだ。……ある一日が何をもたらすかは不確かだ。神にとってさえも。全知（omniscience）は不可能だ。(7)

パリのスタイン家に立ち寄ったこともあるジェイムズの思想は、スタインの散文を根幹で支えた。アメリカ哲学を代表するジェイムズは、プラグマティズムを提唱した「形而上学クラブ」のメンバーで、その語を独自に発展させることで経験を重視するアメリカ的思想を形成した。ジェイムズは知識は──現在のものであれ過去のものであれ──現在の経験の中にあると考えた。ジェイムズにとってリアリティとは現在であり、その現在は絶え間ない流れのなかにあった（Haas 49）。絶え間ない流れのなかにある現在、そのなかで経験によって得た知識に真実を見いだすこのアメリカ由来の動的な哲学が、パリのジャンル移動の芸術実験と共鳴し、スタインの「永遠の現在」に結実したと言えるだろう。

4.『日はまた昇る』——瞬間の生、永遠の現在

「永遠の現在」の連なりによって人生が、世界が、存在するとみなす人生哲学。あるいは瞬間の哲学。これらはヘミングウェイの『日はまた昇る』にありありと見て取ることができる。だがそれは、ジェイムズの哲学に透けて見えるような明るさをもたない。つまり、歴史をもたない（白い）アメリカが身体的経験をたよりに未知の空間を拓いていく、といった前向きな感覚ではない。(8)『日はまた昇る』を貫くのはジェイムズ没後の大戦の経験、人類初の大量殺戮兵器が実装された第一次世界大戦後の心象だ。戦傷によって性器を失ったジェイクと、ジェイクに思いを寄せるブレット。このようにまとめると陳腐に響くが、二人の絶望は深い。日々とどうにか折り合いをつけるとき、それは瞬間の享楽を重ねる刹那的なものとなる。戦争体験とそれによる喪失を水面下に沈め、移動し続ける登場人物たち。飲酒と遊歩と旅行と祭りで終わりなきフィエスタの日々を生きる彼らは、そうした瞬間の積み重ねが無目的に永遠に繰り返すだけで、どこにも行き着かない無常観を表現している。

この無常観に関して押さえておきたいのは、本作のエピタフとして掲げられた「伝道の書」（Ecclesiastes）の一節に、マニュスクリプトの時点では伝道の書の最初のことばが加えられていたことだ。「空は空なるかな、伝道者は言った。空は空、一切は空である」（伝道 1：2）。加えて、フィッツジェラルドの忠告に従って削除した最初の一五頁のなかの三頁から四頁目にかけて、ブレットの毎日が反復可能な「レプリカ」と表現されていることも、この文脈で改めて注目したい。酒を飲む以外やることがないブレットの毎日は、「一日一日がその前の日のレプリカだった」（*SAR-HLE* 274-75）。レプリカ（複製）としての毎日。繰り返しの毎日。

【図 5】（上）ドラクロワ『ヤコブと天使の闘い』1861 年／サン・シュルピス教会蔵（パリ）
【図 6】（下）ゴーギャン『説教の後の幻影（ヤコブと天使の闘い）』1888 年／スコットランド国立美術館蔵

ジェイクの日々も同様だ。あちこち移動を繰り返し、現在を重ね続ける。それは終わりなき闘いのようであり、ジェイクの名ジェイコブ＝ヤコブ（Jacob）にあらかじめ宿命づけられたかのようだ。（多くの画家の画題ともなった）旧約聖書・創世記三二章「ヤコブと天使の闘い」において、ヤコブは暗闇で天使（神かもしれない）と格闘したのち祝福され、そののち彼の上には「日が昇った」。戦後を生きるヤコブ＝ジェイクには「また」日が昇る。前の日の闘いは、今日も、明日も、永遠の現在として続く(9)。

『日はまた昇る』の登場人物のなかでもとくに「出口のない悲劇性」を体現するジェイクとブレットは、物語最後、どこにもたどり着けない二人の関係を「移動する」タクシーの中で確認する。移動によって目的地に着くのではなく、移動そのものが永遠の現在としてこの先も連なることを二人は知っているようだ。「私たちうまくやれたかもしれないのに」と言うブレットに「そう考えるのもいいじゃないか」と有名な最後の台詞を言うジェイクは、車内で寄りかかるブレットの肉体の重みを生々しく感じながら、そうであるはずだったのに決してそうはならなかった二人の関係に思いを馳せる。この脱中心の感覚と、永遠の現在を連ねるしかない二人の圧倒的な悲劇を、この最後のシーンは近代的な移動の情景の中で描ききっている。

5.『夜の森』――彷徨、脱中心、無化する生

移動性・脱中心・永遠の現在・瞬間の積み重ね。バーンズの『夜の森』もこれらを真正面から描いている。ニューヨークの複雑な家庭に育ち、一九二〇年代、三〇年代をパリで過ごした後にニューヨークに戻ったバーンズは、人を避け不安定な後世を送った。ニューヨークはもはやホームと言えず、バーンズもまた

精神的な故郷喪失者であった。

一九二〇年代パリを主な舞台とする『夜の森』では、同じく「永遠の現在」の連なりはどこにも導かず何ら形を成さない、という哲学が『日はまた昇る』のスピード感とは対照的に地を這うような下向きのベクトルをもって語られる。(10) 全八章から成る『夜の森』は章ごとにオムニバス形式で各人の物語が語られる。とくに確認したい登場人物は、ユダヤ人のフォルクバイン男爵、饒舌に語り続けるオコナー医師、ニューヨーク出身のノラ。そしてこれら三人および他の登場人物たちを緩やかに結びつける「さまよう人」ロビン――フォルクバイン男爵の妻でノラの恋人でもあり、他の登場人物も渡り歩くロビン・ヴォートだ。

どの人物とも関係しながらどの人物のもとにもとどまらない女性ロビンが登場するまでに語られるのは、「さまよえるユダヤ人」(7) であるフォルクバインの父親が、男爵としての偽の家系と模造の歴史を無垢なる情熱で作り出す様《さま》だ。フェイクな家族の物語、でっち上げの家系図、紋章、洗礼名、メディチ家の模造品や偽の肖像画で飾り立てた邸宅。さまよえるユダヤ人が前景化する彷徨のイメージ、そして真実という中心をもたない脱中心の感覚を存分に描いたのち、このユダヤ人フォルクバイン男爵の妻として登場するロビンは、男爵との間に子をもうけながら二人を捨て、彷徨と脱中心のテーマをその身に引き受け、主に女性たちと関わりながら移動し続ける。ロビンのさまよいもまた下向きの重さが特徴的だ。他の女たちよりも長めの重そうなスカートをはくロビン (38) は、コートをずるずるとひきずりながら (44) 夜にさまよい続ける。ショートヘアに足を出すスカートで軽やかに男を渡り歩くブレットとは対照的だ。

こうして移動を続けるロビンのことを、異性装のオコナー医師は奇しくもこう表現する。「彼女は、永遠の瞬間だ」(‘She, the eternal momentary….’) (115)。ロビンはまさに瞬間に傾倒する移動の哲学を具現化した人物だ。物語は無目的に夜にさまよい歩くロビンを強烈な視覚イメージとして与えながら、オコナー医師に言葉の洪水とも言える怒濤の語りを担当させる。とめどない語り、ひたすらに言葉を連ね、饒舌なのに言葉がうまく意味を成さないオコナー医師の語り。どこにもたどり着かないロビンの彷徨、意味が確定しないオコナー医師の饒舌さ。シニフィエとシニフィアンは永遠に合致せず、意味は永遠に先延ばしにされる。

しかし言葉の洪水のなか、とくに物語後半に向かうにつれ徐々にオコナー医師が開陳するのは、確かなものなど何もないという、まったき構造と対極の世界観だ。「ああ、万能なる不確かさよ！」（'Ah, mighty uncertainty!'）（83）こう叫ぶオコナー医師。物語最後には世界を、人生を、あるいはこれまでの自分の語りそのものも無であるかのように、「怒りとすすり泣き以外にはもはや何もない！」（149）と叫ぶ。こうしたオコナー医師の言葉づかいに無常の世界観を見いだすのはたやすいだろう。

そしてこうした世界観を本作で体現しているのが「夜」だ。『夜の森』と題された本作でオコナー医師とノラは何度も夜について話すが、長い長い夜の形而上学で二人が明らかにするのは、夜は人のアイデンティティに何らかの作用を及ぼすものであり、人生そのものであり、昼とは別の「旅」である、ということだ。[11]つまり夜は自分が失われる脱中心の地点を、魂の旅が――移動が――始まる地点を示している。彼らが「夜」にそんなにもこだわるのは、夜が移動の哲学を裏書きするからだ。

移動性・脱中心・永遠の現在のつらなり。これらを『日はまた昇る』よりも夢幻的に描く『夜の森』で、ノラとロビンが犬と化して再会を果たす奇妙な短い最終章は、誰かの夢なのか現実なのか、まるでサイレントの短編映画を観ているような筆致で描かれている。自分が失われ、魂の移動によって現在を積み重ねる人生。それが何の意味も構造も成さないならば、人間は夜の森をさまよう獣となんら変わらない――『夜の森』の最終章は、これまで作中で繰り返し描いてきた哲学が極限まで追究されれば、さほど驚くべきものではないかもしれない。付け加えるならば、バーンズの夜の形而上学は明らかにフランス（人）の夜をアメリカ（人）の夜とは別のものと捉えており、[12]この意味でも『夜の森』はアメリカを離れ、パリに暮らしたからこそ書けた作品と言える。フランス人ではなく、ただのアメリカ人でもなく、故郷喪失者としてモダニズムの洗礼を受けた〝パリのアメリカ人〟バーンズとヘミングウェイ。二人は華やかな一九二〇年代の通奏低音たる瞬間の詩学、無常の世界観を描き出した。それはやがて世界規模での移動に満ち、あらゆる構造が無化《フラット》に向かうポストモダニズムの心性であり、その心性をまだ芸術が煌めきを放ち得た近代に、美しく作品に昇華したと言えるだろう。

◉註

（１）一八六〇年頃から画家あるいは画家志望のアメリカ人が芸術のメッカ・パリへ赴いた歴史については Adler 他による *Americans in Paris 1860-1900* に詳しい。

（２）ヘミングウェイはキキの回想録（自伝）の英語版 *Kiki's Memoirs*（1930）の序文を書いた。

（３）ジェイク・バーンズ、すなわちジャイコブ・バーンズ（Jacob Barnes）の名の由来はバーンズの名と、ヘミングウェイがパリに着いて最初の宿としたホテル・ヤコブ（Hotel Jacob）にあるという。

（4）「オークパークには私をよく思っている人は一人もいないだろう。……私はオークパークを避け、標的として一度も使わなかった。君も故郷の町を爆撃したいとは思わないだろう。たとえ町を去ることができた日に、そこがもはや故郷ではなくなったとしてもだ。」（*SL* 764）（日本語訳は前田 71-72）ヘミングウェイは晩年一九五三年に研究者にこのような手紙を送っている。オークパークについてこれ以上調べるのはプライバシーの侵害だと警告する手紙だが、ヘミングウェイにとって故郷オークパークを一九二〇年に離れた日からそこはもはや故郷ではなかったこと、それは晩年も変わらなかったことがはっきりと書かれている。

（5）「まずアメリカを見よう」キャンペーンについては第八章を参照。

（6）巽はモダニズムにおける「映像の前景化」の代表例としてヘミングウェイの「氷山理論」に言及するなかで、パウンドのイマジズム運動におけるイメージの再定義「瞬間における私的情緒的複合体」およびT・S・エリオットの提唱した「客観的相関物」の影響、そして一九一〇年代以降の映画産業の勃興を氷山理論の着想の源として挙げている（『惑星』24-26）。

（7）ハーバード大学のジェイムズの同僚、哲学者サンタヤーナによるジェイムズ哲学の説明（Santayana 103）。

（8）鶴見俊介はジェイムズの論文を読むたびに立ち現れる「一つの絵」——すなわちジェイムズの思索を貫くイメージを、以下のように表現している。「ここは、地の果てである。自分の前に開けている未知の可能性を前にして、人が立っている。ただ一人で。そして、肉体を持って。彼は、伝統とか律法とかによってしばられていない自由の身であるけれど、同時に、遺産も何もないのだから、ただじっと地平線上にたたずんで坐食しているわけにゆかない。彼がたのみにすることができるものは、ただ一つ、自らの中に鮮かに燃えているさまざまの興味。この興味にわが身を賭け、何かの行動を起こして未来につきいらなくてはならない。」（90）

（9）今村はジェイクを大ヤコブ、すなわちイエス・キリストの一二使徒の一人で漁師であったヤコブと結びつけ、『老人と海』を視野に入れ、「巡礼」をキーワードに考察している。この意味で、『日はまた昇る』のジェイクが物語途中のブルゲーテで釣りをおこなう釣り人であることは示唆に富んでいる。この釣りの場面は都市パリの空虚な喧噪と、爆発的な力で理性なく巻き込まれるスペインのフィエスタの中間に位置し、そのみずみずしい静けさと精神的安寧は際立っている。

（10）たとえば全八章からなる本作の章タイトルのいくつかに、そのベクトルが端的に示唆されている。第一章「頭《こうべ》を垂れよ」（Bow Down）、第四章「無断居住者」（The Squatter）（しゃがむ、うずくまる）、第六章「その樹の倒れる処」（Where the Tree Falls）、第七章「行け、マシュー」（Go Down, Matthew）。「行け、マシュー」はもちろん "Go down, Moses" のもじりであるが、"down" が示す下向きのベクトルに、他の記述と同様にバーンズが特別の意味を与えていると考えることは可能だろう。しかし、その下向きのベクトルは、必ずしも聖書やダンテの『神曲』で前提とされる罪と堕落の方向とも言い切れないだろう。聖書の記述へのアリュージョンに満ちた本作だが、たとえば第五章でノラがオコナー医師を罵る際に、「まっすぐに立ったまま死ぬがいい！　上に向かって呪われろ！」（May you die standing upright! May you be damned upward!）（85）と奇妙なののしり方をする。ここでは通常キリスト教社会で前提となるトポロジーが逆転している。下向きのベクトルに満ちた本作の「移動性」について、作者が込めた意味は必ずしも否定的とはただちには言い切れない。

（11）'Have you ever thought of the night?' the doctor inquired with a little irony.... 'I used to think,' Nora said, ... 'now I see that the night does something to a person's identity, even when asleep.' ... 'But,' Nora said, 'I never thought of the night as a life at all—I've never lived it –why did she?' 'I'm telling you of French nights at the moment,' the doctor went on, 'and why we all go into them. The night and the day are two travels, ...'（72-74; emphasis mine）

（12）'I'm telling you of French nights at the moment,' the doctor went on, 'and why we [Americans] all go into them. The night and the day are two travels, and the French – gut-greedy and fist-tight though they often are –alone leave testimony of the two in the dawn; we tear up the one for the sake of the other, not so the French.'（74）; 'Be as the Frenchman, who ...

can … find himself in the odour of wine in its two travels ….' 'The American, what then? He separates the two for fear of indignities, so that the mystery is cut in every cord….'(76); 'Oh, God, I'm tired of this tirade. The French are disheveled, and wise, the American tries to approximate it with drink. It is his only clue to himself. He takes it when his soap has washed him too clean for identification. The Anglo-Saxon has made the literal error; using water, he has washed away his page. Misery melts him down by day, and sleep at night. His preoccupation with his business day has made his sleep insoluble.'（80）

◉引用文献

Adler, Kathleen, et al. *Americans in Paris 1860-1900*. National Gallery, 2006.

Aldridge, John W. "Afterthoughts on the Twenties and *The Sun Also Rises*." *New Essays on The Sun Also Rises*, edited by Linda Wagner-Martin, Cambridge UP, 1987, pp. 109-29.

Barnes, Djuna. *Nightwood*. Faber and Faber, 1936. デューナ・バーンズ『夜の森』（野島秀勝訳）国書刊行会、一九八三年

Douglas, Ann. *Terrible Honesty: Mongrel Manhattan in the 1920s*. Farrar, Straus and Giroux, 1995.

Field, Allyson Nadia. "Expatriate Lifestyle as Tourist Destination: *The Sun Also Rises* and Experiential Travelogues of the Twenties." *Ernest Hemingway and the Geography of Memory*, edited by Mark Cirino and Mark P. Ott, Kent UP, 2010, pp. 83-96.

Ford, Madox Ford, editor. *The Transatlantic Review*. Vol. 1, No. 4, April 1924. Rpt. in the *transatlantic review*. Vol. 1 Nos. 3-4. Hon-No-Tomosha, 1995.

Haas, Robert Bartlett. *A Primer for the Gradual Understanding of Gertrude Stein*. Black Sparrow, 1971.

Hemingway, Ernest. *Ernest Hemingway: Selected Letters, 1917-1961*. Edited by Carlos Baker, Scribner's, 1981.

---. *The Sun Also Rises: The Hemingway Library Edition.* Edited with an Introduction by Seán Hemingway, Scribner's, 2014.

Lynn, Kenneth. *Hemingway*. Harvard UP, 1987.

Reynolds, Michael S. *Hemingway's Reading, 1910-1940: An Inventory*. Princeton UP, 1981.

Santayana, George. "The Genteel Tradition in American Philosophy." *The American Intellectual Tradition: Volume II 1865 to the Present*, edited by David A. Hollinger and Charles Capper, Oxford UP, 1997, pp.93-106.

Stein, Gertrude. "Composition as Explanation." 1926. *Selected Writings of Gertrude Stein*, edited by Carl Van Vechten, Vintage, 1990, pp.513-23.

ジョン・アーリ、ヨーナス・ラースン『観光のまなざし（増補改訂版）』（加太宏邦訳）法政大学出版局、二〇一四年

今村楯夫「日本ヘミングウェイ協会全国大会講演」（二〇一九年一一月一六日　於杏林大学）配布資料

舌津智之『抒情するアメリカ　モダニズム文学の明滅』研究社、二〇〇九年

巽孝之『アメリカ文学史　駆動する物語の時空間』慶應義塾大学出版会、二〇〇三年

――、『モダニズムの惑星　英米文学思想史の修辞学』岩波書店、二〇一三年

鶴見俊輔『アメリカ哲学』講談社、一九八六年

新田啓子「バーンズ、ジュナ」『ヘミングウェイ大事典』（今村楯夫、島村法夫　監修）勉誠出版、二〇一二年、六四六―六四七頁

前田一平『若きヘミングウェイ　生と性の模索』南雲堂、二〇〇九年

コラム③　夢とミロ『農園』　Column 3

バーンズの夢幻的な世界観はヘミングウェイ作品とは対極と言えるが、夢のような不思議な趣きをもつ作品も（例外的に）ある。『われらの時代に』の最後のスケッチ「終章」で、ギリシャ＝トルコ戦争（一九一九〜二二）をめぐる小文だ。アメリカ人らしい語り手が軍事政権下におかれたギリシャ国王ゲオルギオス二世と宮殿の庭園で謁見するという設定にもかかわらず、どことなく寓話的な、夢の世界のような筆致がある。ふわふわした感覚を生み出すひとつの要因は、引用符のないセリフ部分だろう。

国王は庭の手入れをしていた。私に会えてとても喜んでいるようだった。ふたりで庭園を歩いて行った。これが妃だよ、彼は言った。彼女はバラの枝を切っているところだった。まあ、初めまして、彼女は言った。ふたりで大きな木の下のテーブルに座り、国王はウィスキーのソーダ割りをもってこさせた。

これは最初の七文だが、発話が引用符に含まれず地の文に埋め込まれている。流れるようなナラティブ。声が唐突に挟まれる、夢の世界のような筆致。

夢といえば本作執筆時へミングウェイはすでにミロの『農園』を知っており、またパリではダダに続いてシュールレアリスムが始まりつつあった。一九二四年の「シュールレアリスム宣言」でアンドレ・ブルトンが書いたように、理性の統制の及ばない純粋な「夢」をシュールレアリストは重んじた。ミロはこの宣言以前から『農園』を描いていたが、シュールレアリスムの理念を具現化する絵画としてさかのぼって見いだされ、その後今度はミロがシュールレアリスムから影響を受け一連の「夢の絵画」を制作した。

昼と夜が混在したような、夢の世界の具現化のようなミロの『農園』。湾曲したような空間構成、切り紙のような人や小動物があちこちに配され、寓話的でありながらリアルな感触もある不思議な世界。まだミロもへミ

【図 1】（上）ミロ『農園』1921-22 年／ワシントン・ナショナル・ギャラリー蔵
【図 2】（下）キューバのヘミングウェイ邸ダイニング・ルーム。『農園』が掛けられている (Colette Hemingway 25)

ングウェイも無名だったころ、借金をして購入したこの傑作をヘミングウェイは生涯大切に手元に置いた。

◉引用文献

Hemingway, Colette C. *In His Time: Ernest Hemingway's Collection of Paintings and the Artists He Knew*. Kilimanjaro Books, 2009.

第六章　眠れない近代

——ホッパー『ナイトホークス』と「殺し屋」「清潔で明るい場所」

すべては無であり、人間も無だ。ただそれだけのことで、光さえあればいい。それとある種の清潔さと秩序が。

――ヘミングウェイ「清潔で明るい場所」

1．光の画家ホッパー

アメリカの近代画家エドワード・ホッパー（一八八二―一九六七）は光の画家だ。さっぱりとデフォルメされた清潔な絵画空間は強い日差しに、あるいは電灯の白い光に照らされている。その効果は絶大だ。線路脇の家や海沿いの高台など凡庸なアメリカの風景を描くときでさえ、日差しを浴びるがらんとした無人の空間はある種劇的な雰囲気を湛えている。都市を描く際も同様で、歩道、レストラン、オフィス、ホテルの部屋などに強い日差しが差し込み、あるいは電灯で照らされ、曰く言いがたい緊張感に満ちている。

代表作『ナイトホークス』（*Nighthawks*）（一九四二）【図５】でもこのことは顕著だ。都会の闇夜に明るく浮かび上がるレストラン。目を刺す電灯光が夜の街角の孤独を照らし出している。カウンター内の給仕、給仕の前に座る男女、少し離れてこちらに背を向けうつむきかげんに座る中年あるいは年配の男性。男性客はどちらも中折れ帽をかぶり、女性はドレスのような装いだ。男女の交わらない視線と男の孤独な背中。

【図 2】ホッパー『灯台の丘』1927 年／ダラス美術館蔵

【図 1】ホッパー『線路脇の家』1925 年／ニューヨーク近代美術館蔵

【図 4】ホッパー『ニューヨークのオフィス』1962 年／モンゴメリー美術館蔵

【図 3】『チャプスイ』1929 年／個人蔵

【図 5】ホッパー『ナイトホークス』1942 年／シカゴ美術館蔵

男は探偵か殺し屋か。想像をかき立てる、フィルム・ノワールの一コマのようだ。

2．構図とハードボイルド

眠るべき時間に深夜営業のレストランに集まるわけありな人々を描いた『ナイトホークス』は、ヘミングウェイの短編「殺し屋」（"The Killers"）（一九二二）に影響を受けて描かれたと考えられている。ホッパーの伝記作家ゲイル・レヴィンは『ナイトホークス』の着想の源泉としてゴッホの『夜のカフェ』（一八八八）**【図6】**[1]、一九三〇年代に流行ったギャング映画、そしてヘミングウェイの「殺し屋」を挙げている（*Biography* 350）。ホッパーは「殺し屋」が一九二七年三月発行の雑誌『スクリブナーズ・マガジン』誌に掲載されたときに読んだようだ。[2] タイトル通り殺し屋が登場するこの作品は犯罪小説に分類できる短編で、ヘミングウェイ自身はこのジャンルの作品をその後多く書かなかったものの、この作品にもみられるヘミングウェイ作品の「ハードボイルド」な特徴（感傷を廃した現実直視の内容と、修飾詞を廃し短文・単文で多く構成される男性的文体）が、ダシール・ハメットに代表されるハードボイルド探偵小説に影響を与えたことはよく知られている。(3)

ヘミングウェイの「殺し屋」は一九二〇年代、禁酒法下のアメリカ・イリノイ州サミットを舞台としている。密売酒で巨万の富を築いたアル・カポネらギャングが暗躍したシカゴにほど近い町だ。食堂に二人の男が入ってきてカウンターに座る。給仕のジョージが注文を聞き、カウンターの反対の端にはニック・アダムズがいる。二人は似た服装で、山高帽に黒のコート、手袋をしたまま食事をとる。その後二人はここでよく夕食をとるスウェーデン人のオーリ・アンダーソンを殺しにきたと告げ、銃を用意して待つがアンダーソンは現れず、二人は店を出て行く。ニックはアーク灯のともる街路を抜けてアンダーソンの家に行く。アンダーソンは元ボクサーで、服を着たままベッドに横たわり、殺し屋のことを伝えられても何もしようとせず、ニックに「来てくれてありがとうな」と言うばかりである。店に戻ったニックにジョージが「シカゴで何かに巻き込まれたに違いない」「奴らに殺されるだろう」と言うのだ。

ハードボイルドと言うものの、「殺し屋」では結局誰も殺されず、ギャングに送り込まれたであろう殺し屋二人もどことなく間の抜けた印象だ。「ボードヴィルのコンビのよう」と描写され、

【図６】ゴッホ『夜のカフェ』1888年／イェール大学美術館蔵

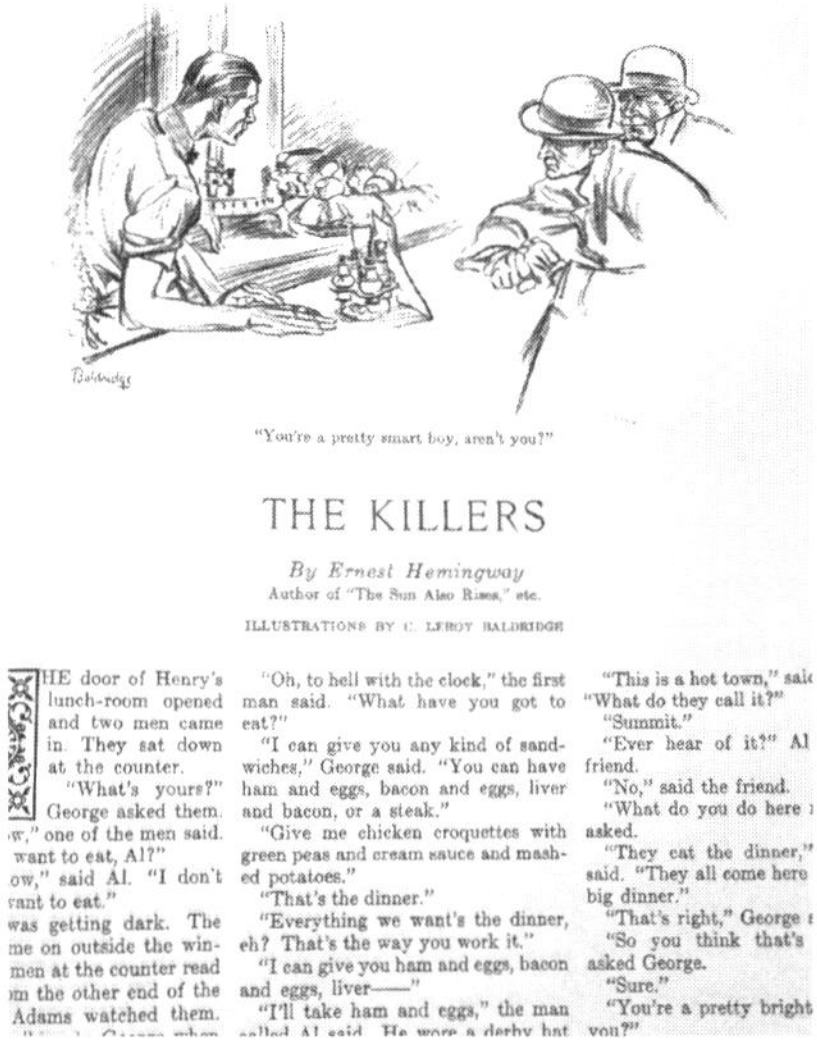

"You're a pretty smart boy, aren't you?"

THE KILLERS

By Ernest Hemingway
Author of "The Sun Also Rises," etc.

ILLUSTRATIONS BY C. LEROY BALDRIDGE

THE door of Henry's lunch-room opened and two men came in. They sat down at the counter.
"What's yours?" George asked them.
w," one of the men said.
want to eat, Al?"
ow," said Al. "I don't
vant to eat."
was getting dark. The
me on outside the win-
men at the counter read
m the other end of the
Adams watched them.

"Oh, to hell with the clock," the first man said. "What have you got to eat?"
"I can give you any kind of sandwiches," George said. "You can have ham and eggs, bacon and eggs, liver and bacon, or a steak."
"Give me chicken croquettes with green peas and cream sauce and mashed potatoes."
"That's the dinner."
"Everything we want's the dinner, eh? That's the way you work it."
"I can give you ham and eggs, bacon and eggs, liver――"
"I'll take ham and eggs," the man

"This is a hot town," sai
"What do they call it?"
"Summit."
"Ever hear of it?" Al
friend.
"No," said the friend.
"What do you do here
asked.
"They eat the dinner,"
said. "They all come here
big dinner."
"That's right," George
"So you think that's
asked George.
"Sure."
"You're a pretty bright
you?"

【図７】（上）ボルドリッジによる挿絵イラスト
（下）【図５】と【図７】の部分

その風貌も同時代の喜劇役者チャップリンを思い起こさせる。しかしホッパーは本作のコミカルな要素ではなく、元ボクサーの破滅に安易な救いの結末を用意しない、感傷を廃した容赦ない筆致に惹かれたようだ。ホッパーはこの短編を雑誌掲載したスクリブナー社の編集者に、掲載三ヵ月後の一九二七年六月にわざわざ手紙を書いている。

アーネスト・ヘミングウェイの「殺し屋」を『スクリブナーズ』誌三月号に掲載してくださり、一言お礼をと思いました。口当たりのよい、気持ち悪いほど甘ったるい作品に溢れたわが国の文学作品の広大な海を渡ったのちに、国内の雑誌でこのようにごまかしのない一編に出会うとは、なんともすがしいことです。(Fischer 341)(4)

手紙を送るほどにホッパーが「殺し屋」から感銘を受けたことから、『ナイトホークス』と「殺し屋」を関連づけるのも的外れではないだろう。

実際「殺し屋」には電灯に照らされた夜のレストランだけでなく、店内のカウンター、アーク灯への数回の言及、ギャングの山高帽など、『ナイトホークス』にヒントを与えたであろう描写が散見される。カウンターをはさんで給仕と二人組が相対し、カウンターの反対の端にもうひとり、という人数や配置にも共通点が見られる。あるいは「殺し屋」の雑誌掲載時に添えられたボルドリッジによる挿絵イラストからホッパーがアイデアを得たかもしれない。「殺し屋」につけられた三点の挿絵のうち、とくに殺し屋二人がカウンター越しに給仕にあれこれ注文をつける場面の挿絵【図7】は、人の配置や給仕の横の蛇口つきコーヒー沸かし、カウンターの塩こしょうの容器など、『ナイトホークス』の鏡像のようだ。「殺し屋」は『スクリブナーズ』誌一九二七年三月号に掲載された後、一〇年後の一九三七年一月発行の五〇周年記念号にも再掲された。ホッパーはそのときに物語と挿絵の双方を再度目にしたはずだ（Levin, *Biograpgy* 617）。ホッパーが『ナイトホークス』を描きだしたのは一九四一年一二月七日（アメリカ時間）の日本軍による真珠湾攻撃の直後で、再掲された「殺し屋」によって記憶が蘇り、挿絵から構図のヒントを得て、感傷を廃したごまかしのない世界観の絵画にとりかかった可能性が高い。『ナイトホークス』の妙に明るい光はすぐそこにある闇を一層引き立て、「殺し屋」の元ボクサーが落ちてしまった都会の闇を彷彿させる。

３．省略の技法

構図やごまかしのない世界観に加え、「省略の技法」もホッパーとヘミングウェイの共通点と言えるだろう。ホッパーは『ナイトホークス』で「無意識に、おそらく、大都会の孤独を描いたのだと思う」（Levin, *Biograpgy* 349）と述べる一方で、ただ単純にレストランを写実的に描いただけとも発言している（Renner 76）。ホッパーはアメリカ絵画史において新写実主義に分類されることが多く、『ナイトホークス』でもリアルな細部へのこだわりをみせている。蛇口つきコーヒー沸かし機のスケッチのため、ホッパーは地元ニューヨークのコーヒーショップ、ディキシー・キッチンへ何度も出かけたという。しかしこうした精緻な細部の一方で、作品画面全体は写真的というよりむしろ無駄を省いてデフォルメされ、映画のセットのような印象である。すっきりとした舞台上で描かれる人物に視線が集まり、劇的な効果を高めている。アルフレッド・ケイジンは、ホッパーの絵では「いまにもなにかが起こりそう」と言った。何かを読んでいたり、着替えたり、あるいはただ外を眺めているだけの人物たちには、たしかに物語の展開の気配が満ちている。とはいえ、もちろん何も説明はされない。省略の戦略的使用（Fisher 336）によって物語効果が生み出されている。

本書第二章でも確認したように、ヘミングウェイも省略を旨とするモダニストである。作家キャリアの比較的早い時期に、『午後の死』（一九三二）でヘミングウェイは自身の省略の技法、いわゆる「氷山理論」をこう説明している。

> 散文作家が自分が何を書いているか十分に分かっていて、分かっていることのいくらかを省いても、作家が十分に本当のことを書いているならば読者はそれらが書かれたときと同じほど強くそれらを感じるはずだ。氷山の動きに威厳があるのは、水上にわずか八分の一だけが見えること（大部分が沈んでいること）に因《よ》るのだ。（*DIA* 192）

米文学史でリアリズム作家と分類されるヘミングウェイだが、丹念に事実や行動の描写を重ねて世界を写し取っているように見えて、作品にはあえて「書かれないもの」が多く存在する。とくに短編作品では氷山理論が駆使され、写実表現は極めて限定的だ。それら作品内の空白は概して作品の核心に関わるもので、多くの作品で結末や登場人物たちの感情、重要な背景などがあえて書かれないままにされている。「殺し屋」でも元ボクサー・アンダーソンが何に巻き込まれたのか、なぜ殺されようとしているのか、なぜ逃げないのか、どのような感情を抱いているのか、なぜニックがレストランにいたのか、結末は結局どうなったのか、すべて明確に説明されない。しかしたとえアンダーソンの感情が一切報告されずとも、あるいはされないからこそ、ベッドに横たわり逃げることすらしないアンダーソンの絶望の大きさが胸に迫り来る。省略の技法が物語効果を生み出しているのだ。

４．共鳴する二作品――光と苦悩

伝記的事実から『ナイトホークス』と「殺し屋」を関連づける批評の一方で、デイヴィッド・アンファムとマーティン・スコフィールドは、作品テーマの近似から『ナイトホークス』とヘミングウェイの別の短編作品「清潔で明るい場所」（“A Clean, Well-Lighted Place”）（一九三三）を関連づけている（Anfam 44; Scofield 109）。(5) スコフィールドはホッパー絵画全般を貫くテーマとして孤独・コミュニケーションの欠落・社会からの疎外を挙げており、(6) これらはそのまま『ナイトホークス』にあてはまる。光を放つレストランは闇夜に浮かび上がり、中にいる人々の疎外を暗示している。帰属する共同体をもたない根無しの孤独な人たち。ヘミングウェイの「清潔で明るい場所」の視覚イメージとして『ナイトホークス』ほど最適な絵画はないだろう。「清潔で明るい場所」もまた、電灯に照らされた深夜のカフェを舞台に、苦悩する孤独な魂を描いた作品だからだ。

「清潔で明るい場所」の舞台は明言されないが、作中スペイン語が多く登場する。深夜のカフェは電灯で明るく照らされ、客は耳の不自由な老人一人。二人いるウェイターのひとりが先週その老人が自殺しようとしたらしい、絶望したからだ、と言う。若いウェイターは妻の待つ家庭に一刻も早く戻りたいがために、ブランデーのお代わりを頼む老人を無理矢理帰してしまう。年長のウェイターはその行為をなじり、自分はカフェに長くいたい連中と同じだ、毎晩いやいや店を閉めている、カフェを必要とする誰かがいるかもしれないからだ、と言う。オールナイトのカフェがあるじゃないかという若いウェイターに年長のウェイターはこう言う。「おまえは何も分かってない。ここは清潔で居心地のいいカフェだ。明かりも十分だ。」

若いウェイターが帰っても独白を続ける年長のウェイター。自分は何を恐れているのか？　いや、怯えや恐怖じゃない。あのよく知っている無なんだ。すべては無であり、人間も無だ。ただそれだけのことで、光さえあればいい。それとある種の清潔さと秩序が。すべては無《ナダ》（Nada）だ。彼はバーに行き一杯飲み、店を出る。部屋に戻ってベッドに横になっていれば朝日が差し込む頃には眠れるだろう、と考える。ただの不眠症だ、と。

5．不眠症の同胞愛

「清潔で明るい場所」では物理的に安定した生活を送るも精神的な苦痛、とくに虚無の闇に苦しむより切実な苦悩が描かれている。そしてその苦悩は不眠症という形であらわれる。思い出すべきは「ナイトホーク」(Nighthawk) すなわち「夜鷹」は英語で「宵っ張り、夜更かしをする人」を意味することだ。ホッパー『ナイトホークス』に描かれるのは眠れずにカフェにやってくる人々、「清潔で明るい場所」の年長のウェイターや老人と同じ種類の人々かもしれない。

アメリカ現代作家のスチュアート・ダイベック（一九四二―）は短編集『シカゴ育ち』に、ホッパーの『ナイトホークス』から着想を得て書いた連作『夜鷹《ナイトホークス》』を収めている。「影絵」「笑い」「不眠症」「黄金海岸」「夜鷹」などで構成され、ショート・ショートと言える短いものから数頁の短編まであるが、そのなかの「不眠症」はまさにホッパーの『ナイトホークス』を言語化したような小品だ。「遅かれ早かれ、すべての不眠症患者がいずれは行き着く、終夜営業の食堂がある。……食堂の一角にともる明かりが、そこ以外は真っ暗なこの街角に、彼らを蛾のように引き寄せる。……彼らは街じゅうからやって来る。街の外からもやって来る。……何も質問しない店、いつもかならず開いている店、コーヒー一杯でしばらくのあいだ座っていられる店。二台並んだニッケルメッキのコーヒー沸かしの大きさからすると、この店では相当な量のコーヒーを出しているにちがいない。……」（124）。

ヘミングウェイの短編「清潔で明るい場所」で自殺未遂をした老人も、深夜に明かりの灯るカフェにやってくる。老人は聴覚障がい者で、目を閉じると無音の闇に沈まなくてはならない。その孤独は察するに余りある。そして、眠れないあるいは眠ろうとしない老人に共感を示す年長のウェイターもまた不眠症であることから、本作で書かれるのは「不眠症者の偉大なる同胞愛」（Williams 51）と考えることができる。年長のウェイターは若いウェイターに「おれたちは違う種類の人間なんだ」（CSS 290）と言う。自分は「ベッドへ入りたくない連中と同類だ。夜に灯りが必要な連中と同類だ」（CSS 290）と。眠れない者、光を必要とする者。

6. 神の光、電灯の光

キリスト教圏であるアメリカで光と言えば、何よりも神、そしてイエス＝キリストを意味する。旧約聖書の創世記によれば、世界は神の「光あれ」ということばによって生まれ（創世1, 3）、そののち光と闇、昼と夜が区別され、光は天、つまり神的なものと結びつけられた。預言者イザヤは、救世主誕生の時に闇の中を歩む民イスラエルの上に「大いなる光」が輝くであろうと言った（イザヤ9, 1[2]）。預言者たちの言う「大いなる光」とはキリストのことだ。キリストは「すべての人を照らすまことの光」（ヨハネ1, 9）、キリストに従う人々は「光の子」（ヨハネ12, 36）、キリストは「父なる神の栄光の輝ける光」（ヘブライ1, 3）。そしてキリストは自らこう言った。「わたしは世の光である。わたしに従う者は暗闇の中を歩かず、生命の光をもつ」（ヨハネ8, 12）。

【図8】ホルマン・ハント『世の光』1853～1854年頃／マンチェスター市立美術館蔵

ヘミングウェイの母グレースは、ラファエル前派のホルマン・ハントによる『世の光』【図8】の複製を描き、ヘミングウェイも通った故郷オークパークの所属教会に一九〇五年に寄贈している（Reynolds 104）。ハントの『世の光』は一九世紀後半に世界でもっとも有名な宗教画だったと言われる作品で、復活したキリストがランプを持って立っている。その絵を目にし、敬虔なクリスチャンの両親に育てられたヘミングウェイには、その名も「世の光」（一九三三）と題された短編がある。

ヘミングウェイ短編「世の光」は、二〇世紀初頭の北ミシガンの町で一七歳と一九歳の青年が駅の待合室で売春婦、労働者階級の白人、ネイティブ・アメリカン、同性愛者など、社会に疎外された人々とわずかな時間を共有する小品だ。タイトルは皮肉か救いか解釈が分かれるが、この作品でも疎外された人々が集う空間は光に満ちている。そこは暗闇の中に明るく浮かび上がる駅の待合室だ。日暮れであたりが刻々と暗くなり冷え込んでくるなか、待合室はストーブの熱気に包まれている。あるいは短編「格闘家」（一九二五）で青年ニックが社会の周縁で生きる二人組と束の間の邂逅を果たすのは、真っ暗な荒れ地の中に焚き火の光で明るく照らされた空間だ。

しかしこれらの作品と『ナイトホークス』あるいは「清潔で明るい場所」を考えるときにもっとも注目すべきは、光の種類だろう。『ナイトホークス』「清潔で明るい場所」は電灯の光に満ちている。闇夜に不自然に白い光が注ぐ場所を描いているのだ。その光は神の恩寵を示す暖かく柔らかな光とは異なる。「神は死んだ」近代、そしてエジソンの白熱電球の発明で幕を開けたとも捉えられる近代、救いを求める者たちはあたかも電灯で神の光を疑似体験しているようだ。

こうして改めて考えると、ヘミングウェイ作品に「電灯のあかりがないと眠れない」男たちが少なからずいることに気づく。その多くが戦争帰還兵だ。つまり彼らは「清潔で明るい場所」だけでなく、ホッパー『ナイトホークス』の不眠症と苦悩の背後にあるものも示唆している可能性がある。

7．眠れない男たち——戦争と祈りの身振り

一九九九年のアメリカ映画『ファイト・クラブ』では、名無しの主人公が飛行機で知り合ったタイラーと「ファイト・クラブ」をつくる。男ふたりがひたすらに殴り合うクラブで、肉体を限界に追い込むことで生の実感を取り戻そうとするのだ。作中「セレブと闘えるならだれがいい？」「誰がタフかな？」と問う主人公に、タイラーは「ヘミングウェイ」と答える。最後まで名前のない主人公はじつは不眠症で、タイラーは主人公が創り上げた架空の人格なのだ。

ヘミングウェイ作品でも眠れない男たちは思いのほか多い。『日はまた昇る』のジェイク・バーンズ、「五万ドル」のジャック・ブレナン、「身を横たえて」のニック、「誰も知らない」のニック、「賭博師と尼僧とラジオ」のフレイザー氏。なかでもとくにあかりを必要としているのがジェイクと二作品のニックだ。ジェイクは「六ヵ月間、電灯を消して寝ていない」(*SAR-HLE* 118)。「身を横たえて」のニックは「もしもあかりがあれば眠るのは怖くなかった」(*CSS* 279)。「誰も知らない」のニックは「なんでもいいからあかりがないと眠れない」(*CSS* 309) と言う。彼らは兵士、あるいは戦争帰還兵だ。

【図9】映画『ファイト・クラブ』(1999)

「清潔で明るい場所」は省略の技法が駆使され、地名も物語の背景も全く説明されない。しかし作品内には足早に通り過ぎる兵士と少女（おそらく売春婦）が描かれている。戦争の影が潜んでいる

のだ。年長のウェイターは自分は「夜にあかりが必要な連中と」同類だ（CSS 290）と言い、つまりジェイクやニックと同類であり、戦場で何らかの身体的あるいは精神的な傷を負った戦争帰還兵の可能性が高い。勝井が述べるように、「清潔で明るい場所」はヘミングウェイ作品に共通するイメージを用いることで戦争の傷を描き出していると言える（58）。年長のウェイターが光とともに「ある種の清潔さと秩序」を求めるのも戦争の文脈でさらによく理解できる。死体が散らばり血の臭いが充満する戦場、泥水まみれの塹壕、爆撃や恐怖と闘う暗闇の夜――混沌の戦場から戻って必要とするのは、秩序ある「清潔で明るい場所」だろう。

ホッパーの『ナイトホークス』にも戦争の影が潜んでいる。前述した通り、ホッパーはこの作品を一九四一年一二月の日本軍による真珠湾攻撃の直後に描き出した。戦争が地上戦に発展するかもしれないという不安は妻のジョーをはじめ多くのアメリカ市民に広がり、実際にジョーも非常グッズをリュックに詰めて準備をしたという。ホッパーはそうした世間の喧噪を無視するかのように制作に没頭し、作品は一月の三週目に完成した。非常グッズを用意する妻を嘲るかのような態度をとったというホッパーだが、彼が決して平静でいたわけではなかったことは『ナイトホークス』にはっきりと見て取れるだろう。この作品の「格別に心かき乱す力」（exceptionally disquieting power）（Levin, *Biograpgy* 351）は、ホッパーの戦争に対する不安や恐怖を反映している。[7]

『ナイトホークス』と「清潔で明るい場所」には戦争の影が潜んでいる。戦争による不安や恐怖、身体的・精神的傷、そしてこれらがやがて生み出す虚無と不眠をやりすごすため、描かれた／書かれた人々は光を必要とする。彼らは「たとえ電灯の光であっても夜に光が必要」（高野 142）なのであり、人工の光で神の光を疑似体験しているのだ。「清潔で明るい場所」の最後、年長のウェイターは神への祈りをつぶやくが、徐々に「無《ナダ》（Nada）」に浸食され、その祈りは原型をとどめない。崩れた祈りを口ずさみ電灯の光を求めるウェイターは、神なき近代に、それでも救いを求める者の祈りの身振りを示しているようだ。そしてホッパーの描く人々もまた、もはや神はいないと言われるこの世界で——まるで祈りを捧げるように、白い電灯の光がそそぐ深夜食堂に今夜も集まるのだ。

◉註

（1）ゴッホの『夜のカフェ』はホッパーのパトロンであったスティーブン・クラークが当時所有しており（一九六〇年にイエール大学へ寄贈）、『ナイトホークス』制作以前にホッパーの展覧会でホッパー作品と共に二度展示されている。宿賃を払えずにカフェで夜を明かす旅人たちを描いたという本作は、漂流、共同体からの隔絶、といったテーマを『ナイトホークス』と共有している。

（2）「殺し屋」は同年、ヘミングウェイの第二短編集『女のいない男たち』（*Men Without Women*）に収められた。

（3）ハードボイルド探偵小説を一つのジャンルとして確立させたハメットの傑作『マルタの鷹』（*Maltese Falcon*）（1930）は「殺し屋」の三年後に出版された。

（4）ホッパーのこの手紙で使われている「正直な」（honest）や「口当たりのよい」（sugar coated）といった言葉は、前世紀からの「お上品な」（感傷）小説や「女性的」文化を揶揄する際に一九二〇年代モダニスト、とくに男性の論客によって頻繁に使われた単語である。「文化の女性化」に対する第一次世界大戦後のモダニストの反応についてはAnn Douglas（*Terrible Honesty* および *The Feminization of American Culture*）、Minter（117-24）、本間

(130-52) ショーウォールター（158-92）、小笠原「母殺しの欲望」を参照。

(5)「確かにホッパー自身は『ナイトホークス』をヘミングウェイの「殺し屋」のレンズを通して解釈するよう促したかもしれない。だがこのことが、『ナイトホークス』が一層あからさまに哲学的な「清潔で明るい場所」と――少なくとも「殺し屋」と同じほどには――共鳴しているという事実から注意をそらしてきたかもしれない。光のなかの不毛を描き、『ナイトホークス』は「清潔で明るい場所」の登場人物たちを体現している。」(Anfam 44)「アメリカ短編にさらに密接に関連するのは、エドワード・ホッパーの謎めいていながら心に残る写実絵画だ。……作品で何かの物語を語っているわけではないとホッパーは言ったが、彼の作品は日常の隠れたドラマのワンシーンを示しているように見える。……それらの絵画作品は、一瞬の光景の美学を通して、孤独、コミュニケーションの欠落、社会からの疎外といったイメージを示しており、アーネスト・ヘミングウェイの一九二〇年代の小説やレイモンド・カーヴァーの一九七〇年代の小説を想起させる。『ナイトホークス』で描かれる有名な都会のバーのイメージは、暗い街路に浮かぶ光の場所を描くヘミングウェイの「清潔で明るい場所」や、「殺し屋」で描かれるバーの挿絵になりうるものだ。」(Scofield 109)

(6) とくに「孤独」はホッパーの代名詞と言える。批評家ブリエットはホッパーのことを「絵画における孤独の詩人」(*the poet in paint of loneliness*) と呼んだ (*The Poetry of Solitude: A Tribute to Edward Hopper* 9)。ホッパー絵画に着想を得て詩人たちが書いた詩を集め、ホッパー絵画へのオマージュとして詩集が編まれたが (Gail Levin 編)、その詩集のタイトルも『孤独の詩』(*The Poetry of Solitude*)（一九九五）とされた。

(7) 実際、ウィンスロップ大学の名誉教授で詩人のスーザン・ルドヴィグセンは、『ナイトホークス』に戦争を読み取り、しかもそれをヘミングウェイと関連づけている。ホッパー絵画に捧げる詩を集めた『孤独の詩』で、ルドヴィグセンは『ナイトホークス』から着想を得た「両親を創り出す　エドワード・ホッパーの『ナイトホークス』(一九四二) より」("Inventing My Parents: After Edward Hopper's Nighthawks, 1942") で戦争とヘミングウェイをうたっている。

They sit in the bright café
discussing Hemingway, and how
this war will change them.
Sinclair Lewis' name comes up,
and Kay Boyle's, and then Fitzgerald's.
They disagree about the American Dream.（40）

◉引用文献

Anfam, David. "Rothko's Hopper: A Strange Wholeness." *Edward Hopper*, edited by Sheena Wagstaff, Tate, 2004, pp.34-49.

Douglas, Ann. *The Feminization of American Culture*. Anchor, 1977.

---. *Terrible Honesty: Mongrel Manhattan in the 1920s*. Farrar, Straus and Giroux, 1995.

Fisher, Lucy. "The Savage Eye: Edward Hopper and the Cinema." *A Modern Mosaic; Art and Modernism in the United States*, edited by Townsend Ludington, U of North Carolina P, 2000, pp.334-356.

Hemingway, Ernest. "A Clean, Well-Lighted Place" *The Complete Short Stories of Ernest Hemingway: The Finca Vigia Edition*, Scribner's, 1987, pp. 288-291.

---. *Death in the Afternoon*. Scribner's, 1932.

---. "The Killers." *The Complete Short Stories of Ernest Hemingway: The Finca Vigia Edition*, Scribner's, 1987, pp.215-222.

---. "Now I Lay Me." *The Complete Short Stories of Ernest Hemingway: The Finca Vigia Edition*, Scribner's, 1987, pp.276-282.

---. *The Sun Also Rises: The Hemingway Library Edition.* Edited with an Introduction by Sean Hemingway, Scribner's 2014.

---. "A Way You'll Never Be." *The Complete Short Stories of Ernest Hemingway: The Finca Vigia Edition*, Scribner's, 1987, pp. 306-315.

Levin, Gail. *Edward Hopper: An Intimate Biography*. Alfred A. Knopf, 1995.

---, editor. *The Poetry of Solitude: A Tribute to Edward Hopper*. Universe, 1995.

Ludvigson, Susan. "Inventing My Parents: After Edward Hopper's *Nighthawks*, 1942." *The Poetry of Solitude: A Tribute to Edward Hopper*, edited by Gail Levin, Universe, 1995, p.40.

Minter, David. *A Cultural History of the American Novel*. Cambridge UP, 1994.

Renner, Rolf G. *Edward Hopper 1882-1967: Transformation of the Real*. Taschen, 2015.

Reynolds, Michael. *The Young Hemingway*. W. W. Norton, 1998.

Scofield, Martin. *The Cambridge Introduction to the American Short Story*. Cambridge UP, 2006.

Williams, Mukesh. "The Refuge of the Spanish Café in Ernest Hemingway's "A Clean, Well-Lighted Place.""『英語英文学研究』三六号、二〇一一年、四九—五六頁

小笠原亜衣「母殺しの欲望——１９２０年代と *The Sun Also Rises*」『アメリカ文学研究』三五号、一九九九年、七五—九〇頁

勝井慧「ロング・グッドナイト——「清潔で明るい場所」における「老い」と父と子」『ヘミングウェイと老い』（高野泰志編）松籟社、二〇一三年、四九—六九頁

ショーウォルター、エレイン『姉妹の選択——アメリカ女性文学の伝統と変化』（佐藤宏子訳）みすず書房、一九九六年

ダイベック、スチュアート『シカゴ育ち』（柴田元幸訳）白水社、二〇〇三年

高野泰志『アーネスト・ヘミングウェイ、神との対話』松籟社、二〇一五年
本間長世『アメリカ史像の探求』東京大学出版会、一九九一年

第三部　視覚性の衝撃——まなざしの欲望

第七章　『エデンの園』の視覚性

――『考える人』には見えないもの

【図 1】ロダン『地獄の門』1880-90 頃／ロダン美術館（パリ）

1. 反映する視覚性

ヘミングウェイの『エデンの園』（一九八六年死後出版）は南仏とスペインを舞台としているが、真の物語はパリのロダン美術館から始まっている。そこにあるロダンの代表作『地獄の門』のひとつの彫像が『エデンの園』に深く関係していることはすでに知られている。しかし中央上部に『考える人』を配し、その作者的人物である男性が地獄の様子を眺める『地獄の門』はまた、『エデンの園』の視覚の政治を端的かつ象徴的に表してもいる。

「見る」という行為に政治を見出して以来、視覚や芸術あるいはジェンダーに関わる研究は視覚を構築主義的に捉えてきた。視覚は社会化されており、「網膜と世界との間には無数の記号のスクリーンが挿入されている」（Bryson 92）のだ。「視覚性」（visuality）はこの観点を提示する用語である。ハル・フォスターが『視覚論』の序文で簡潔に述べるとおり（ix）、「視覚」（vision）は肉体のメカニズムによって形成されるもの、視覚性は社会的に形成される「見え方」を示す語だ。社会的に形成されるということはつまり多様な視覚性が存在するわけだが、ある権力はそのなかのひとつだけを「正しい視覚」として選び出してしまう。たとえば西洋で長く支配的な視の制度であった遠近法が好例だ。権力は見る対象がどのように見えるべきか、つまりどのように見えることが可能となり、許され、あるいは強いられるか、また同時になにが不可視とされるかを決定し、制度化し、多様な社会的視覚性からひとつだけを「本質的」な視覚として選び出してしまう。つまり視覚は欲望に浸透されている。

本章は異性愛主義（heterosexism）の欲望に浸透された視覚性を作品に読み解き、それをもって問題提起とすることを目的とする。残念ながらヘミングウェイの『エデンの園』はこの意図に格好の作品だ。『エデンの園』と関係が深いロダンの『地獄の門』は当然ながら地獄におちた人々を描いている。ロダンが深く心を寄せて造形した人々もいるというが、鑑賞者はそれらの人々を何らかの罪人と受けとめるだろう。キリスト教中心主義のダンテ『神曲』を下敷きにした『地獄の門』には同性愛者もいる。この「傑作」芸術作品を観るたびに、同性愛者は深く傷つかなくてはならない。そして同性愛／両性愛を常態からの逸脱と描くヘミングウェイの『エデンの園』も、同様の罪深さを抱えている。さらに以下で議論することになるが、そもそもセクシュアリティを「手段・戦略として使う」あるいは「選択して身に纏う」といったことが描かれる『エデンの園』やそれを論じる本章に、激しい違和感や怒りを感じる人もいるだろう。作者ヘミングウェイがそうしたすべてに意識的だったのか、その罪深さを描くことで逆に差別的価値体系を告発しようとしたのかは分からない。大きな理由は『エデンの園』が編集者の手によって出版されたことだ。『エデンの園』は死の三年ほど前まで一二年にわたって書き続けられた最晩年の作品で、残された原稿は手書き原稿とタイプ原稿合わせて一五〇〇頁以上、約一六万九〇〇〇語にのぼる（フェアバンクス 88）。生前ヘミングウェイの作品を出版していたスクリブナー社の若手編集者トム・ジェンクスが、その膨大な原稿の六一％をもカットし編纂作業をした（フェアバンクス 104）ものが、現在ヘミングウェイの名で出版され流通している『エデンの園』だ。

原稿は確かにヘミングウェイの手による。しかしどの部分を使うか・使わないかは編集者が決めた――こうした作品を「ヘミングウェイ作品」として論じるべきでない、という意見もあるだろう。しかしこうした経緯を経た作品だからこそ、つまり欲望の在処を簡単に一個人に帰することができないからこそ、作品に映し出されるグロテスクな欲望が、逆に社会に確固として存在する証となり得る。小説が――あるいは二一世紀的にコンテンツ作品と呼んでもいいが――個人を超えて社会の政治学を映し出す好例となり得ているのだ。実社会で実際に差別や人権侵害を生み出すその力が、どのようにコンテンツに反映し物語として差し出されているのか。本章はそれを作品に読み解き、その読解をもって問題提起としたい。不快な表現や配慮がないと感じる表現があったなら、その意図はないことをここにお断りし、あらかじめお詫びしたい。

先にも述べたとおり、編纂され出版された『エデンの園』には異性愛主義の欲望に浸透された視覚性がある。男／女の関係を基盤とする異性愛を正しいものとみなし、そうでない関係やアイデンティティを正しくない、異常、あるいは不可視とみなす視覚性だ。その視覚性のもとでは男／女の関係も政治的だ。端的に言えば、異性愛主義に浸された視覚性とは「見る男／見られる女」の関係性を生み出す視覚性であり、また同性愛者を異常とみなす視覚性だ。『エデンの園』でこれらにゆさぶりをかけるのがヒロイン、キャサリン・ボーンである。

ヘミングウェイの描く女性のなかでももっとも破壊的と言われるキャサリンは、本章の文脈では、異性愛主義に浸された視覚性のもとで自明とされる視覚的事実の配置を攪乱させる存在だ。しかし結論から言えば、キャサリンの試みは失敗に終わってしまう。彼女の試みは「見る男／見られる女」という構図を攪乱し、ジェンダー（男／女）およびセクシュアリティ（異性愛／その他性的マイノリティ）の二極化したエデンを変貌させることだった。しかしその試みによって彼女の占める位置は「見られる女」から「見られるホモセクシュアル」へと横滑りし、最終的にキャサリンは奇異のまなざしを向けられることになる。以下、ジェンダーの視線の政治がセクシュアリティのそれにとって変わる――つまり、「見る男／見られる女」が「見るヘテロセクシュアル／見られるホモセクシュアル」へ――変わる過程を作品に追いながら、キャサリンによる視覚性の攪乱の試みとその頓挫、そして「見る男」デイヴィッドに強いられた視覚性について考えたい。

2. 見る男／見られる女

「見る男／見られる女」という視線の関係性、つまり「見る」という行為を性差に基づいてただちに能動的・受動的役割に振り分けることは、視覚の政治が問題になったときに真っ先に明らかにされたいわば原型的な読み方だ。こうした読みを定着させた研究として、ローラ・マルヴィの一九七五年の映画論や、西洋絵画および近代のメディアにおける女性表象を説明したジョン・バージャーの有名な『イメージ――視覚とメディア』（一九七二）がとくに影響の大きかったものとして知られる。(1)

こうした原型的な構図を作品にまず読み込むのは素朴でナイーブと感じるかもしれない。しかし、ヘミングウェイ作品の視覚の政治は――とくに長編の主要作品においては――「見る男／見られる女」が支配的だ。デブラ・モデルモグが指摘するように、このことは主要な長編作品において男性主人公の身体的描写がほとんどみつけられず、反対にヒロインは、たとえ紋切り型であっても、その身体的特徴が男性の語り手によって詳細に描写されることに端的に示されている（126）。(2)『エデン』でも「見る男／見られる女」という構図は明らかで、キャサリンは他作品の主要女性主人公と同じく、夫デイヴィッド（しかも職業は作家）を通して念入りに描写される。『エデン』はデイヴィッドが語り手とは言えないものの、多くの部分でデイヴィッドの視点を通して物語が描かれる。われわれはデイヴィッドが見る彼女の長い褐色の足、くまなく日に焼けた美しい体、そばかすのある黄金色の顔、漁師風のシャツの下で美しい形を見せる乳房などを知ることができる。キャサリンの美しさはデイヴィッドの誇りであり、実際デイヴィッドはしばしばキャサリンを見る。「キャサリンはまだ眠っていた。デイヴィッドは彼女を見て、規則正しく呼吸する彼女をじっと見た。……

しばらく仕事をしてからキャサリンを見ると、まだ眠っていて、口元に微笑みを浮かべていた……」（*GOE* 42-43）。キャサリンが寝ているうちに執筆の仕事をするデイヴィッドがキャサリンを眺める様子が描かれている。この場面に端的に表れているように、『エデン』においてデイヴィッドは見る主体であり、書く主体である。反対にキャサリンは決して見る主体や書く主体ではない。この関係にキャサリンが不満をもっていたことは明らかで、だからこそ変化を起こそうとしたのだ。

だが結果的に「見る男／見られる女」という関係性は作品最後まで変わらない。最終章には相変わらず「見る」デイヴィッドがおり、ここで彼が見つめる相手はマリータである。「それから目が覚めて、見慣れないベッドに寝ていることが分かった。かたわらにマリータが眠っているのを見た。彼はすべてを思い出し、彼女を愛情をこめて眺めた……彼は立って眠っている彼女を見つめた。そしてドアを静かに閉めて仕事部屋へと戻っていった」（*GOE* 246）。イヴは入れ代わるが、このエデンにおいて「見る男／見られる女」という関係は変わらない。この作品をめぐって両性具有という議論が盛んにおこなわれたが、その議論の存在が逆に証明するように、『エデン』は異性愛主義が強固な世界である。両性具有の希求は性差にまつわる不安そのものから生まれるものであり、異性愛のフレームを壊すものではないからだ。

３．キャサリンの不満と身体の戦略

キャサリンが「見る／見られる」力学を攪乱しようとした背景にはもちろん女であること、「見られる」受動的な存在であることが関係している。キャサリンは女であること、そして結婚した女であることの退屈さや窮屈さを幾度も口にする。女であることは「死ぬほど退屈だ」（*GOE* 70）と言い、「私は立派な大人だし、あなたと結婚したからってあなたの奴隷や所有物になったわけじゃない」（225）とデイヴィッドにくってかかる。それならば何か自己実現する手だてをと模索するが、キャサリンは自分に芸術家としての素養がないことも分かっている（比嘉 162）。絵を描くことはおろか手紙さえ満足に書けない自分を嘆き、その嘆きはときに作家として社会的に認知されているデイヴィッドへの激しい嫉妬の言葉を生み出す。実際、二人が結婚後初めて喧嘩をするのはデイヴィッドの小説の書評の切り抜きをめぐってであり、キャサリンは「あなたが作家だから結婚したと思ってるの」（39）と激しい言葉をデイヴィッドに投げつける。カフェでウェイターに「マダムも小説家ですか」と聞かれ「マダムは主婦よ」と自虐的に答えると、「マダムは映画に出てらっしゃるのでしょう」（24）と「見られる」存在であることを駄目押しされてしまう始末だ。

キャサリンはしばしば手紙が書けないというが、彼女が書けないのは当然ともいえる。キャサリンのいる世界はデイヴィッドという男性作家かつ視点的人物が言葉を司り、キャサリンを描写し存在を規定しているのだ。だがキャサリンはフェミニストたちが長く試みたようにペンを奪い取ろうとはせず、賢明にも言葉の戦略をあきらめる。ジュディス・バトラーが言うように、ある構造のなかで「女」という主体を言語で表象しようとすれば、それはその構造が要求するものに見合うように形成され、定義され、再生産されるだけだからだ（4）。キャサリンは言葉をあきらめ、代わりに身体を用いてこのエデンの力学に変化を起こそうとする。身体の表面を変化させ、作品では明言されないベッドの上でのデイヴィッドとのなんらかの行為によって、つまり「名づけ得ぬもの」によって、権力構造の脱中心化をはかるのだ。これは女という主体を定義することなく、男と女の対立構造を明言せず、したがって再生産しない賢明な方法と言える。(3)

出版された『エデン』には含まれていないが、実際にキャサリンが「びっくりすること」（a big surprise）、すなわち身体の実験を思いつくのは「手紙が書けないとき」である（422. a-2, 12-13）。

キャサリンの実験は具体的に二つに分けることができる。ひとつは身体の表面の改造、もうひとつは「闇の魔術」（dark magic）と呼ばれるベッドでの何らかの行為。キャサリンは肌を黒く日焼けし、髪を短く切り、デイヴィッドの身体も同じように変化させ、同時にベッドの上でのなんらかの（性の）実験をおこなうが、これら身体の実験が意図するところはロダンのレズビアンの彫像――黒光りする短髪のブロンズ像――になることだ。「レズビアンの彫刻のようになる」とは、ただそれだけでデイヴィッドの異性愛者の男性というアイデンティティが危機にさらされることを意味する。加えてキャサリンが彫刻化により意図する戦略とは、ともに鑑賞される芸術作品になることでデイヴィッドを「見られる」側へ移動させ、そのヘテロセクシュアルのアイデンティティを脱構築することである。(4)『エデン』において少なくとも途中までは成功しているように思われるのがこの試みである。

4.「彫刻のように」なること

スピルカ（285）、バーウェル（101-103）、カムリーとスコールズ（54-56）など多くの先行研究が指摘しているように、『エデン』の未出版の原稿にはパリのロダン美術館にある彫刻作品『変身』への言及がある。原稿では一度作品名がタイプされたあとに横線が引かれ、代わりに“were there”という二語が上部の余白に手書きで加えられている。（未出版原稿の出版は原則禁じられているので日本語で示す。）(5)

「私のこと不道徳だと思わないわよね？」

「もちろん思わないよ。でもそのことについてどれぐらいの間考えていたんだい？」

「ロダン美術館で一緒に『変身』~~the Metamorphosis~~ were there をみたあの日からよ」

（削除語の訳「ロダン美術館に一緒にいたあの日からよ」）

「覚えてるよ」

「本当に真実だったわね。よく理解していないけれど、でもうまくいってる。本当にできるとは思わなかったわ。でもできた。」（422.a-2, 22）

先述したように『エデンの園』はスクリブナー社の編集者ジェンクスによる大胆な編集の功罪も議論の的となってきた作品だが、原稿を見る限り、たとえヘミングウェイ自身によって編集されたとしても『変身』の名は削除されていたと思われる。いわゆる「氷山理論」にのっとった削除であろう。

『変身』、正確には『オウィディウスの変身』（*The Metamorphoses of Ovid*）はロダンの『地獄の門』の右上に位置する一組のレズビアンのブロンズ像である。「呪われた女たち」（The Damned Women）とも呼ばれ、髪の短い二人の女性が抱擁している。【図２、３】ブロンズ像なので肉眼で見るとかなり黒く見える。

『地獄の門』は三つの先行文学作品から着想を得て創られた。ダンテの『神曲』、ローマ詩人オウィディウスの『変身物語』、そしてボードレールの『悪の華』。ヘミングウェイがロダン彫刻ではなく、その元となったオウィディウスの『変身物語』から『エデンの園』の着想を得たと考えるのも可能かもしれない。『変身物語』

【図 2】（右）ロダン『オウィディウスの変身』（静岡県立美術館、2004 年 12 月筆者撮影）
【図 3】（左）ロダン『オウィディウスの変身』（パリ・ロダン美術館、2018 年 7 月筆者撮影）のちに『門』から独立して造られた単体作品

は多くの変身譚を収め、そのなかのひとつにイアンテという女性を愛した女性イピスの変身物語がある。この物語最後に起こる変身でイピスの肌は黒く、そして髪は短くなるのだ（Ovid 61）。イピスは男性への変身を遂げ、この物語ではむしろヘテロセクシュアルの関係が成就されることになる。しかし出版された『エデン』を注意深く読むと、キャサリンの描写で彫刻に関連する言葉が見つけられ、また削除された原稿ではとくにキャサリンとデイヴィッドのベッドの上での謎の（おそらくは性行為と思われる）行為を描写する箇所で、彫刻に関する言葉を数多く見つけることができる。ヘミングウェイはやはりキャサリンの変身をロダンの彫像と強く関連づけて描いたと考えられる。

キャサリンの描写で彫刻に関連する言葉は出版されたテキストで二ヵ所見つけられる。ひとつ目はキャサリンが二度目に髪を切った後の場面（GOE 45-46）。デイヴィッドが見せてくれと言うと、キャサリンはわざわざスカートを脱いでポーズをとる。このときキャサリンは裸足で、セーターと真珠のネックレスだけを身につけている（原稿を確認するとこのセーターはシャネル製品である）。「よく見て、これが私よ」と言うキャサリン。日に焼けた長い足、すっとのびた体、日に焼けた（dark）顔、「彫刻のように」刈り込まれた金色の頭（the sculptured tawny head）。もう一ヵ所はキャサリンがデイヴィッドを連れて二人で美容院へ行く場面である。キャサリンの髪をさらに明るく脱色する際、美容師は「彫刻家のように仕事をしていた」と描写される（*GOE* 80）。原稿では彫刻に関連する言葉が使われているにもかかわらず、出版されたテキストでは削除されている箇所もある（422.a-2, 19）。また出版されたテキストではただ謎めいているだけのデイヴィッドとキャサリンのベッドの上での行為も、原稿ではロダン美術館の「あの」彫刻のように変わること、とはっきりと書かれている（422.a-2, 20-21）。

5．視覚性の攪乱、セクシュアリティの混乱

「見る男／見られる女」という関係性のなかで女が芸術作品になることは、通常眺められフレーム化されること、つまり囲い込まれた女性の姿を究極に表象するとみなされる。アメリカ文学作品で確認するならば、たとえばウィリアム・フォークナーの短編「エミリーへの薔薇」では「白い服を着たレディ」というアイデンティティを父親から強制され続けたエミリーが父親との関係をタブロー画になぞらえられる。イーディス・ウォートンの『歓楽の家』では、社交界という父権性社会の縮図のなかで犠牲となるリリー・バートが「活人画」（tableaux vivants）という催しで生きた芸術品としてポーズをとる。だが『エデン』のキャサリンは「見

られる」という位置を逆手にとり、異性愛主義のタブーであるレズビアンの彫像になる。彼女は「見られる」自身の位置を利用し、その権力関係のなかでは「見えないはずの」レズビアン――たとえ存在したとしてもクローゼットの中に隠れているはずの同性愛者をあえて可視化させ、その秩序にゆさぶりをかけようとする。

キャサリンの実験によってデイヴィッドの身体も「見られる」位置に再配置される。キャサリンとのベッドでの謎の行為は「あの彫刻のようになること」、つまりロダンの「変身」の像のようになることであり、デイヴィッドはこのときキャサリンとともにレズビアンの女性である。またキャサリンと同じように肌を焼き髪を切ることで彫像となり、「見られる」存在となる。キャサリンがデイヴィッドを「キャサリン」と呼ぶときにデイヴィッドは女性となり、自分を「ピーター」だと言うキャサリンに「見られる」。

この変身の実験が始まってから、デイヴィッドはたびたび鏡を見るようになる。ロバート・フレミング（138-141）や今村（188）、比嘉が指摘するように『エデン』には鏡が頻繁に登場し、そこに姿を映すのはデイヴィッドだけではない。マリータが加わり、キャサリンの実験がますます複雑になるにつれ、キャサリンとマリータは三人がいつも集まるバーに鏡を据え付け、キャサリンはそこを「自分たちの特別なバー」と呼ぶ（*GOE* 144）。こうして「変身」が複雑化するにつれ、三人それぞれが互いの姿を鏡の中で「見る」ことになり、また全員が「見られる」。もはや「見る男／見られる女」という視覚性は機能していないかにみえる。男と女、ヘテロセクシュアルとホモセクシュアルの境界も曖昧になり、ジェンダーとセクシュアリティの二極化した構造も崩壊したように見える。デイヴィッドはキャサリンとの謎の性行為のときはレズビアンであり、「キャサリン」と呼ばれることで女性となり、キャサリンが「男の子」になるときは男性の同性愛者であり、両性愛者であるマリータとの性関係では男かもしれないしレズビアンかもしれない。キャサリンの望みはその世界でキャサリンとデイヴィッドの物語が書かれることだった。自分を無力な位置に置く力学が働かない世界で、「自分たちの物語」の主役になることだった。キャサリンはこう言う。「すでに［自分たちの物語を］誇りに思うわ。それは売るために出版されることはないし、書評もされないから切り抜きもないし、だからあなたも自意識過剰にならないし、私たちは自分たちのためだけにそれをいつまでも持ち続けるの」（*GOE* 77-78）

しかし、これはキャサリンのシナリオにすぎない。デイヴィッドはキャサリンの望みに反して二人の物語を書き続けない。彼にとっての真のミューズであるマリータが登場したあと、「父」の物語を精力的に書き続ける。さらに初めは両性愛者として登場したはずのマリータとともに、異性愛主義のインテグリティ（完全性）を取り戻していく。

6．見るヘテロセクシュアル／見られる（見えない）ホモセクシュアル

デイヴィッドはキャサリンの「変身」の実験に真の意味では協力していない。また理解もしていない。彼は二度目に髪を切ることを拒否し、一度だけやったが一度だけだ、タトゥーを入れるようなものだ（*GOE* 176）と言う。デイヴィッドにとってキャサリンとの変身は「タトゥーを入れるようなもの」、いわば非日常を味わうために年に一度つける祭りの衣装のようなものである。無礼講が許されるフィエスタが終われば、もとの秩序と権力構造が戻るべきなのだ。しかし物語が終盤に近づくころ、デイヴィッドはキャサリ

ンを「見て」、その変身が一時的な祭りではなく非常に危険なものとなっていることに気づき、それを「許していた」自分に愕然とする。


「あなたが自分自身を見てくれたらいいのに」とキャサリンは言った。

「見れなくて嬉しいね」

「鏡に映して見てくれればいいのに」

「出来ないね」

「なら私を見て。あなたとそっくりだから。私はやったわ。いまやあなたに出来ることはもう何もないの。これがあなたの姿よ」

「俺たちは本当にはそれは出来なかったはずだ」とデイヴィッドは言った。「俺は君のようにはならなかった」

「いいえ、私たちふたりともなったのよ」キャサリンは言った。「そしてあなたは今もそうなの。だからそうであることを好きになったほうがいいわ」

「俺たちはそれは出来なかったんだ、デビル」

「いいえ、やったわ。あなたも分かってたはずよ。ただ見ようとしないだけ。私たち今や呪われてる（damned）のよ。私は呪われていたし、あなたも今そうなのよ。私を見て。そしてあなたがそれをどれほど好きなのかを理解して」

デイヴィッドは自分がかつて愛した彼女の目を見た。そして彼女の浅黒い顔を、信じられないぐらい完全に象牙色の髪を、そして幸せそうな彼女の表情を見た。そしてはじめて分かったのだ。どれほどばかげたことを自分が許してきたかを。（*GOE* 177-78）

ここで「許す」"permit" というデイヴィッドの言葉が端的に示すように、権力は依然としてデイヴィッドにある。何かを許すという力。そして一時的な非日常として許したことが、いかに危険なものであったかをデイヴィッドはこの場面で悟るのだ。

もはや鏡の中の自分を見ようとしないデイヴィッドは、自分とそっくりだと言うキャサリンの言葉を信じない。キャサリンは二人が互いにロダンのレズビアンの彫像のように変身していること、デイヴィッドが自分と同じように「見られる」存在であることを「見るよう」しきりと伝えるが、キャサリンが見せようとしているのは異性愛主義の権力構造のなかでデイヴィッドにはどうしても見えないもの、同性愛者でかつ「見られる男」としての自分なのだ。キャサリンもそのことを分かっているように思われる。自分が見えないなら私を見て、そっくりだから、とデイヴィッドに言う。しかしデイヴィッドがここで見るのは自分の似姿などではなく、もはや女でさえないキャサリンだ。デイヴィッドの目に映るのは、デイヴィッドに許された視覚性では正常には見えない異端の者の姿だ。

「見る男／見られる女」という関係は、視線の方向は同じままに、「見るヘテロセクシュアル／見られるホモセクシュアル」へと変化している。そしてさらに物語が進むにつれ、マリータも加わり、デイヴィッドがマリータと異性愛主義のインテグリティを回復することとあいまって、キャサリンは「異常なホモセクシュアル」とされていく。デイヴィッドとマリータの親密なまなざしのやりとりが増え、(6)「異常なホモセクシュアル」キャサリンを「正常なヘテロセクシュアル」デイヴィッドとマリータが見守る、という差別的構図が出来上がる。キャサリンがこのヘテロセクシュアル・エデンから消え、不可視となったのは当然の結末と言えるだろう。

7．強いられた視覚と不可視のもの——誰の欲望か

キャサリンはロダンのレズビアンの彫像に変身することで自身の属する世界の構造を脱中心化し、異性愛主義に基づく視覚性を攪乱しようとした。その変身はデイヴィッドに書かれることで完成されるはずだった。しかし、結局キャサリンが見せようとしたもの——脱構築されたジェンダーとセクシュアリティ——はデイヴィッドの目には映らず、理解もされず、従って二人の「ヘテロセクシュアルでない」物語も完成されることはなかった。

本章はじめにロダンの『地獄の門』が『エデンの園』の視覚の政治を端的かつ象徴的に表していると言った。それは異性愛主義に基づき、同性愛者が異端の者として地獄に追いやられてしまうという意味だけではない。キャサリンがなろうとした『変身』の彫像と、門の中央の有名な『考える人』の位置関係もその視覚の政治を表している。『地獄の門』において『変身』の像は右上端に位置し、『考える人』の視界には入らないのだ。『考える人』は門の中央より少し上に位置し、地獄の様子を見渡している。当初は「詩想を練るダンテ」と名づけられていたが、発表された名は「詩人」であった。ロダン自身とする説もある。つまりダンテ、詩人、ロダン——いずれにせよ作者的存在である。呪われた女たちは「作者《デイヴィッド》」の目には映ら

ないのだ。

『エデンの園』は入れ小細工の物語で、『エデンの園』のなかで作者デイヴィッドが紡ぐ物語がある。キャサリンとデイヴィッドの物語も作中話として作者デイヴィッドが完成させることが期待されたが、結局デイヴィッドはキャサリンの物語を書くことはできなかった。デイヴィッドは二人の物語の成り行きが分からず、「キャサリンが知っているだろう、おまえは知らない」（強調筆者）と物語を紡ぐことをやめてしまう（*GOE* 108）。キャサリンとの物語、つまりキャサリンが起こした変身の実験の成り行きはデイヴィッドには見えず、それゆえ書けない物語だった。しかしデイヴィッドは本当に二人の「ヘテロセクシュアルでない」物語を知らないのだろうか。知らないふりをしているのではないか。「見えないふり」をしているのではないか。あるいは、させられているのではないか——。だとすれば、デイヴィッドの視覚を制度化し、ヘテロセクシュアルな視覚性を強いているのは、一体誰なのか。

このように疑問に思うのは、「おまえは知らない」と言うのは本当は誰なのかと思うからだ。そして、このようにデイヴィッドの視覚と語りを支配するかのような「声」を作品のなかで何度か聞くからである。たとえばデイヴィッドが髪をキャサリンと「そっくり」にしたあとに鏡の中の自分に向かって話しかける場面でも、同様の「声」が登場する。

　彼は鏡に向かって尋ねた。「どんな気分だ？　言ってみろよ」

「好きだね」と彼は言った。……

「わかった、好きなんだな」彼は言った。「じゃあ残り全部もやってしまえよ、それがなんであれ。誰

【図 4】ロダン『地獄の門』（静岡県立美術館、2004 年 12 月筆者撮影）

かがおまえを誘惑したとか誰かにヤられたとか言うんじゃないぞ」

彼は自分の顔を鏡で見た。もはや全く奇妙でなく、いまや自分である顔を。そして言った。「好きなんだな。覚えておくんだ。きっちりと。いまおまえがどんな風に見えるか、そして実際おまえがどうなっているのか、おまえはちゃんと承知しているんだからな」

もちろん彼は自分がどんな風なのか、ちっとも分かっていなかった。だが鏡に映ったものに助けられながら努力したのだ。（*GOE* 84-85）

デイヴィッドはまなざしの客体となる自身を見つめる。キャサリンの実験によって異性愛者の男性というアイデンティティを奪われつつある自分を理解しているかのように。ところが、デイヴィッドが鏡の中の自分に向かって「いまおまえがどんな風に見えるか、そして実際おまえがどうなっているのか、おまえはちゃんと承知しているんだからな」と言ったその直後、別の「声」が現れ、「もちろん彼は自分がどんな風なのか、ちっとも分かっていなかった」と語る。この神のような声によって、一旦は「見られるホモセクシュアル」というアイデンティティを引き受けたかに思われたデイヴィッドの視覚性はうやむやにされ、鏡の中の自身はデイヴィッドにとって不可視なものとされてしまう。いわばこの声の登場によって、デイヴィッドが「見られるホモセクシュアル」となる危険が回避されるのだ。

この作者性の問題、作品におよぼす権力の出所について、つまりデイヴィッドにヘテロセクシュアルの視覚性を強いる欲望の主が誰なのか、この議論は答をもたない。はじめに述べたとおり、この作品はヘミングウェイが残した原稿をもとに編集者がつなぎあわせた物語だ。フランケンシュタインの怪物のように生み出されてしまった物語には、グロテスクな欲望が反映している。その欲望の主は家父長的価値観と異性愛主義によってデイヴィッドを支配する大文字の「父」か、物語の書き手である作者ヘミングウェイか、モデルモグが言うように世間に流布したヘミングウェイのイメージに合わせて『エデン』を編集したジェンクスもしくはスクリブナー社か（59）、あるいは異性愛主義を制度化し続けるアメリカ社会そのものか。答をもたない問題提起だが、デイヴィッドにすべての罪を押しつける過ちから救い出してはくれる。異性愛主義の欲望に浸透された視覚性に支配されるデイヴィッドもまた、キャサリンと同じほどに犠牲者と言えるからだ。

◉註

（1）たとえば、美術史家が芸術作品を見る場合を考えるリサ・ブルームのように、その後の研究は「見る」というプロセスがもっと性的に多型であることを明らかにしている。ブルームは美術史における「見る」という過程が従来のフェミニズム理論で言われるような規範的な異性愛の筋書きにつねに従っているわけではないと言い、以下のように述べている。「このような「見る」ことに関する単一的な概念では、とりわけ美術史学界の序列の一部を構成するゲイの男性とレズビアンの女性、あるいは、有色人種やユダヤ人女性の批評家たちにいたるまでの広範囲な専門家集団に対して、この職業が魅力的である理由を説明することはできないだろう。美術史家すべてが、「見る」という行為に関して男権主義的な方法を取っているわけではないし、レズビアンや異性愛の女性、あるいは有色人種の女性なら、性的あるいは人種的窃視狂《ヴォイヤリズム》の立場を取りえない、というわけでもない。

そうではなく、あらゆる種類の男女が、美術作品を見ることから快感を引き出し得るし、現実にそうしているわけだが、この事実から分かるのは、「見る」という過程が、もっと多型の「両性愛的」な形で起こるかもしれないということである。」（ブルーム 8）

（2）しかしモデルモグの議論は最終的に主要な男性主人公たちが負う「傷」によって「見られる」存在となることに着目するものだ。ヒーローたちの傷は男らしさの徴として機能しているが、それが正しく機能するためには「見られる」こと、つまり男性性の脱構築を必要とするという矛盾の決定的構造を正しく明らかにしている。

（3）バトラーが言うように、身体もディスコースの一形態であり、キャサリンの身体そのものもキャサリンが変えたい世界の構造をつくっている。だからこそキャサリンは身体を――本質主義的な身体ではなく構築主義的な身体として、すなわち社会的なコードが書き込まれるものとしての身体を――変化させることで、自身の身体がおかれている秩序にゆさぶりをかけようとするのだ。

（4）男が「見られる」ときにヘテロセクシュアルな男性性が危険にさらされることをヘミングウェイ作品で読み解いたのはモデルモグと舌津である。モデルモグは主要なヘミングウェイ長編作品で男性主人公の身体描写がほとんど無いことについて「視線がヒーローに長々と向けられるとヒーローを女性化する」と言い、さらにそれが「同性愛を暗示することにもなる」（126）とも言う。ヘミングウェイの長編作品の語り手はほとんどが男性だからだ。例外として『日はまた昇る』でジェイクが自身の体を鏡に写して眺める場面が挙げられるだろう。モデルモグはまた『持つと持たぬと』においてハリーがマリーの視線の対象となりその身体的特徴が詳細に描写されることに言及し（126）、ヘミングウェイ長編作品において語り手が女性の目を通して世界を見る例外的な場面として注目している。

短編「海の変容」における「まなざしの力学」を論じた舌津は、「海の変容」において「見る男／見られる女」という構図がゆらぎ、「見る男」が「見られる男」へと変容することに男性性の脱構築を読んでいる。舌津とモデルモグが共に指摘するように、異性愛主義においてまなざしの客体になることは男性の身体を女性、女性化された者、そして同性愛者が占めてきた位置に配置することになる。
（5）米国マサチューセッツ州ボストンのジョン・F・ケネディー・ライブラリーの中に「ヘミングウェイ・ルーム」がある。そこにはヘミングウェイの未出版原稿を含め、ヘミングウェイゆかりの品々が保管されている。未出版原稿も必要な手続きをとれば読むことができる。ただしコピーや写真を撮ることは禁止され、目視しながら手書きやコンピューターでタイプすることのみ許されている。
（6）たとえば以下の引用では、二人の物語を書くのをやめたと言うデイヴィッドにキャサリンが怒り、マリータが警告のまなざしを送る。

「もうその物語はやめたんだ」とデイヴィッドは言った。

「汚いわ」キャサリンが言った。「あれは私の贈り物で、私たちのプロジェクトよ。」

「書くべきよ、デイヴィッド」と少女（マリータ）は言った。「書くでしょ？」

「彼女も仲間に入りたいんだって、デイヴィッド」とキャサリンは言った。「そのほうがよくなるかもね。色黒の娘もいたほうが。」

デイヴィッドはシャンパンを自分のグラスに注いだ。マリータが彼を見て視線で警告しているのが目に入った。彼はキャサリンにこう言った。「いま書いているいくつかを終えたらその話を書きはじめるよ。ところで今日は何をして過ごしたんだい？」（*GOE* 188）

◉引用文献

Berger, John. *Ways of Seeing*. British Broadcasting and Penguin, 1972. バージャー、ジョン『イメージ――視覚とメディア』

（伊藤俊治訳）筑摩書房、二〇一三年
Bryson, Norman. "The Gaze in the Expanded Field." *Vision and Visuality*, New Press, 1988, pp.87-108.
Burwell, Rose Marie. *The Postwar Years and the Posthumous Novels*. Cambridge UP, 1996.
Butler, Judith. *Gender Trouble: Feminism and the Subversion of Identity*. Routledge, 1990.『ジェンダー・トラブル』（竹村和子訳）青土社、一九九九年
Comley, Nancy R. and Robert Scholes. *Hemingway's Genders*. New Yale UP, 1994.
Fleming, Robert E. *The Face in the Mirror: Hemingway's Writers*. U of Alabama P, 1994.
Foster, Hal. "Preface." *Vision and Visuality*, New Press, 1988, pp.ix-xiv. ハル・フォスター編『視覚論』（榑沼範久訳）平凡社、二〇〇七年
Hemingway, Ernest. *The Garden of Eden*. Scribner's, 1986.
---. *The Garden of Eden*. Ts. 422.a-2. Hemingway Collection, Kennedy Library, Boston.
Mulvey, Laura. "Visual Pleasure and Narrative Cinema." *Screen*, vol.16, no.3, 1975, pp. 6-18.
Moddelmog, Debra A. *Reading Desire*. Cornell UP, 1999.『欲望を読む——作者性、セクシュアリティ、そしてヘミングウェイ』（島村法夫・小笠原亜衣訳）松柏社、二〇〇三年
Ovid (Publius Ovidious Naso). *Metamorphoses*. Translated by Frank Justus Miller, Harvard UP, 1916.
Spilka, Mark. *Hemingway's Quarrel with Androgyny*. U of Nebraska P, 1990.
今村楯夫『ヘミングウェイと猫と女たち』新潮社、一九九〇年
舌津智之「『海の変容』とまなざしのジェンダー」『ヘミングウェイを横断する』（日本ヘミングウェイ協会編）本の友社、一九九九年、一〇八—一二一頁
比嘉美代子「「エデンの園」——キャサリン・ボーンと鏡」『ヘミングウェイを横断する』（日本ヘミングウェイ協会編）

本の友社、一九九〇年、一五四―六九頁
フェアバンクス香織『ヘミングウェイの遺作――自伝への希求と〈編纂された〉テクスト』勉誠出版、二〇一五年
ブルーム、リサ編『視覚文化におけるジェンダーと人種――他者の眼から問う』（斉藤綾子・とちぎあきら他訳）彩樹社、二〇〇〇年

第八章　幻視する原初のアメリカ

――「まずアメリカを見よう」キャンペーンとヘミングウェイの風景

このあたりはとても美しい田園風景が広がっているよ。ミシシッピー川沿いのすばらしい景色を見に行ったけれど、そこは昔製材業が盛んだった頃、丸太を運んだんだ。開拓者《パイオニア》たちがやってきた踏み分け道も見たよ。大きな鱸が川で跳ね上がるのも。

――友人の息子に宛てたヘミングウェイの手紙

1．ヘミングウェイの最期の風景

ヘミングウェイは最晩年、鬱病の治療のため入院していたミネソタ州ロチェスターの病院から同じく病床にあった友人の九歳の息子に手紙を書いている（一九六一年六月一五日付）(*SL* 921)。ヘミングウェイが自死を遂げる二〇日ほど前だ。現在出版されているヘミングウェイの書簡で最後のこの手紙には、ヘミングウェイが人生のほぼ最期に見た風景が描かれている。当時ヘミングウェイは電気ショック療法に伴う言語障がいや記憶喪失を患い、同年二月にはケネディー大統領への贈呈本の献辞が書けずに涙をこぼしたこともあった。しかし、この少年への手紙ではそうした徴候はまったく見られない。アメリカの記号がちりばめられた風景――製材業、丸太、開拓者《パイオニア》、踏み分け道、魚が跳ね上がる川――が平易な語り口で書かれ、あたかもアメリカ賛歌のようである。アメリカのすべての少年《ハック・フィン》に向けて描かれたとも言えるこの風景を見

【図１】ホートン・クリークで釣りをする５歳のヘミングウェイ（M. Heminngway 19）

たとき、ヘミングウェイの眼差しの先にあったのは原初のアメリカの風景ではなかったか。

「アメリカの価値を体現するもっともアメリカ人らしい作家」と称されることもあるヘミングウェイは、人生の多くをアメリカ以外の土地で過ごした。一九二〇年代にパリで暮らし、一九四〇年から亡くなる三年ほど前までの二〇年間はキューバで生活、その間には新聞特派員としてのヨーロッパ各地への取材旅行、アフリカでのサファリ、スペイン内乱の取材等でのスペイン滞在、日中戦争の取材で中国訪問、『老人と海』の映画撮影隊と共にペルー沖へマカジキの撮影へ等々、文字通り世界を飛び回っている。作品も商業的に成功した長編のほとんどはアメリカ以外の土地を舞台としている。それでもなお「アメリカ的」と言われるのは、先の手紙でも示唆される「原初のアメリカへの遡行」というアメリカ的モチーフが、ヘミングウェイの人生と作品に見いだされるからに他ならない。

このアメリカ的モチーフを考える上でヘミングウェイへの影響を見逃せないのが、二〇世紀初頭のアメリカでおこなわれた「まずアメリカを見よう（"See America First"）」を合い言葉とした国内旅行の奨励キャンペーンである。つまりヘミングウェイは旅を奨励する文化のなかで少年期・青年期を過ごしたわけだが、このキャンペーンはヘミングウェイのアメリカ性の意味を明らかにするだけでなく、旅をアメリカ的パラ

【図 2】（右）「まずアメリカを見よう」同盟のエンブレム（Shaffer 29）
【図 3】（左）「まずアメリカを見よう」会議開催年（1906 年）のヘミングウェイ少年７歳（M. Hemingway 20）

ダイム（Moddelmog 19）のひとつと数え得るようなアメリカ文化のひとつの源泉も明らかにしている。

2. 愛国的キャンペーンと旅のイデオロギー

「まずアメリカを見よう」は、一九〇六年に西部ユタ州のソルトレークシティで開催された「まずアメリカを見よう会議」から一九二九年の株価暴落後も影響力を保ち続けた、国内観光旅行奨励キャンペーンのスローガンである。このキャンペーンはいわば「アメリカ人にアメリカを売り込む」（Mandel 3）もので、当初の目的は主に二つあった。ひとつはその名のとおり国内旅行を推奨すること。その時点までアメリカ人の主な旅行先はヨーロッパで、莫大なドルが国外で使われていた。アメリカ国民にもっと自国の自然・景観を価値ある資産として認識し消費してもらおうとしたのだ。もうひとつは第一の目的の変奏だが、「西部の価値に無知な」東部アメリカ人に西部観光を奨励すること。つまりアメリカ東部に西部を売り込むことだった。政治的・経済的に東部に立ち後れた西部が、国家における地位を格上げしたいという思惑があったのだ。つまり「まずアメリカを見よう」キャンペーンはヨーロッパ巡礼に重点を置いてきた一九世紀までのアメリカの旅行文化を商業的・イデオロギー的に矯正するものとして始まり、国家アイデンティティの形成期にそれまで自国民にあまり知られていなかった西部に焦点をあてる手段となり、結果的には西部の神話化と国家のアイデンティティ形成に寄与した愛国的キャンペーンであったと言える。(1)

一九〇六年の会議で「まずアメリカを見よう」同盟の運営委員長に任命されたフィッシャー・サンフォード・ハリス（ソルトレークシティ商業クラブ局長）によると、一九〇四年から〇五年の観光シーズンで一億五千万ドルがヨーロッパで使われたという。この状況を打破しようと開催された〇六年の会議の後、

【図４】グレート・ノーザン鉄道によるグレーシャー国立公園の宣伝（1910年）「まずアメリカを見よう！」のフレーズが使用されている（Shaffer 41）

ハリスは「自国に無知な市民」を啓発するために西部から東部にかけての六週間の講演ツアーに出かける。どの都市でも熱烈に歓迎を受けた。その趣旨に賛同した当時のセオドア・ローズヴェルト大統領は「まずアメリカを見よう」同盟に協力できることはなんでもやると言ったという。

ヘミングウェイ少年は当時七歳、ハリスが訪れたシカゴ郊外にある閑静な街オークパークで少年時代を過ごしていた。ローズヴェルトに憧れるヘミングウェイ少年は週末によく父に連れられてシカゴのフィールド自然史博物館へ出かけ、毎

夏北ミシガンの森と湖に囲まれた別荘で過ごした。その後一九二一年にパリに渡るまで、第一次世界大戦でヨーロッパへ行った時期をのぞいてアメリカで育ったヘミングウェイは、国内旅行を（白人中産・上流階級の）アメリカ市民の儀式的行為に高めた「まずアメリカを見よう」キャンペーンとともに育ったと言える。

　ハリスが率いた「まずアメリカを見よう」同盟は経済的理由などからすぐに機能しなくなるが、「まずアメリカを見よう」というフレーズ自体はその後も国内旅行を奨励するスローガンとして使われ続けた。愛国的響きが利潤追求という目的を巧妙に隠すことから、企業が利用しやすかったのだ。「まずアメリカを見よう」は観光関連産業の商業的成功と愛国心を促進し続け、国民に西部を直接訪れ、そのアメリカ固有の景観に刻みこまれた自らのアメリカンネスを再確認するよう促した。こうして「西部の景観にこそ『真の』アメリカが見いだせる」（Shaffer 34）という信念のもと、人々は積極的にアメリカの風景を自らの足で、直接、見に行くようになるのだ。

　結論から言えば、ヘミングウェイはオークパークでの人格形成期にさらされた「まずアメリカを見よう」運動の本質を内面化し、さらにその運動が当初の目的として排除した海外旅行にまでその理念をあてはめたと言える。[2]「まずアメリカを見よう」キャンペーンとヘミングウェイの直接的接点はパリ時代の長編『日はまた昇る』（一九二六）に見出される。物語の半ば、語り手のアメリカ人ジェイクと親友のアメリカ人ビルは、パンプローナでのフィエスタ（祭り）にでかけるためにフランスのドルセー駅から列車に乗り、そこでアメリカ人夫婦と出会う。夫のほうが「あんたたちもアメリカ人ですな？」と二人に話しかけ、「旅は若い時にするもんだ」と言うと妻がこう口を挟む。「来ようと思えば一〇年前にだって来られたんですよ……でもあなたったらいつも「まずアメリカを見よう！」って。でも考えようによっては、ずいぶんたくさん

見てまわったとも言えるわね。」(*SAR-HLE* 69)

北西部モンタナ州から来たこの夫婦は「まずアメリカを見よう」キャンペーンの強制的メッセージに突き動かされ、物語時間の一〇年前、一九一五年頃以前から頻繁に国内旅行をしていたことが分かる。一九一五年といえば「アメリカを見よう年」とされた年で、各鉄道会社は路線沿いの景観スポットで停車する特別列車を走らせ、また政府主導で「まずアメリカを見よう」スローガンのもと、その当時までに存在した一四の国立公園と一八のナショナルモニュメントの広範な広報キャンペーンが展開された。一九一六年にはのちにブロードウェイで成功を収める作曲家コール・ポーター（パリでヘミングウェイの友人となるジェラルド・マーフィーの友人）の初めてのブロードウェイ作品『まずアメリカを見よう』が上演された。「まずアメリカを見よう」のメッセージが国内に鳴り響いたときから一〇年余り、このアメリカ人夫妻は今やその旅行文化の適用範囲を――作者ヘミングウェイと同様に――アメリカ国外にも拡げたのだ。

3. 西部の神話化――時を遡行する旅

「まずアメリカを見よう」キャンペーンは旅を愛国的文化に変換したと言えるが、それは原初的な空間を志向する「時を遡行する」移動のベクトルを内包するものだった。二〇世紀初頭のアメリカで始まったこのキャンペーンの背景には都市工業国家としてのアメリカの発展、フォード車に代表される大量生産時代の幕開け、鉄道・道路等のインフラの整備など、急激な都市化と消費主義の台頭があった。つまり自然志向の「まずアメリカを見よう」運動を支えたのは工業化や都市化に対する人々の漠とした不安であり、そ

【図5】自然のなかで執筆するヘミングウェイ青年17歳（1916年）（M. Hemingway 27）

の思いが「自然の中にこそ真正なるものがある」という一種の信仰を生み出していく。フレデリック・ジャクソン・ターナーのフロンティア理論（一八九三年）にあらかじめもっとも分かりやすく描き出されるこのアメリカの神話は、人の手のはいっていない雄大な西部の自然をエデン的風景として、ゆえに美徳の得られる空間として表象した。アメリカ西部は時間を超越した聖域であり、都市のあらゆる拘束と熱から逃れられる、静かで涼やかな自由の土地である、と。西部の景観にこそ真のアメリカが見いだせるという神話、そして西部とアメリカ的美徳（自由と民主主義）が結びつくレトリックはこうして形成される。

ヘミングウェイは闘牛や海釣り、サファリへの情熱を生涯持ち続けたが、それは「文明社会の関係性の網の目による意味が充満していない原初的な」空間（田中 18）へのこだわりと言える。本章の文脈ではこれを「西部的空間への志向」と言い換えることができる。たとえば『日はまた昇る』における西部的空間、スペイン・ブルゲートでの釣りの描写は異彩を放つ。喧噪のパリとパンプローナの祝祭の狭間にあって、そこは束の間の静けさと涼やかさ、心の平安を与える空間だ。モラルの堕落と複雑な人間関係を招く女ブレットのいない、男だけの西部《エデン》。

ヘミングウェイにとって、生涯愛したスペインやアフリカも西部的空間と言えるだろう。「まずアメリカを見よう」キャンペーンの西部表象と同様に、多くのヘミングウェイ作品において原初的な西部的空間は自己回復できる神聖な空間として機能している。このコンテクストが明確になれば、なぜ中編「大きな二つの心臓のある川」で帰還兵ニックは北ミシガンの深い森に身を浸すのか、遺稿「最後の良き故郷」でリトレスは処女林の残されたミシガンの森でなぜ「宗教的な気分になる」（NAS 90）のか理解できる。あるいは中篇「キリマンジャロの雪」のハリーが、なぜ「もう一度やり直すために」アフリカにやってくるのかも。金と贅沢で堕落したアメリカ作家ハリーは、アフリカ＝西部的空間で、ボクサーが体の脂肪をおとすように「魂についた脂肪をそぎ落とし」（CSS 44）道徳的に回復すれば、再び作家として回復できると考えるのだ。

【図６】「神の家」キリマンジャロを背景に歩くヘミングウェイ 54 歳（1953 年のサファリで）（M. Hemingway 104）

もちろんヘミングウェイが本物のアメリカ西部に無関心だったわけではない。一九二八年に二番目の妻ポーリンを伴いフォードに乗って初めて西部を訪れ、その後イエローストーン国立公園のワイオミング側のL−T牧場に夏の間数回滞在している。一九三九年には三人目の妻マーサとともに終焉の地となるアイダホ・ケチャムからほど近いサンヴァレーを訪れ、以後数回サンヴァレー／ケチャムに滞在、一九五九年にはとうとうケチャムに家を購入した。サンヴァレーはユニオン・パシフィック鉄道が建設したリゾート村で、最初は招かれて訪れたヘミングウェイはいわば宣伝に利用された形だが、それでもまだ辺境の記憶をとどめる西部の風景をヘミングウェイは気に入り、最終的には終焉の地に選んだ。

しかし、本物の西部の風景が直接作品に結実することはほとんどなく（短編「ワイオミングのワイン」と「世慣れた男」のみ）、たとえばヘミングウェイがワイオミングで書き続けたのはいまひとつの「西部的空間」スペインを舞台とする『誰がために鐘は鳴る』（一九四〇）だった。スペインの闘牛について書いた『午後の死』（一九三二）の原稿（削除された未出版部）で、アメリカ西部とスペインの風景についてヘミングウェイはこう書いている。「アメリカ西部にはスペインにとても似ている場所があって、家がないとそこがスペインだかワイオミングだか分からなくなる。」（Beegel 59）

4. 始源の地への欲望

スペインとアメリカ西部の空間的互換性、これにさらに時間軸が加わるのが、もうひとつのヘミングウェイ的西部的空間アフリカだ。『アフリカの緑の丘』、「キリマンジャロの雪」、「フランシス・マカンバーの短い幸福な生涯」、『夜明けの真実』など多くの代表作や短編を生み出したアフリカは、ヘミングウェイにとって文明の手の未だ届かない原初の大地、神話化されたアメリカ西部に相当する始原の地だった。「キリマンジャロ」のハリーが神聖なる自己の再生を求めてやってくるように、そこはかつてのアメリカ人がアメリカ西部に付与した意味を表象し得る土地だった。だからこそ、ヘミングウェイのサファリ旅行記『アフリカの緑の丘』で、アフリカが原初のアメリカに擬されるのだ。この不思議な箇所は作品のほぼ終わりに近い部分であらわれる。一人称の語り手ヘミングウェイはビールを飲みながら、目の前のアフリカをかつてのアメリカ人が到達した原初の大地と重ね合わせる。

> ぼくはアフリカにまた戻ってくる。……ぼくは真に生きるために、生きる喜びを与えてくれる場所に戻ってくる。……ぼくらの先祖がアメリカに渡ったのは当時そこが行くべき場所だったからだ。いい国だったが、ぼくらが滅茶苦茶にしてしまった。だからぼくは次にどこか別のところへ行きたい。ぼくらにいつもそうする権利があったように、そしてぼくらがいつもそうしてきたように。（*GHOA* 285）

注目すべきはヘミングウェイが使う「ぼくら（we）」という言葉だろう。これがアメリカ（白）人全体を指すことは言うまでもない[2]。そしてそこに建国以来の巧妙なレトリックの伝統と抑圧の構造を見いだすこともたやすいだろう。ヨーロッパにとってアメリカ大陸が「空間的差異を時間的差異へ変換する記号論的な旅の場所」であったように（野田「いま／ここの不在」135）――つまりかつて建国の祖たちがアメリカ大陸を文明のない無垢の大地「処女地」ととらえ、先住民征服による領土拡大を始源の地の発見の物語へと変換したように、ヘミングウェイはここでアフリカ＝始源の地とすることで、時を遡行する「タイムトラベルとしての旅」（野田「いま／ここの不在」135）のモチーフを踏襲している。

さらにこの箇所で「まずアメリカを見よう」キャンペーンとの関連から特筆すべきは、原初のアメリカを幻視するその土地を「自分のものとする」際の手続きの特異さである。

> なんとかして金をつくろう、そして戻ってきたら……キャンプを張って……その場所でゆっくり狩猟を

> しよう……。水牛が……餌を食うのを見よう、象が丘を抜けてやってきたらやつらを見て、木の枝を押しつぶして歩くのをじっと見よう、銃を撃つことはなく、落ち葉の上に寝転がり、クーズーが餌を食べにくるところを見て……一日中岩陰に隠れて山腹の動物たちをよく見て、永遠にぼくのものになるようたっぷりと眺めよう。（*GHOA* 282; 強調筆者）

語り手へミングウェイはまた近い将来アフリカに戻ってきてサファリをやろうと思いめぐらしている。そのときにやりたいと思うのが「見る」ことでアフリカの自然を「自分のもの」にすることなのだ。

見ることで風景を自分のものにする——これはキャンペーンのフレーズに如実に反映されている。「まずアメリカを見よう」。そもそも「まずアメリカを見よう」の奨励した旅は大陸横断鉄道を利用して西部を「見に行く」観光旅行だった。それは前世紀の（国内）旅行が主に避暑や社交を目的とした北東部でのリゾート滞在型だったことからの大きな転換であった[3]。この変化を丹念に追うシェファーによると、もっとも早い時期にこの大陸横断型の観光旅行の可能性を示した一人が西部の出版人ジョージ・A・クロフトだった。クロフトは一八六九年に開通した最初の大陸横断鉄道ユニオンパシフィック鉄道で一儲けしようと、同年『大陸横断鉄道ガイド』を出版、列車の運行スケジュールや運賃とともに路線沿いの停車駅ひとつひとつの地域の情報を掲載した。それまでの一人称の旅行記とは一線を画し、「なにが見るに値するか」を伝えることに力点をおいた。現代のガイドブックに近い形と言えよう。一八七〇年代には同様に大陸横断の旅を前提としたガイドブックの出版ラッシュが起こる。なかでもD・アップルトン・アンド・カンパニー社が二巻に分けて発刊したその名も『ピクチャレスク・アメリカ』は、アメリカ各地の風景を描くイラストレーションや版画を配した大判の豪華本だ。風景を、そしてアメリカという国のかたちを視覚的に理解させるものだった。[4]

のちにアメリカの国立公園は「野外美術館」と呼ばれるようになるが、国立公園のデザインと管理を支えたのがこの「ピクチャレスクな商品としての自然」という感覚だった（Byerly 59）。視覚に焦点を合わせる旅行文化の登場をシェファーはこう描写する。「アメリカ中の場所を視覚的なもの・美的なものに変えることで、旅行者はそれらを理解し最終的には所有する力を与えられた。……旅行者は絵のように美しい風景を探して〝あちこちさまよう目〟となったのだ。風景は……旅行者を〝見る者〟として世界の中心に位置づけ、見る行為を通してその風景を理解し、消費させるのだ」（180）。この景観ナショナリズム（scenic nationalism）の伝統の延長上に登場するのが「まずアメリカを見よう」キャンペーンだった。そのキャンペーンが奨励した旅は、当然ながら西部の雄大な自然を見に行き、その風景の前に立って積極的にそれを感じること、風景との身体的交感とでも呼ぶべきものを目指すものだった。見ることで風景を所有する、まなざしで世界にさわる。

5．幻視する原初のアメリカ――未だ見ぬ過去への遡行

「一日中、岩陰に隠れて山腹の動物たちをよく見て、永遠にぼくのものになるよう、たっぷりと眺めよう。」こう言ったヘミングウェイは、第一章で確認したように、パリでセザンヌ絵画から「身体をともなう視覚」を学んだ。しかし、そこに「アメリカ人」へミングウェイ特有の「視覚性」が差しはさまれていた可能性

【図7】（右）まなざしで絶景に触れる（Shaffer 105） 1916年国立公園の宣伝用冊子。白人・中産階級の旅行者が雄大な自然の景観を眺めている。
【図8】（左）19世紀の旅行イメージ（1894年）（ペンシルベニア鉄道の宣伝ガイド誌の表紙）（Shaffer 14）

も否定できない。自然の中にこそ真正なものがあるという価値、原初的な空間を善きものとする価値を孕んだ視覚性。

ヘミングウェイが師スタインに宛てた手紙で、中篇「大きな二つの心臓のある川」で「田園（country）をセザンヌ絵画のようにしようとしている」と書いたそのあと、こうも書いていたのを思いだしてほしい。「一〇〇ページほどの長さで、何も起こらず、田園は素晴らしい。全部私がつくりあげたものなので全部見えていて……」（*SL* 122）。「まずアメリカを見よう」の視覚を特権化する文化のなかで育ち、のちにパリでセザンヌの眼《まなざし》に触発されたヘミングウェイが作品に結実させるために「見た」のは、目の前のパリではなく、遠く離れた故郷アメリカの「西部的空間」北ミシガンの風景だった。この作品をヘミングウェイはパリのカフェで書いた。より正しく言うならば、パリのカフェで見た――幻視した。パリ回想録『移動祝祭日』でヘミングウェイはこう書いている。「私はカフェの片隅に座り、午後の日を背に受け、ノートに書いた。……書き終えると、その川から離れたくなかった。よどみに鱒が見え（could see）、水面は橋桁の木杭にあたって押したりなめらかにふくれあがったりしていた」（MF 75）。

原初のアメリカを幻視したかもしれない――この仮定を援護するのは、「大きな二つの心臓のある川」で描かれる風景の虚構性を指摘する研究者たちだ。なかでも戦争の後遺症で不眠症らしいニックがマツの群落のなかで大地に横たわり眠りに落ちる場面で、作品の舞台となったシーニーの林業の歴史を丹念に追う新福は、このマツの群落の虚構性を指摘する。一八八二年に始まったシーニーの森林伐採によって周辺の自然は破壊され、二〇世紀を待たずしてシーニーは見捨てられてしまった。ニックがシーニーの町の跡地を訪れたとき、そこから短時間で歩いて行ける範囲内に群落といえるほど大きなマツの森が残存する可能性は「きわめて低い」（新福 229）。

マツの群落の虚構性を指摘するもうひとりの批評家スヴォボダは、ニックが森へ入っていくことを「原初の森へと時を遡行する」ようだと鋭く指摘する。ここにふたたび、時を遡行するモチーフが現れる。あるいはヘミングウェイはこれを繰り返したのではなかったか。西部的空間を通してヘミングウェイが「見た」のは過去の自然の風景――幼少期の北ミシガン、あるいはもっと遡り、もはや見たことさえない原初のアメリカではなかったか。先に確認したように「まずアメリカを見よう」の西部的空間への志向は時間を遡るというメタファーをあらかじめ与えられたものだが、ヘミングウェイの場合それをメタファーとして実践するというよりも、むしろほんとうに原初のアメリカを見ようとしていたのではないか。この仮定はアフリカで原初のアメリカを幻視する『アフリカの緑の丘』のなぞを解くだけでなく、ヘミングウェイの描くアメリカの風景そのものの虚構性と神話性も明らかにする。

ヘミングウェイは作者の経験が色濃く投影されたニック・アダムズを主人公とする一連の短編を中心に、辺境の名残をとどめる豊かなアメリカの風景を描いている。そのほとんどは北ミシガンを舞台とする。これらの作品ではヘミングウェイにとってアメリカの原初の森の代名詞であるネイティブ・アメリカンの姿も描かれている。しかし今村が詳述するように（22）、それは同時代の白人主体の資本主義経済に迫害され続けるネイティブ・アメリカンと森の姿でもあった。ネイティブ・アメリカンが住んでいた北ミシガン・ペトスキー周辺の森は一八三四年に本格的な伐採が始まり、世紀末からはリトル・トラヴァース地方一帯が避暑地としてリゾート開発されていく。建築産業と鉄道の敷設によって北ミシガンの森林地帯は徹底的に伐採され、森は消えていった。幼いニックが登場する「インディアン・キャンプ」や「医者と医者の妻」は一九〇五年から一〇年前後の北ミシガンがモデルと考えられるが、これらの作品でも森の侵食の跡は作品に刻まれている。同じくパリで書いた「あることの終わり」は一九一九年頃の北ミシガンを舞台とするが、この作品の森はすでに製材業によって壊滅し見捨てられたあとだ。

同時代の森の過酷な運命を刻みながらも、これらの作品の風景は不思議と静かに豊かな様相をたたえ、作品を一読するだけではあたかも人の手がそれほど入っていないような印象を与える。製材業の動きのない夜中から夜明けまでを幼いニックの視点に寄り添って描く「インディアン・キャンプ」では、機械文明の侵食した跡を描きながら、暗くおどろおどろしい「未開の原始の世界へ招き入れられていくように」（今村

91）物語がすすむ。「医者と医者の妻」でもベイツガの森は直前までの二つの諍いの熱を冷ますようにひんやりとニックと父親を包む。こうした印象は虚構の豊かな森を描いた「大きな二つの心臓のある川」でも顕著であり、のちにヘミングウェイはこの作品で一人も登場しない「インディアン」を書いたと言い残している。彼らの存在がヘミングウェイにとって原初の森そのものであったことを考えれば、本作で原初の森を描いたことを示す発言ともとれる。

アメリカの風景がさらに虚構の色合いを増し原初の姿を見せるのが「父と息子」と「最後の良き故郷」だ。「父と息子」では父となったニックが自身の少年期を回想する場面で、ネイティブ・アメリカンの少女との森での性行為が描写される。そこはインディアン集落の裏手の栂の森で、製材業による森の消滅に言及しながらも、ニックはまだ「処女林」があったと思い巡らす。「しかし当時はまだ森がたくさんあった、それも上の方まで枝のない木々が高く聳える処女林（virgin forest）が。褐色で、清潔な、針葉でふかふかした下生えのない地面を歩くことができ、ひどく暑い日でもひんやりとしていた……。」（CSS 372）

「最後の良き故郷」は未完の作品で、ヘミングウェイの一五歳のときの経験をもとに三七年の歳月を経て一九五二年に執筆を開始した。『老人と海』を書いたあとの常夏のキューバで、ヘミングウェイは再び北ミシガンの風景を幻視《見る》のだ。その森はやはり深い処女林である。

彼ら［ニックとリトレス］は今や褐色の森の地面を歩いていた。ふかふかとして、ひんやりとしていた。下生えはなく、木々の幹は六〇フィートの高さまで枝がなかった。木陰は涼しく、高いところで風が吹き抜けるのが聞こえた。……

「こんな森入ったことないわ」
「ここはここらへんで最後の処女林（virgin timber）なんだ」（*NAS* 89）

このエデン的「最後の楽園」でニックと妹リトレスは原初の森をひたすら進むが、それ以上進めば近親相姦の危険があり、ヘミングウェイは書きつなげられなかった。

「父と息子」と「最後の良き故郷」の処女林は同じ描写で構成されている。下生えのない褐色の針葉で覆われたふかふかの地面、相当の高さまで枝がない幹の木々、その高いところを吹き抜ける風、ひんやりとした森の中。こうした描写はたとえば「大きな二つの心臓のある川」のニックが眠りに落ちる場面や、スペインを舞台とする『誰がために鐘は鳴る』の冒頭と最後の場面にもその変奏が見いだせる。おそらくは記憶のなかにある北ミシガンの自然の断片を用いて、現実には森が破壊されつつある時代を生きたにもかかわらず、ヘミングウェイは原初の森の風景を創りあげたのだ。

【図９】最晩年、アイダホのヘミングウェイ（1960年）（M. Hemingway 183）

ヘミングウェイが生涯求めたのはアメリカの原初の風景だった——この仮定とともにヘミングウェイが自らの命を絶つ直前に書いた少年への手紙を読むと、そこにもまた原初のアメリカを幻視するヘミングウェイが見いだされる。ヘミングウェイが終焉の地に選んだのも、原初のアメリカの記憶をとどめる西部アイダホ州ケチャムだった。「まずアメリカを見よう！」の真髄を内面化したヘミングウェイは、生涯西部的空間を目指した。アフリカで原初のアメリカを幻視し、アメリカの風景のその先にも、自分も見たことのない原初のアメリカを幻視した。その幻影の投げかけるものが、彼がもっとも「アメリカ人らしい」と言われる理由のひとつだろう。

＊本章の研究は立教大学名誉教授の野田研一先生にミリアム・マンデルの論文を教えていただいたことに端を発する。「まずアメリカを見よう」をテーマに論文を書くよう奨めていただき、ヘミングウェイ文学の核心に至るひとつの道程をご示唆いただいたこと、心より御礼申し上げます。

◉註

（1）「アメリカを見よう」キャンペーンについてはシェファー、カメン、マンデルを参照。

（2）ヘミングウェイのこの言葉にローズヴェルトの拡張主義を重ねることも、モデルモグのように資本主義的帝国主義の含意を読み取ることも、あるいはウィリアム・アプルマン・ウィリアムズを引いて宮本が指摘する「反植民地主義的帝国主義」（89）を読むこともできるだろう。

（3）ただし、一九世紀初頭に自然の景観を眺め礼賛する「ピクチャレスク・ツアー」の伝統がヨーロッパから流入したことも忘れてはならない。

（4）ピクチャレスク本と一九世紀風景美学の形成については野田「ピクチャレスク・アメリカ」を参照。

◉引用文献

Beegel, Susan F. *Hemingway's Craft of Omission: Four Manuscript Examples*. UMI Research, 1988.

Byerly, Alison. "The Uses of Landscape: The Picturesque Aesthetic and the National Park System." *Ecocriticism Reader: Landmarks in Literary Ecology*, edited by Cheryll Glotfelty and Harold Fromm, U of Georgia P, 1996, pp.52-68.

Hemingway, Ernest. *The Complete Short Stories of Ernest Hemingway*. Scribner's, 1987.

---. *Ernest Hemingway: Selected Letters, 1917-1961*. Edited by Carlos Baker, Scribner's, 1981.

---. *Green Hills of Africa*. Scribner's, 1935.

---. *A Moveable Feast*. Scribner's, 1964.

---. *The Nick Adams Stories*. Edited by Philip Young, Scribner's, 1972.

---. *The Sun Also Rises: The Hemingway Library Edition.* Edited with an Introduction by Sean Hemingway, Scribner's, 2014.

Hemingway, Mariel. *Hemingway: A Life in Pictures*. Edited by Philip Young, Scribner's, 1981.

Kammen, Michael. "In Quest of an American Aesthetic: Collecting Americana and Seeing America First." *Mystic Chords of Memory: The Transformation of Tradition in American Culture*, Vintage, 1993, pp.310-41.

Mandel, Miriam B. "Configuring There as Here: Hemingway's Travels and the 'See America First' Movement." *The Hemingway Review*, vol.19, no.1, 1999, pp.92-105.

Moddelmog, Debra A. *Reading Desire: In Pursuit of Ernest Hemingway*. Cornell UP, 1999.

Shaffer, Marquerite S. *See America First: Tourism and National Identity, 1880-1940*. Smithsonian Institution, 2001.

Svoboda, Frederic. "Landscape Real and Imagined: 'Big Two-Hearted River.'" *The Hemingway Review*, vol.16, no.1, 1996, pp. 33-42.

今村楯夫「ニックと森とインディアン」『ヘミングウェイを横断する』本の友社、一九九九年、八八―一〇三頁新福豊実「ヘミングウェイとミシガンの森の記憶」『新しい風景のアメリカ』（伊藤詔子ほか編著）南雲堂、二〇〇三年、二二一―二四三頁
田中久男「ヘミングウェイとフォークナー――「氷山理論」と「波紋理論」」『ヘミングウェイ研究』第三号、二〇〇二年、一五―三〇頁
野田研一「いま／ここの不在――発見の物語《ナラティヴ》としての『ウォールデン』」『ウォールデン』（上岡克己・高橋勤編著）ミネルヴァ書房、二〇〇六年
――、「ピクチャレスク・アメリカ――一九世紀風景美学の形成」『交感と表象――ネイチャーライティングとは何か』松柏社、二〇〇三年、一一〇―一二六頁
宮本陽一郎『モダンの黄昏――帝国主義の改体とポストモダニズムの生成』研究社、二〇〇二年

コラム④　ドライな街と二人のモダニスト　Column 4

ヘミングウェイが愛飲した〝パパ・ダブル〟。通常の二倍《ダブル》のラムと砂糖抜きでつくられるフローズン・ダイキリだ。他にもヘミングウェイが好んだ酒類やカクテルの逸話には事欠かないが、そんなヘミングウェイがオークパーク出身というのも面白い話だ。

故郷イリノイ州オークパークは中西部シカゴの郊外街。一八七一年のシカゴ大火後から開発が加速し、ヘミングウェイが生まれた一九世紀末には人口五千人ほどのこじんまりした共同体だった。住宅に負けないほど多く建てられたのは教会。シカゴからオークパークに向かい、酒場が教会の尖塔に代わったらそこが目的地周辺と分かった。つまり「ドライ」な街——禁酒を標榜する文化だった。この街がヘミングウェイを長く歓迎しなかったのもうなずける。飲酒だけでなく、離婚も、カトリックへの改宗も、作品も、オークパーク的理想とはほど遠かった。これはさすがに驚きだが、ヘミングウェイが一九五四年にノーベル文学賞を受賞したときですら、地元の新聞『オーク・リーブズ』紙は短い報告を裏面に載せただけだった（前田 386）。

街路樹が枝を広げ、瀟洒な邸宅がたち並ぶ。リスがちょろちょろと駆け回り、人々もすれちがうとにこやかに挨拶をしてくれる上品で平和な街。もしかしてヘミングウェイの時代とあまり変わらないのでは？と感じた最初の印象は、ここ一〇年で少し変わった。交通量が増え、人種的多様性が増した。ヘミングウェイが生まれ育った一〇〇年前は有色人種はひとりもいなかったと言われる。完全なるワスプ（白人、アングロ＝サクソン系、プロテスタント）の街だった。

ヘミングウェイの生家および少年時代の家があるエリアは今でも裕福な人が住み、豪邸と呼べる家も多い。プレイリー（大平原）・スタイルで有名な近代建築家フランク・ロイド・ライトが建てたものも多く含まれる。日本で帝国ホテルを建てたあのライトだ。建築は詩であると言ったライトと、散文は建築であると言ったヘミングウェイは、オークパークゆかりのモダニストなのだ。ライトは最初の結婚を機にオークパークに自宅兼アトリエを構え、周辺の家々三六軒ほどの建築を請け負った（オークパーク期：一八八九〜一九〇九年（ヘミングウェイ一〇歳））。ライトの家はヘミングウェイが住んだ二つの家ともほど近く、徒歩圏内だ。現在はミュージアムとして年間七万人が訪れるという。キャリアの出発点だったライトの家に入るとライトが目指したことが体感できる。どの部屋も美しく、どの部屋にも窓がふんだんにとりつけられている。ライト建築が残した自然環境と溶融する有機的モデル（岡崎 535）。光をさんさんと取り込む最初の家の構造にもその方向性が見えるが、でも中西部の厳しい冬には寒かったのでは？とも思ってしまった。

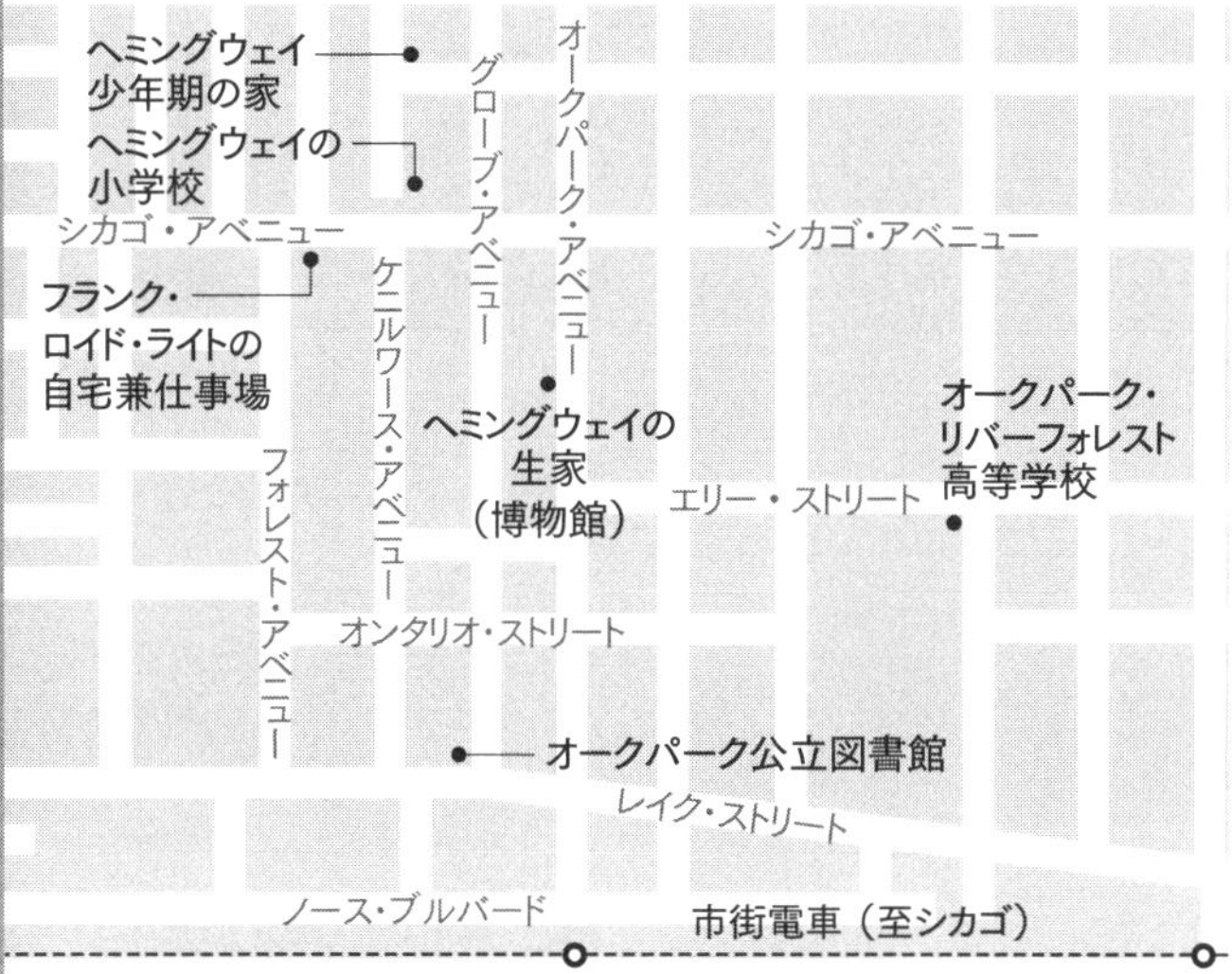

【図 1】（上）オークパーク市街地図
【図 2】（下右）ヘミングウェイの生家（Elder 49）
【図 3】（下左）ライト邸ダイニングルーム（Thorpe 16）

建てられた当時、ライトの家はまさにプレイリーに面していたという。オークパークの家々に顕著だった装飾過多なヴィクトリアン様式の建築を嫌い、装飾を削ぎ落とした近代建築をうち立てたライト。それらはヘミングウェイの文体や文学観と共鳴する。そして妻子を捨て人妻との情事に走ったライトもまた、オークパークが扱いに苦慮した街の著名人だった。

◉引用文献

Elder, Robert K. et al. *Hidden Hemingway: Inside the Ernest Hemingway Archives of Oak Park*. Kent State UP, 2016.
Thorpe, John G., editor. *The Oak Park Home and Studio of Frank Lloyd Wright*. The Frank Lloyd Wright Home and Studio Foundation, 1988.
岡崎乾二郎「アメリカ建築とプラグマティズム」『アメリカ文化事典』（アメリカ学会編）丸善出版、二〇一八年、五三四―五三五頁
前田一平『若きヘミングウェイ　生と性の模索』南雲堂、二〇〇九年

終章　辺境《ウィルダネス》の声を聴け

——芸術家ヘミングウェイのアメリカ性

人は誰しも好みの物事を賞賛するだろう。しかし私はミシシッピー川の川岸に立ち、芸術だろうがなんだろうが、この川の香気を吸い込むまでは賞賛しない。あるいは西部の大平原《プレイリー》の芳香を十分に吸い込み、反対にこんどはその芳香を発するまでは。

——ウォルト・ホイットマン

1．米芸術の遠近法——対ヨーロッパ

パリ前衛がヘミングウェイにもたらしたものと、その延長上にある論点をみてきた。他芸術ジャンルとの交感、身体的散文、空間／時間の変容、マシン・エイジの反映、戦争の衝撃、近代の世界理解、芸術における視覚効果や視覚性等。ヘミングウェイを近代芸術の文脈に置くことで見えるものは存外多いように思う。それならば最後に確認したいのは、ヘミングウェイを小説家というより近代芸術家と捉え米芸術史（history of American art）に置くことで見えるものはなんであろうか。

ヘミングウェイは代表作と言われる主要長編作品でアメリカを書かなかった米小説家だ。実際、成人してからほとんどの時間をアメリカ国外で過ごし、主要長編作品はおろか、多くの短編や戯曲もアメリカを舞台としていない。今村が言うように、「ヘミングウェイは遂に、自分が生きた時代である「二十世紀のア

メリカ社会」を直接描くことはなかった」(204)のだ。アメリカを書かなかったアメリカ人ヘミングウェイの作品を米芸術(American art)の一部と捉えるとき、そこに見えるアメリカ性とはいかなるものか。

米芸術を総体として捉え全体を貫く特質を示すのは筆者の力量をはるかに超える難題だが、先行研究が明らかにしている二点に着目したい。ひとつは米芸術の「最大の特色」といえるリアリズム(藤枝 4)。もう一点は、とくにヘミングウェイを考えるのに重要な建国から二〇世紀前半までの期間で、米芸術がヨーロッパとの関係で構築されてきたことだ。

建国以来かなりの時期まで、米芸術の遠近法は「対ヨーロッパ」だった。ヨーロッパの芸術を参照しながら、あるいはそこからの自立によって自国の芸術を形成したのだ。一七世紀の入植後、入植者の肖像画から始まった米芸術は独立時期前後までは宗主国・英国の強い影響を受け続けた。独立・新国家成立後の一九世紀に入ると、「自立」を志向する時期を迎える。ヨーロッパから学びその強い影響下にありながら、固有の表現を模索しはじめるのだ。[1] さらに一九世紀半ば以降、南北戦争で疲弊しながら国家統合を果たしたアメリカは、大陸横断鉄道などのインフラ整備もあいまって、西漸運動により国のかたちを固めていく。この過程に歩調を合わせるように米芸術もよりいっそうアメリカらしさを表現しはじめる。依然ヨーロッパの強い影響下にあり、ヨーロッパ芸術の〝イズム〟(新古典主義、ロマン主義、等々)を学びスタイルを模倣しており、また多くの芸術家や芸術家志望者が修行あるいはサロンでの作品展示のために芸術の首都パリに渡る「パリ詣で」もおこなわれていた。しかし同時に米芸術家たちはアメリカ的な主題を選ぶことでアメリカ性を表現してもいた。絵画でみるならば、歴史画で新大陸の発見や独立戦争といった建国神話を叙述し、一九世紀に発達した風景画はロッキー山脈やヨセミテ渓谷などを手つかずの原初の自然風景として崇高に

【図1】トーマス・コール『ジ・オックスボウ』1836年／メトロポリタン美術館蔵

【図2】ウィンスロー・ホーマー『綿を摘む人』1876年／ロサンゼルス・カウンティ美術館蔵

【図3】セス・イーストマン『インディアン流の旅』1869年／アメリカ合衆国下院蔵

描き出した。風景にアメリカのアイデンティティを見る愛国的視覚を醸成したこれら風景画の延長に、愛国的視覚性を形成した「まずアメリカを見よう」キャンペーンがあったと言えるだろう。肖像画や風俗画でもネイティブ・アメリカンや西部開拓民、アフリカン・アメリカンなど、アメリカ固有の主題が選ばれた。一八九〇年代以降アメリカは帝国主義的領土拡張政策によって世界での存在感を強めていくが、この頃に向けて国内の美術館設立や大規模展覧会など文化インフラと呼ぶべき事柄も次々と整備されていった。[2]

　こうしてヘミングウェイが誕生する（一八九九年）世紀転換期までに個々の芸術家たちがアメリカ性を表現しだした米芸術だが、美術界の制度は依然ナショナル・アカデミー・オブ・デザインによるコンクール展覧会が中心であり、ヨーロッパの美術学校の伝統的な教育を重んじるアカデミズム至上主義といえるものだった。こうした古典主義的アカデミズムに対抗する世紀転換期における革新的運動が、ロバート・ヘンライを筆頭とするジ・エイト（八人組）と呼ばれるグループ（アカデミーと対立した無所属の出品作家たち）、および米モダニズムの守護者で芸術写真の父・スティーグリッツのグループだった（小林 118）。のちにヘミングウェイがアンダソンを通して知ることになるスティーグリッツは、一九〇五年にニューヨーク五番街に伝説的ギャラリー二九一を開設。ここはアメリカのモダニズム芸術の拠点となった。スティーグリッツはプロモーターとしてヨーロッパのモダニズム前衛芸術を積極的にアメリカに輸入し、またフランスから渡ってきたデュシャンとニューヨーク・ダダ芸術運動を推進。リージョナリストを自認したヘンライたちとヨーロッパを向いていたスティーグリッツのグループは没交渉だったうえ目指すベクトルも正反対に捉えられがちだが、一九世紀ヨーロッパ由来の古典主義的アカデミズムへの反逆という意味で同じ側に立ち（小林 118）、すなわち双方とも「アメリカの芸術」を確立する推進力だった。第三章で確認したように、ヘミングウェイはスティーグリッツの話をアンダソンから聞き、ニューヨーク・ダダに影響を受けた小品を書き、パリ時代の師スタインもスティーグリッツと親交があり、ニューヨーク・ダダの主要メンバーだった前衛芸術家マン・レイとパリで親交を深めた。

このように整理するとヘミングウェイが「（古典主義的な）ヨーロッパの影響を廃したアメリカの芸術」を確立する側にゆるやかにつながっていたことが分かる。そしてこの図式が見えると、ヨーロッパの地で古典主義的アカデミズムに抗したセザンヌおよびつづくピカソをはじめとする前衛芸術と「パリのアメリカ人」（スタイン、ヘミングウェイ、マン・レイ等）の相性がなぜよかったのか、その親和性の意味がよく分かる。さらにヨーロッパ（パリ）に近づくことがヨーロッパ的なものから遠ざかることだったというパラドックスは、ヘミングウェイにとってはとりわけ真実だった。故郷オークパークでヨーロッパ（英国）中心主義的教育を受け、アメリカン・ヴィクトリアニズムの色濃い文化のなかで育ったからだ。

2．ヘミングウェイのアメリカ性（1）：無窮の現在性とリアリズム

ヨーロッパとアメリカ。その影響と断絶の関係からアメリカの「無窮の現在性」を指摘したのは仏思想家ボードリヤールだった。

アメリカは近代性《モデルニテ》のオリジナル版なのであり、それに対してわれわれは、その吹き替え版ないし字幕付きだ。アメリカは起源問題を避けており、起源あるいは神話的な真正さを培うことをしない。アメリカ

には過去も、また建国にまつわる真理もない。時間の原始蓄積を経験しなかったがゆえに、アメリカは無窮の現在性のうちに生きている。真理原則のゆっくりとした、そして長年にわたる蓄積を経験しなかったがゆえに、アメリカは無窮のシミュレーションのうちに、記号のもつ無窮の現在性のうちに生きているのである。（126-27）

一九八六年出版の『アメリカ』でこう述べたボードリヤールの言葉は、世界の「中心」ヨーロッパとそこから断絶したアメリカの二点でレトリックを考えており、その大地で時間の蓄積をもっていたネイティブ・アメリカン、アフリカや中南米等からの奴隷、アジアからの移民を含んでいない。しかし米芸術が少なくとも初期にはヨーロッパとの関係で育まれたこと、そしてどこからであれ、結果的に多くを占めることになる移民によって国家が発展した歴史に鑑みるに、その本質が「ある歴史との先天的断絶」（藤枝　二）に由来する「無窮の現在性」にあると言うのは可能だろう。

そのときリアリズムが表現モードとして選ばれたのは必然だった。米芸術あるいはアメリカ美術と聞いて多くの人が思い浮かべるのはたとえばアンディ・ウォーホルのポップ・アート、あるいは抽象表現主義（ジャクソン・ポロックやマーク・ロスコなど）の絵画等要するに二〇世紀抽象だろうが、多くの美術史家が合意するように、米芸術には非常に分厚いリアリズムの層が堆積している（小林　100）。小林がエドワード・ルーシー＝スミスの『アメリカン・リアリズム』（一九九四年）を参照しながら手際よく説得力をもって確認するように、アメリカはその始まりから合意による民主主義社会であり、階級や貴族制から逃れた移民によって構成され、文化面においても実用主義であったことから、「誰も」が見ているように世界を表現するリアリズムがアメリカの主要な手法となったのだ（小林 101）。

無窮の現在性。歴史や帰属から離れ、あるいは断絶し、空漠たる空間に対峙して「いま・ここ」をリアリズムで表現すること。ヨーロッパとの距離から生まれた米芸術におけるこうした特質は、ヘミングウェイ散文が間違いなく共有したものだった。ヘミングウェイは『午後の死』（一九三二）でパリ時代に自分がやっていたことを振り返り、そう感じるよう教えられたことではなく「本当のこと、つまり感情を生み出す一連の動きと事実」（2）を紙上に書きとどめおくことこそが散文の真髄であり、またもっとも難解なことだと言った。目の前にある世界を、「いま・ここ」の現実を捉えることに腐心した作家ヘミングウェイのリアリズムを説明する際によく引かれる箇所だが、この一見なんのひねりもない実直な哲学がパリ前衛の先鋭性に触れたあとの言葉であることは思い出すべきだろう。パリ時代にセザンヌ絵画から学び到達した身体的散文――いま・ここの経験を文字におしとどめ、読者に「世界の手ざわり」を経験させる散文。スタインの薫陶で到達した瞬間に傾倒する断片的な語り。時間の蓄積よりも空間に傾斜する視覚の前景化。何よりもホームからの断絶が生み出した脱中心と「永遠の現在」の感覚。こうしたことを前提とするヘミングウェイの「無窮の現在性」は、一六三〇年頃到達した英国人ラルフ・ヘミングウェイの一〇代目の子孫である（島村 892）ことに加え、一九二〇年代「失われた世代」としてホームから断絶したこと、そして現在時間に傾斜するパリ前衛の洗礼を経て形成された。まさにヨーロッパとアメリカの関係から生み出されたのだ。

3．ヘミングウェイのアメリカ性（2）：辺境の声

最後に米芸術のリアリズムに関連して、ヘミングウェイ文学の本質に関わるアメリカ性を確認したい。ヘミングウェイを米文学史に位置づける場合、前衛の影響を受けたモダニズム作家であり、戦争の影響を受けた「失われた世代」の作家と通常説明される。これら時代背景からの分類に加え、一八七〇年代に台頭したリアリズム文学に続くリアリズム作家と分類されることも多い。新聞記者として記事を書いた経験がリアルな客観描写に結実したと指摘する批評は多く、また「ありのままに書く」という意味でマーク・トウェインに連なるアメリカ口語の伝統に数えられる。ヘミングウェイの文体を「記者的な感覚を、スタインの問題意識の中で洗練させた結果」（377）と捉える平石は、ヘミングウェイが「徹底的にリアリズムを追求する姿勢」（377）に注目し、「小説でなくてもいいから、正確に書く」（378）ことを重視した結果がノンフィクションを多く書いた理由としている。

こうした文学史での位置づけにもちろん異論などないが、一方でリアリズムという言葉がもつ多義性にも思い至る。その幅の広さがヘミングウェイが「（実験的）モダニズム作家であり同時にリアリズム作家である」不思議を可能にしているわけだが、ヘミングウェイを含む米モダニズム作家たちは、むしろ前世代のリアリズムをそのまま引き継ぐことはできなかった。戦争あるいは機械化・工業化により伝統的価値が崩壊し西欧社会が大変貌を遂げた二〇世紀初頭、「大きな物語」は機能不全を起こし、単線的時間の経過に従った一九世紀的な安定した語りでもはや世界は語れないという感覚をモダニズム作家は共有した。近代の不安定な世界と複雑で多面の人間をありのままに書く困難に直面し、あるいは「ありのままに書く」の意味が

【図 4】（上）アルバート・ビアスタット『ロッキー山脈、ランダーズ・ピーク』1863 年／メトロポリタン美術館蔵
【図 5】（下）エドワード・ホッパー『ニューヨークのオフィス』1962 年／モンゴメリー美術館蔵

変貌した。それゆえたとえば第二章で確認したように、ヘミングウェイは『われらの時代に』で断片的物語を並べ、キュビズム絵画的な多視点の物語世界を構築しようとしたのだ。この前衛的手法こそ、伝統的・安定的世界がこなごなに壊れた世界を「ありのまま」に描くことだった――ヘミングウェイにとってのリアリズムだった。これはちょうど世界をあますことなく背面まで描きたいと考えたピカソがリアリズムを極限まで追求した結果キュビズムを生み出したのと同じだ。そしてリアリズムという語の曖昧さ・多義性

はたとえば米絵画の分野でも同様だ。米芸術にリアリズムの分厚い層が堆積しているとして、アルバート・ビアスタットのような写真的な「崇高な風景」（【図4】）も、エドワード・ホッパーの作品（【図5】）も、ともにリアリズム作品と分類される難しさがある。

何をもってリアリズムとするか。この難題に対して「ウィルダネス《手つかずの自然》の声」を聞いているかどうか、と極めて感覚的かつ的確な分類をおこなったのが、一九〇一年にアメリカにおける最初の包括的な米芸術史『アメリカ芸術史』（*A History of American Art*）を出版した米芸術批評家サダキチ・ハートマン（一八六七―一九四四）だ。ウィルダネス（wilderness: 手つかずの自然、辺境）の声を聞いていることこそがアメリカ的リアリズムであり、つまりアメリカ性である――こうした価値体系をつくったハートマンは、日本にルーツをもつ日系独系移民だ。米詩人ホイットマンと親交があり、スティーグリッツとも『カメラ・ワーク』で長く仕事をした。一八八〇年代にアメリカに到達した移民ハートマンは、世紀転換期は初期の芸術批評家として仕事をし、米芸術のアメリカ性を通して自身のアメリカ人としてのアイデンティティを裏書きしようとしたと言える。そうした背景をもつハートマンが一九〇一年までの米芸術を整理したうえで評価したのは、やはりリアリズムであり、またヨーロッパ由来の古典主義的アカデミズムに抵抗する「アメリカ的なもの」、具体的には米リアリズム画家ホーマーとエイキンズだった。

ウォルト・ホイットマンの言葉――「人は誰しも好みの物事を賞賛するだろう。しかし私はミシシッピー川の川岸に立ち、芸術だろうがなんだろうが、この川の香気を吸い込むまでは賞賛しない。あるいは西部の大平原《プレイリー》の芳香を十分に吸い込み、反対にこんどはその芳香を発するまでは」――これはウィルダネスの声だ。これまで挙げた画家たちはその声を気に留めてこなかった。二人だけ、つまりウィンスロー・ホーマーとトマス・エイキンズだけが作品においてこれ（ウィルダネスの声）をある程度裏書したし、絵画の巨匠であるこの二人だけが、力強く、嘘偽りのない、確固たる方法でアメリカ的なものを表現している。（192）

ホーマーはリソグラフィーの職人としての訓練を受け、卓越した技巧を身につけた画家であった。しかしハートマンが評価したのは技巧ではなく、ホーマーが自然を基盤としていること、「観察と識別力によって研究された自然こそが、芸術の唯一の基盤であるべきと主張した」（193-194）ことだった。

ウィルダネスの声を聞く――この表現は一九世紀の風景画に反映する「風景を見る愛国的視覚」よりも、さらに鋭敏な全身の知覚を示唆している。全身を耳にして手つかずの自然の声を聴きとろうとすること。そしてハートマンが引くホイットマンの言葉が説明するように、芸術とは身体を通して自然を理解し「世界の手ざわり」を捉えること、それを表現に落とし込み鑑賞者に同様に「経験」させること。まさにパリのヘミングウェイがめざしたものだ。前衛の洗礼を経てヘミングウェイが到達したもの――無窮の現在性、リアリズム、ウィルダネスの声――は、矛盾するどころか、むしろヘミングウェイのアメリカ性を確たるものとしたのだ。

一般に知られるとおり、ヘミングウェイはウィルダネス――今村の言葉で言うならば「辺境」――を求めて生きた作家だった。ニューヨークを嫌ったこの作家は一九二〇年代パリでの都市生活をのぞき、絶えず辺境を求め続けた。初めて居を構えたのは米国最南端のフロリダ州キーウエスト、その後はキューバのハバナ近郊に移住し一八年間もとどまった。一九六〇年にキューバを離れた後に米国に戻るも故郷オークパークには住まず、人里離れたアイダホ州のケチャムで過ごし、そこが自死を遂げるまでの終の棲家となった。魚釣りや狩猟を愛し、スペインやアフリカを何度も旅したこともよく知られるだろう。幼少期のミシガンの森とともにこれら「西部的風景」（第八章）は作品で書かれ、「アメリカなるもの」に結実していった。このことを今村は以下のようにまとめる。

〈辺境〉を求めて生き続けたヘミングウェイは……それがヘミングウェイにとってアメリカ人としての認識の出発であったからである。ヘミングウェイはおそらく自分のうちに「アメリカなるもの」を早くから探り当てていたのだ。そして〈辺境〉を書くことの意味が、アメリカの精神を、そしてアメリカの歴史を書くことでもあることを理解していただろうし、アメリカ人だからこそ〈辺境〉に向かわざるを得なかったのであろう。

ミシガン州を背景にした作品を除いてほとんど「アメリカ」を描くことのなかったヘミングウェイが、「アメリカ人」を描き続けたのは、ヘミングウェイに内在したアメリカ人としての自己証明《アイデンティティ》を希求する心があったからにほかならない。(9)

ボードリヤールはアメリカ／アメリカ人について「中心から離れていること、これが彼らの出生証書なのだ」(135)とも言った。ここで言う中心とは、もちろん旧世界の中心ヨーロッパである。しかし、やがて中心から離れていることそのものがアメリカのアイデンティティとなったと捉えるならば、この言葉はアメリカ（人）についてと同時に、つねに彼にとっての中心点たるアメリカから離れて生きたヘミングウェイのことのようでもある。

　辺境を求め、アメリカに暮らさず、アメリカを書かなかった、アメリカ人作家。その芸術に宿るアメリカ性は、確かに米芸術と交差している。

●註

（1）このころ米芸術振興のための団体も組織される。一八〇五年に美術教育機関兼美術館ペンシルベニア美術アカデミーが、一八二五年に現在のナショナル・アカデミー・オブ・デザイン（NAD）となる組織が創設、ともに米芸術の振興に貢献した。

（2）アメリカの三大美術館と称されるニューヨークのメトロポリタン美術館、シカゴ美術館、ボストン美術館が開館したのがすべて一八七〇年代（一八七〇年（現在の場所にうつったのは一八八〇年）、一八七九年、一八七六年）。一八九三年に国立彫刻協会（National Sculpture Society: NSS）が創設され、九〇年代には公営のアート・ギャラリーが次々とオープン。一八九五年富豪カーネギーがカーネギー美術館（Carnegie Institute 現在の Carnegie Museums of Pittsburgh）を創設。同美術館は翌年に第一回カーネギー国際美術展を開催した。

●引用文献

Hartmann, Sadakichi. *A History of American Art Vol. I.* original L.C.Page, 1901. rpr. Forgotten Books, 2015.
Hemingway, Ernest. *Death in the Afternoon.* Scribner's, 1932.

今村楯夫『ヘミングウェイ――喪失から辺境を求めて』冬樹社、一九七九年
小林剛『アメリカン・リアリズムの系譜　トマス・エイキンズからハイパーリアリズムまで』関西大学出版部、二〇一四年
島村法夫「ヘミングウェイ家系図」『ヘミングウェイ大事典』（今村楯夫・島村法夫監修）勉誠出版、二〇一二年、八九二―八九五頁
平石貴樹『アメリカ文学史』松柏社、二〇一〇年
藤枝晃雄「芸術によるアメリカ」『アメリカの芸術――現代性を表現する』（藤原晃雄編）弘文堂、一九九二年、一―一四頁
ボードリヤール、ジャン『アメリカ――砂漠よ永遠に』（田中正人訳）法政大学出版局、一九八八年

あとがき

それにしても変わった生き方ですな。
他人の詩作を研究して一生を過ごすとは。
――A・S・バイアット『抱擁』

「セザンヌのように風景をつくる」の謎を追っているうちに長い旅になった、というのが率直な実感だ。初出から随分と時間が経った論考もあり、とくに第一章の身体論の議論は二〇〇五年に受理された博士論文で最初に書いたことだ。神経生理学の知見を用いた部分はただちに日本語の活字として発表する気持ちにはならなかったが、近年芸術と脳科学の関係にフォーカスした研究や一般書も多く出版され、それらに鑑みるに自分の議論も現時点で出版する意味もあろうかと思った次第である。それ以外の論考も当初はとくに本にまとめようと意識した訳ではなく、興味と第六感に導かれて調べるうちにパリ・視覚・芸術というテーマに集約していった。完成してみれば一九二〇年代パリと絵画という、大学学部生の頃に心奪われていたもので構成されている。凡庸ながらもいろいろあったはずの自分の人生が、また二〇代に巻き戻ったような不思議な感慨を得ている。

五〇もすぎて初の著書となれば、お礼を申し上げるべき方々のリストはかなり長い。本書に関する直接のお礼というより、本書を出版できる教員／研究者としてまがりなりにもここまで来られたことについて、お礼を申し上げたいからだ。紙幅の関係で以下の方々だけとなったが、他の多くの方々にも大変お世話になりました。心から深く感謝申し上げます。

個人名を出してお礼を言うべき方は、私を知る誰もが賛同すると思うが、なんといっても東京女子大学名誉教授の今村楯夫先生だ。先生とのことを書き出すと自分史のようになってしまうが、大学に入学してすぐ受講した今村先生の「特プロ」という授業で文学作品を使った研究に初めて出会った。爽やかな衝撃だった。虚構だからこそ如実に映り込む社会と思想。それを捉えるよう学生にひたすら質問を重ねる先生と、しどろもどろ心許ない読みを開陳する学生。先生の質問攻撃のメッセージは明確だった――「自分の力で解釈せよ」。道場の様相を呈した教室を出ると先生の研究室に必ず押しかけ、魅力的な書籍に囲まれスタバ並みに居すわった。そうした環境が当たり前だった学部生を経て社会人となり、ああいうものはこの世にあれしか存在しないのだと相変わらずの愚鈍さでやっと気づいた私は、それでも恵まれた会社で恵まれた会社員をやりながら心決めきれずにいたところ、音信不通だった今村先生からふと年賀状をいただいた。ひとこと「そろそろ戻ってきませんか」と書かれていた。啓示だ！と思い込んだ私には、その後現在までこの道に一切の迷いはない。

リサーチの仕方に始まり論文の読み方・書き方、口頭発表での留意点など研究の基礎をすべて教えていただいたが、年齢を重ねるごとに重みを増すのは先生が私に繰りかえしおっしゃった「謙虚であれ」という言葉だ。人に対して、作品に対して、研究そのものに対して。それは誠実であれ、と同義だと思う。自分の欲望に引き寄せた解釈をおこなう誘惑にあらがうこと。作品に誠実に向き合うこと。こうした基本姿勢に加え、先生から授業や日々の雑談で伺ったこと、あるいは国際学会で後進の研究者を引き連れ誰よりも溌剌と楽しまれていた先生からスペインやヴェニスで伺ったお話が当地の風景とともにふと蘇り、私の研究の細部を豊かにしてくれる。こうしたことはやはり時間の蓄積だけが可能にしてくれることだと思う。先生にこれまで教えていただいたすべてのことに心から深く感謝申し上げます。そして特プロから三五年、今でもお電話やメールで折に触れてお話できる師がいる人生の僥倖に心から感謝します。

博士課程後期の指導教官である日本女子大学名誉教授のソーントン不破直子先生にも心から深く感謝申し上げます。先に述べたように本書は日本女子大学に提出した博士論文を出発としている。私はヘミングウェイ専門じゃない、とおっしゃる先生に半ば強引に指導教官になっていただいたにもかかわらず、当時まだ留学もしておらず研究者として何も売りがない私は「博士論文ぐらい書かなきゃだめよ！」と先生に目白の路上で叱咤（激励）された。原稿をもって鎌倉山の邸宅に伺い、先生が手ずから煎れてくださった緑茶をいただきながら、論文に丁寧に手を入れてくださるのを待ったあの冬の静かな時間。先生のおかげであのように長い英語論文を書くことができ、それが本書の出発点となりました。本当にありがとうございました。

カリフォルニア大学リバーサイド校名誉教授の Ben Stoltzfus 先生は「writing と art の関係」を考える研究の先達であり私のロールモデルである。スペインでの国際学会で初めてお会いし、そのご縁もあり、サダキチ・ハートマンの文書を所蔵する同校で客員研究員としてお世話になることとなった。滞在時もそれ以後もずっと、奥様で芸術家の Judith Palmer 氏はじめご家族全員に大変お世話になっている。あらためて謝意を表したい。

日本へミングウェイ協会では多くの先達・仲間に恵まれ、私にとってまさにホームであり精神的支柱である。私はこの学会に育てていただいた。多くの機会をいただき、研究は形となり、鍛えられた。心から深く感謝申し上げたい。とくに研究書を共訳する機会をいただいた中央大学名誉教授の島村法夫先生、紀要論文への詳細なコメントをいつもくださる会長で鳴門教育大学教授の前田一平先生、セザンヌ身体論の先行研究で道を拓いてくださった共愛学園前橋国際大学学長で〝盟友〟の大森昭生氏に、心よりお礼申し上げます。アメリカのヘミングウェイ学会（The Hemingway Society）でも多くの方にお世話になってきた。とくに著書の翻訳がご縁となったDebra Moddelmog氏、オークパークでお世話になったJohn W. Berry氏、ヘミングウェイ・ルームで意気投合したDonald A. Daiker氏と、その教え子で学会発表仲間であるJohn Beall、Mike Roos、Elizabeth “Nikki” Lloyd-Kimbrel各氏に感謝の気持ちを捧げたい。

日本の学界では先達はもとより、同世代の研究者にも尊敬する方が多数いる。皆様の背中を遠くに追いながら、どうにか進んでこれました。なかでも慶應義塾大学教授の巽孝之先生、恩師でもある東京大学教授の後藤和彦先生、立教大学教授の舌津智之氏および新田啓子氏、東京大学准教授の諏訪部浩一氏は、いつか報恩しなければならない方々です。ご本人たちは忘れてしまったようなことかもしれませんが、私にとっては大きなことでした。そのご温情に、心より感謝申し上げます。

これまで出会った学生たちにも負うところは大きい。とくに玉川大学工学部の学生たちは私が初めて教えた理工系の学生で、学問分野の特性か、あるいはＳＮＳ時代の世代的なものなのか、「つまりそれはどういう意味か」と問うことをやめなかった。レトリックや専門用語《ジャーゴン》に逃げることを許さない彼らによって、私の日本語は平明さをもとめて鍛えられた。現在も土地柄もあるのか、関学法学部生の高いプレゼンテーション能力に日々刺激を受けている。美しいキャンパスで日々彼ら・彼女らに育てられていることに感謝したい。

本書の刊行は関西学院大学研究叢書の出版助成に基づいている。貴重な機会をいただけたことに、心よりお礼申し上げたい。そして何よりこの得がたい研究環境に感謝したい。すべては公募への応募をぎりぎりまで迷っていた私の背中を強く押してくれた同僚の塚田幸光氏のおかげである。奥様の奈緒様にも大変お世話になり、お二人に心から深く感謝申し上げます。

英語で言うところの last but not least だが、本書の刊行を快く承諾いただいた小鳥遊書房の高梨治氏に改めて深く感謝申し上げます。多くの図版を使っての煩雑な作業を驚くべき有能さで迅速に仕上げてくださり、また全体のデザインには読みやすさ・研究書としての品格・前衛の香りを絶妙に融合してくださった。本作りに対する氏の情熱と仕事師としての機動力、そして筆者である私への心配りは感嘆と言うほかない。初めての著書を小鳥遊書房から刊行いただける幸せに心より感謝します。併せて素晴らしい装丁を創ってくださった鳴田小夜子さんにも心よりお礼申し上げます。

本書各章の初出情報は以下となる。

序章　書き下ろし

一部、以下と重複

・「ヘミングウェイとパリ前衛――建築的散文、空間芸術、間身体性――」アメリカ学会『アメリカ研究』第五三号一一九頁～一四五頁（二〇一九年）

第一章　以下より該当部を併せ、かつ大幅に加筆修正

・"Chapter I Vision and Body: Analysis of Hemingway's Early Prose." *The Signifying Body: Hemingway, Cézanne, and Paris in the 1920s*. 2005. Japan Women's University, PhD dissertation. pp.9-68.（博士論文第一章）

・「フレンチ・〝セザンヌ〟・コネクション――ガートルード・スタインとパリのヘミングウェイ――」『アーネストヘミングウェイの文学』（今村楯夫編著、ミネルヴァ書房、二〇〇六年）

・「セザンヌ・ロレンス・ヘミングウェイ――知覚と空間」日本女子大学英語英文学会

『日本女子大学英米文学研究』第三九号三五～五一頁（二〇〇四年）
・「空間知覚と「身体的」表象：芸術家たちの挑戦」『玉川大学工学部紀要』第五〇号一一～二三頁（二〇一五年）

第二章　書き下ろし
スタインの芸術実験については以下の一部と重複
・「フレンチ・〝セザンヌ〟・コネクション――ガートルード・スタインとパリのヘミングウェイ――」『アーネストヘミングウェイの文学』（今村楯夫編著、ミネルヴァ書房、二〇〇六年）

第三章
・「ヘミングウェイ・メカニーク――「神のしぐさ」とニューヨーク・ダダを起点に」『アーネスト・ヘミングウェイ　21世紀から読む作家の地平』（日本ヘミングウェイ協会編、臨川書店、二〇一一年）
「機械の眼」の実験については以下とも重複
・"Zooms, Close-up, and the Fixed Movie Camera: Analogy with the Art of Cinema in *In Our Time*." 日本女子大学英語英文学会『日本女子大学英米文学研究』第四六号一～一六頁（二〇一一年）
・"To the Dynamic and Embodied Vision: Point of View." *The Signifying Body: Hemingway, Cézanne, and Paris in the 1920s*. 2005. Japan Women's University, PhD dissertation. pp.95-119.（博士論文第一章第二部第二節）

第四章
・「疾走する散文――アーネスト・ヘミングウェイ「ぼくの父さん」の映画的文体――」日本女子大学英語英文学会『日本女子大学英米文学研究』第五三号五一～六三頁（二〇一八年）

第五章
・「瞬間の生、永遠の現在――〝パリのアメリカ人〟ヘミングウェイとバーンズの移動性」『ヘミングウェイ研究』第一九号五～二二頁（二〇一八年）

第六章
・「近代の闇を照らす白い光　エドワード・ホッパー『ナイトホークス』とアーネスト・ヘミングウェイ「殺し屋」「清潔で明るい場所」」『外国語外国文化研究』第一七号二五～四五頁（二〇一七年）

第七章
・「まなざしの欲望――『エデンの園』とヘテロセクシュアルな視覚性」『ヘミングウェイ研究』第六号一七～三四頁（二〇〇五年）
・"The Contradictory Body: Other Body, Other Sexuality." *The Signifying Body: Hemingway, Cézanne, and Paris in the 1920s*. 2005. Japan Women's University, PhD dissertation. pp.167-184.（博士論文第二章第三節）

第八章
・「幻視する原初のアメリカ――「まずアメリカを見よう」キャンペーンとヘミングウェイの風景――」『〈風景〉のアメリカ文化学』（野田研一編著、ミネルヴァ書房、二〇一一年）

終章
・「若き米藝術家の肖像――芸術家ヘミングウェイのアメリカ性」『津田塾大学言語文化研究所報』第三五号三五頁～四五頁（二〇二〇年）

時間はかかったが、物事が一段落するのはすがすがしい。当初思ったよりもヘミングウェイ文学の根幹に肉薄する問題圏に到達できたのでは、というわずかな自負も感じることができ、それが自分にとっては大きな救いとなった。

最後に家族へ。両親と妹一家に心からの感謝を表したい。江戸っ子気質とイタリアが合体した闊達な明るさと強さにいつも支えられている。私の仕事を応援し続けてくれ昨年相次いで他界した義母と義父にも心からの感謝を捧げたい。本書を見せられず無念だが、注いでくれた愛情に変わりはない。そしてここまで見守ってくれた夫に格別の感謝を。新婚旅行でいきなり「パリのヘミングウェイ巡礼」で引きずり回し、あるいはその後もはるばるセザンヌのアトリエを訪問しサント＝ヴィクトワール山までの寒い冬道を一緒に歩いてくれたこと。忘れません。ありがとう。

二〇二一年　ヘミングウェイパリ到着の一〇〇年後に

小笠原亜衣

索　引

※五十音順。主な作品名、登場人物等は作家別にまとめた。人名、事項には原語を付した。
「ヘミングウェイ」は全体にわたり頻出するため頁数を省略。

◉ア行

◉カ行

◉サ行

◉タ行

◉ナ行

◉ハ行

◉マ行

◉ヤ行

◉ラ行

◉ワ行

【著者】

小笠原亜衣

（おがさわら　あい）

東京女子大学文理学部卒。日本アイ・ビー・エム株式会社勤務。博士（日本女子大学、2005年）。カリフォルニア大学リバーサイド校およびジョン・F・ケネディー・ライブラリー客員研究員(フルブライト研究員2010年～2011年)。現在､関西学院大学法学部・大学院言語コミュニケーション文化研究科教授。専門はモダニズム文学・芸術。

関西学院大学研究叢書　第 232 編

アヴァンギャルド・ヘミングウェイ
パリ前衛《ぜんえい》の刻印《こくいん》

2021 年 3 月 31 日　第 1 刷発行

【著者】
小笠原亜衣

発行者 : 高梨 治
発行所 : 株式会社**小鳥遊《たかなし》書房**
〒 102-0071　東京都千代田区富士見 1-7-6-5F
電話 03 (6265) 4910（代表）／ FAX　03 (6265) 4902
http://www.tkns-shobou.co.jp

装幀　鳴田小夜子（坂川事務所）
地図作成　デザインワークショップジン
印刷・製本　モリモト印刷株式会社

ISBN978-4-909812-55-1　C0098